월인 新무협 판타지 소설

두령
頭領

두령 4
월인 新무협 판타지 소설

초판 1쇄 찍은 날 § 2002년 5월 11일
초판 1쇄 펴낸 날 § 2002년 5월 20일

지은이 § 월인
펴낸이 § 서경석

편집장 § 문혜영
편집책임 § 장상수
편집 § 박영주 · 김희정 · 권민정 · 이종민
마케팅 § 정필 · 강양원 · 김규진 · 안진원

펴낸곳 § 도서출판 청어람
등록번호 § 제1081-1-89호
등록일자 § 1999. 5. 31
어람번호 § 제2-0091호

주소 § 경기도 부천시 원미구 심곡1동 350-1 남성B/D 3F (우) 420-011
전화 § 032-656-4452 팩스 § 032-656-4453
http://www.chungeoram.com
E-mail § eoram99@chollian.net

ⓒ 월인, 2002

값 7,500원

ISBN 89-5505-299-5 (SET)
ISBN 89-5505-360-6 04810

※ 파본은 본사나 구입하신 서점에서 교환하여 드립니다.
※ 저자와 협의하여 인지를 붙이지 않습니다.

4
우두머리의 길
완결

월인 新무협 판타지 소설

두령
頭領

도서출판
청어람

□목차

제34장 통천문(通天門)에 이르는 길 /7
제35장 드리워지는 암운(暗雲) /31
제36장 소림비무 /45
제37장 역습(逆襲) /85
제38장 추적 /128
제39장 낙혼애(落魂崖)의 전운(戰雲) /161
제40장 은갑기마대(銀甲騎馬隊) /189
제41장 용쟁호투(龍爭虎鬪) /212
제42장 지는 해, 뜨는 해 /231
제43장 대격돌 /252
제44장 우두머리의 길 /269

제34장

통천문(通天門)에 이르는 길

그대!

강함을 원하는가?

진정한 강자가 되고 싶거든 가슴속의 모든 것을 비워라.

분노도, 원한도, 복수심도, 모든 것을 대기 속으로 흘려 버리고 부드러움 속으로 녹아들어라.

일체의 집착을 놓아버린 부드러움만이 그대를 통천문에 이르게 할지니…….

"백회(百會), 대추(大椎), 명문(命門), 장강(長强)……."

"염천(廉泉), 천돌(天突), 옥당(玉堂)……."

"중정(中庭), 거궐(巨闕), 중완(中脘), 신궐(神闕)……."

"천부(天府), 협백(俠白), 척택(尺澤), 공최(孔最)……."

"어헉!"

머리 속에 각인되는 울림으로 인하여 천호가 단말마의 비명을 지르며 잠을 깼다.

"무슨 일이오, 두령?"

악양으로 향하던 첫날 밤, 어느 객점에서 여장을 풀고 같은 방에서 잠을 자던 한영이 놀라 일어나며 천호를 바라보았다. 땀에 흥건히 젖은 천호가 '휴우―' 하고 한숨을 내쉬며 일어났다.

"꿈을 꾼 것 같소."

"악몽이었던 모양이군요?"

한영이 천호에게 면포를 내밀었다.

"꿈이라기보다는 머리 속 깊은 곳에서 누군가가 큰 소리로 중얼거리는 것 같았소. 머리 속이 온통 울리는 듯한 큰 소리였소."

천호가 면포로 얼굴의 땀을 닦으며 방금 전 머리 속을 울리던 목소리를 떠올리려는 듯 미간을 좁혔다.

"통천문!"

천호가 벼락치듯 외쳤다.

머리 속 깊은 곳에서 들려오던 소리 중 통천문이라는 단어가 생각났다.

"통천문이라니요? 그게 무슨 말인가요?"

은의소소 모녀와 유자추 외 다른 사람은 통천문에 관한 일을 아는 사람이 없었기에 한영 역시 영문을 몰라 하였다.

"얼마 전에 주은비 소저의 모친으로부터 뭔지 모를 한줄기 공력을 전해 받았소. 통천문에 이르는 무공이라 하였는데 그 부인도 내력은 잘 모르는 듯했소. 단지 내가 인연이 닿을 것 같다며 전해준 것이오."
 천호가 까맣게 잊고 있었던 일을 떠올리듯 벽을 응시했다.
 "통천문에 이르는 무공이라… 언뜻 이해가 가지 않는군요. 두령의 무공에 무슨 상승 효과를 더할 수 있는 무공인가요?"
 한영이 골똘히 생각에 잠긴 천호를 보며 말했다.
 "글쎄요. 무공이라기보다는 어떤 한 가지 의념(意念)을 진기로 만들어 그것을 오래도록 전해 내려오게 한 것 같소. 지금 내 느낌이 그렇소."
 천호의 설명이 계속될수록 한영의 표정은 더욱 어리둥절해져 갔다.
 "생각을 전할 목적이라면 비급이나 서책으로 만들어 전하는 것이 더 편했을 텐데 모를 일이군요."
 한영이 고개를 갸우뚱거리다 밖에서 들리는 인기척 소리에 문을 열었다.
 "무슨 일인가요, 오라버니?"
 소혜와 능소빈이 걱정스런 얼굴로 방으로 들어왔고 철효민도 소혜의 손에 이끌려 조심스레 안으로 들어왔다.
 이른 새벽에 옆방에서 들리는 외마디 비명 소리에 이은 두런두런 나누는 대화 소리에 잠이 깬 여자들이 서둘러 옷을 걸치고 건너온 것이다. 다만 아무 곳에서나 잘 자는 조화영만이 아직 세상 모르고 잠들어 있는 것 같았다. 세 사람을 끝으로 문이 닫히자 한영이 쓴웃음을 지었다.
 "정말 그렇군요. 두령의 말대로 무슨 공력도 아닌 의념을 글로 남기지 않고 그런 식으로 전했다는 것은 이해가 가지 않는군요."
 설명을 들은 세 여자들도 한영과 마찬가지로 머리를 갸웃거렸다.
 "어째서 그런 것인지는 잘 모르겠으나 머리 속에 곧바로 전해진 생각인지라 어떤 문장이나 글보다 더 확실하고 직관적인 것 같았소. 말로 표현할 수 없는 아주 강렬한 전달이었소. 아마도 그런 전달이 목적이었던 것 같소."

"일리가 있는 말이군요. 그럼 통천문이 어디에 존재하는지 알 수 있나요?"

능소빈이 두 눈을 반짝이며 천호를 주시했다.

은의소소의 말대로 천호의 몸에 쌓인 이질적인 두 가지의 공력이 섞이지 않은 불완전한 상태라면 통천문에 들면 그것을 완성시킬 수도 있을 것이라는 기대감에 조바심이 일었다.

"그건 잘 모르겠소. 통천문에 이르는 길을 일러주는 듯했는데 백회(百會), 대추(大椎), 명문(命門)… 등의 구절이 머리 속에 울려왔소."

"그건 몸속에 있는 혈도의 명칭이 아닌가요?"

철효민이 조심스럽게 말했다.

"그렇소. 그전에 분명히 통천문으로 들라는 목소리가 들리고 그 길을 일러주는 것 같았는데 엉뚱하게도 그건 혈의 이름이었소. 그렇다고 그 혈을 따라 무슨 진기가 흐른다거나 하는 느낌도 없었고……."

천호가 도무지 모르겠다는 듯 고개를 흔들었다.

"난 무공에 대해서는 문외한이지만, 꼭 그것이 혈도 명이라고만 할 수는 없지 않나요? 아주 옛날에는 그런 이름의 지명이 있었을지도 모르죠. 사람의 혈을 가리키는 이름 역시 아무런 의미 없이 지었겠어요? 그런 지명과도 관계가 있을 가능성도 있잖아요?"

소혜의 색다른 발상에 다른 사람들도 고개를 끄덕거렸다.

"그럴 가능성도 있겠군요. 우리는 그것이 오직 혈의 명칭이라고 생각했지 소혜처럼 지명이 될 수도 있다는 생각은 하지 못했군요. 소혜는 무공을 모르기에 어쩌면 가장 선입견없이 판단할 수도 있는 일이에요."
　능소빈이 또 다른 방향으로 생각을 펼치며 설명했다.
　"그럴 수도 있겠지요. 그건 앞으로 천천히 더 알아보기로 합시다. 나 때문에 모두 새벽잠을 설친 것 같소. 아직 시간이 있으니 좀 더 자두시오."
　천호가 미안한 기색을 보이며 다른 사람들에게 좀 더 휴식을 취하도록 권했다.
　"우리가 무슨 일어났다가도 머리만 기대면 다시 잠들곤 하는 화영 언닌 줄 알아요? 이젠 잠이 싹 달아났어요."
　소혜가 웃음을 머금고 한영을 쳐다보았다.
　"한영 아저씨나 저 방으로 가보세요. 화영 언니는 잠들면 누가 업어가도 모르는데 그새 누가 업어갔는지도 모르잖아요? 그동안 우리는 얘기나 좀 하고 있을게요."
　소혜의 말이 끝나자 한영이 겸연쩍게 웃으며 슬그머니 방을 나갔다. 그런 한영을 보며 세 여자가 모두 입을 가리며 킥킥거렸다.
　"이젠 잠도 더 안 오고 날이 새려면 멀었으니 오라버니에게서 훈련받던 때 얘기나 좀 해줘요. 정말 오라버니가 다른 사람들은 물론 도진화나 언니까지도 개 몰듯 내몰았나요?"
　소혜가 까만 눈을 반짝거리며 능소빈 곁으로 바짝 다가앉았다.
　"말도 마. 그때는 개 몰이도 그런 개 몰이가 없었어."
　능소빈이 맞장구를 치며 입술에 침을 바르자 천호가 난감한 표정으로 헛기침을 하였고 철효민이 킥 하고 실소를 흘리며 흥미로운 눈빛으로 두 사람의 얘기를 경청했다.

지옥보다 열 배는 더하다 싶은 기간이었기에 지나고 보니 그만큼 애깃거리가 많았고, 그때의 일을 얘기하려고 하면 모두들 열흘 밤낮을 쉬지 않고 떠들 수 있었던 것이다. 능소빈 역시 마찬가지로 열기 띤 목소리로 얘기를 풀어갔다. 소혜와 철효민이 감탄사와 탄식을 섞어가며 이야기 속으로 빠져들자 그곳에 더 있지 못하겠는지 천호 역시 한영처럼 슬그머니 방을 나갔다.

"그럼 그때 언니 손을 잡아 일으켜 준 남자는 유자추 공자님 한 분뿐이란 말이야?"

소혜가 슬쩍 유자추의 얘기로 말머리를 돌렸고 능소빈도 고개를 끄덕였다.

"남자들이란 게 알고 보니 여자보다 훨씬 나약한 존재들이더라구. 겁도 더 많고. 특히 철도정, 그 인간은 제일 겁이 많았어."

"푸— 후후!"

소혜가 웃음을 참느라 애를 썼다.

"그렇게 애쓸 거 없어. 그 웬수덩어리 때문에 내가 얼마나 애를 먹었는지 충분히 이해가 갈 거야, 이젠."

철효민이 헤아려 주는 사람이 있어 속이 후련하다는 듯한 표정을 지었다.

"그중에서도 유자추가 제일 의연하고 늠름했었지."

능소빈 역시 소혜의 의중을 헤아리고 자연스럽게 유자추의 얘기를 꺼냈다.

"손가락 하나 움직일 힘도 없는 상황에서도 칼을 지팡이 삼아 몸을 끌다시피 기어가서 우리들에게 물을 챙겨 먹였고, 또……."

그렇게 능소빈과 소혜가 주거니받거니 대화를 하며 유자추의 어린 시절에서부터 가슴 깊이 감추어진 아픔까지 자신들이 알고 있는 바를 다 말했을 때 철효민의 눈에 눈물이 그렁하게 고여 있었다.
"고마워요, 언니. 그리고 소혜."
철효민이 눈물을 닦았다
"나 유자추 공자님을 사모하는 것 같아. 하지만 주은비 소저만이 가득 담긴 유 공자님의 가슴을 열 자신이 없어. 그래서 너무 괴롭고 안타까워."
철효민이 능소빈과 소혜에게로 쓰러지며 어깨를 들썩거렸다.
"넌 속도 깊고 용기있는 여자야. 그러니 아무 걱정 말고 기다려 봐. 그러면 모든 것이 잘될 거야. 유 공자님도 속이 깊은 사람이니 결코 네 마음을 저버리진 않을 거야. 사랑이란 물과 같아서 결국 더 깊고 넓은 곳으로 흘러가게 마련이야."
소혜가 철효민의 등을 두드리며 달랬다.

*   *   *

"허허! 오늘도 또 오셨구랴."
노인은 책방을 들어서는 청년을 보고 만면 가득 웃음을 지었다. 청년은 목례를 하고 서가 한쪽 구석으로 사라졌다.
청년은 지난 닷새 동안 하루도 빠지지 않고 책방에 들러 이것저것 책을 뒤졌다. 처음에는 단순히 책을 사러 오는 손님인 줄로만 생각하고 별 신경을 쓰지 않았는데 무슨 책을 찾는지 청년은 온종일 책방의 책을 모두 조사하기라도 하듯 서재 하나씩을 돌아가며 그곳에 꽂힌 책을 한 권 한 권 들추어보았다.

그렇게 하루 종일을 보낸 청년이 해가 져서 집으로 돌아갈 때는 하루 종일 죽친 자릿값을 하려는지 책 몇 권을 사들고 갔다. 그 책들은 하루 종일 걸려서 찾아야 하는 그런 책이 아니었다. 어느 곳에서나 쉽게 찾을 수 있는 책으로, 하루 종일을 죽친 대가로 사가는 것임에 분명했다.

사흘째 저녁에도 역시 그렇게 몇 권의 책을 사가는 청년을 보고 노인은 찾아야 할 책이 있으면 언제든지 와서 하루 종일 찾아도 좋으니 필요없는 책을 억지로 사가지는 말라며 청년에게 책을 팔지 않고 되밀었다. 그러나 청년은 굳이 책값을 치르고는 뽑아온 책을 들고 사라졌다.

오늘이 닷새째.

청년은 비슷한 시간에 다시 책방으로 들어섰다.

'예전에 어디선가 본 얼굴인데.'

노인은 기억을 더듬었지만 이젠 기력도 떨어지고 눈도 침침해져 삼년 전 거금을 주고 '현무림비록'을 사간 천호를 기억할 수가 없었다. 기력이 떨어지지 않더라도 하루에 수십 명씩 드나드는 손님들의 얼굴을 다 기억하는 것은 무리였다. 삼 년 전 '현무림비록'을 구해갈 때 천호의 인상이 깊어 '안면이 있는 청년' 정도로 어렴풋이나마 떠오를 뿐이었다.

흑수채를 떠나온 지 보름 만에 천호와 소혜, 능소빈, 한영, 조화영 다섯 사람은 악양에 도착했다. 그리고 소혜의 부친 진충과 뜨거운 조우를 하였다. 천호와 함께 돌아온 소혜를 본 진충은 놀라 입을 다물지 못했다.

천호가 떠나간 후 불면 날아갈 정도로 야위어가던 소혜는 몇 달 만에 만개한 벚꽃처럼 화사하게 피어나 있었던 것이다. 그리고 심약하던 성격도 깨끗이 털어버리고 예전의 그 활발한 성격으로 되돌아왔다.

또 딸 소혜와 같이 온 능소빈, 한영, 배가 불러오는 조화영을 본 진충은 한꺼번에 다섯 명의 자식을 얻은 것처럼 연일 얼굴에 웃음이 떠나질 않았다.

집에 도착하자마자 소혜는 부산하게 움직이며 한영과 조화영의 혼수 준비를 하였고 별채 한 채를 신방으로 꾸며 화려함의 극치를 보여주게 만들었다.

소혜와 능소빈 등이 혼수 준비를 하느라 이곳저곳을 돌아다니며 분주히 움직일 때 아무 도움도 되지 못하는 천호는 구양서점으로 매일 출근을 하여 밤마다 머리 속을 울리는 통천문에 대한 단서를 찾고자 온갖 서적을 뒤적거렸다.

오늘도 일찌감치 구양서점으로 발걸음을 옮긴 천호는 어제까지 살펴본 서재 옆으로 가서 조심스럽게 한 권 한 권 책을 꺼내어 통천문에 관련된 내용이 있는지를 살폈다.

머리 속에서 울리는 혈도의 명칭과 통천문의 관계는 아직까지 그 어느 서책에서도 찾아내지 못하였다. 아니, 통천문이란 단어 자체도 언급된 곳은 없었다. 그동안 어디서나 구할 수 있는 하류 무공 서적이나 의서(醫書), 침술에 관한 서적 등, 관련이 있을 것 같은 모든 서적을 뒤적거려 보아도 원하는 답을 얻을 수 없었기에 어제부터는 아예 모든 책들을 순서대로 한 권 한 권 훑어가는 중이었다.

며칠 동안 책방에 틀어박혀 두문불출했기에 구양 노인이 몇 번 다가와 찾는 것을 물어보았지만 노인 역시 통천문이란 생소한 단어에 고개만 갸웃거리며 돌아갔다.
"통천문… 통천문……."
천호가 다시 그 단어를 되뇌어보았다.
뜻으로만 따진다면 하늘로 통하는 문이란 말인데 그것만큼 막연한 것이 또 없었다. 그렇다고 꿈속에서 울리는 소리에 뭔가 다른 실마리가 주어지는 것도 아니었다. 매일 똑같은 내용만이 울릴 뿐이었다.
"도대체 모를 말이로군."
천호가 이젠 생각하기도 지쳤다는 표정으로 서재의 책만 부지런히 들춰 나갔다.
그렇게 근 열흘이 지나고 구양서점에서 안 꺼내본 책이 없게 되었지만 아무런 소득이 없었다.
"이젠 그만 포기해야겠구나."
천호가 중얼거리며 마지막으로 꺼내본 책을 도로 집어넣었다.
"그래, 원하는 책은 찾으셨는지?"
구양 노인이 오늘은 해가 지기도 전에 책을 들고 값을 치르려는 천호를 보고 물었다.
"책 속에서 찾아질 것이 아닌가 봅니다. 이젠 더 들춰볼 책도 없고 포기해야 할 것 같습니다."
천호가 여전(餘錢)을 거슬러 받으며 말했다.
"혹시 예전에 여기 오지 않으셨던가? 분명히 본 듯한 얼굴인데 기력이 떨어져서 정확히 기억을 되살릴 수가 없구려."
구양 노인이 천호를 쳐다보며 좀 더 정확히 초점을 맞추려는 듯 눈을 찌푸렸다.
"어디 여기 오는 손님이 한둘이겠습니까. 예전에 한두 번 들렀겠지요."
 천호가 무심한 어조로 답했다.
 "그렇겠지요. 늙으니 기억력도 떨어져 가물가물 착각도 자주 하게 됩니다그려."
 노인이 '휴~' 하고 한숨을 쉬었다.
 "그런데 노인장께서는 손주 재롱이나 보며 쉬실 연세인데 어찌해서……?"
 "아들 복이 없어 그렇지요. 딸들이야 모두 출가를 시켜 남의 집 사람이 되었으니 별일없지만, 아들이라고 하나 있는 것이 천하의 난봉꾼이라 내가 이 모양이라오."
 노인이 진절머리난다는 표정으로 말끝을 흐렸다.
 "이젠 더 오실 일도 없을 테니 차나 한잔하고 가시구랴."
 천호가 뭐라 할 새도 없이 노인이 안으로 들어가 찻잔 두 개를 들고 나왔다. 그윽한 차 향이 책 냄새와 어우러져 구미를 돌게 만들었다.
 "아드님은 지금 무얼 하고 있는지요?"
 "말도 마시오. 대낮이지만 홍동가나 어느 술집에서 망나니짓을 하고 있을 것이오. 쯧쯧, 아들 하나라고 어릴 적부터 너무 오냐오냐하고 키웠더니… 그게 자식 농사를 망친 원인이었소. 다 자업자득이지."
 한탄을 하던 노인이 찻잔에 손을 뻗다가 잘못해 찻잔을 바닥에 떨어뜨렸고, 찻잔이 바닥에서 산산조각났다.
 "쯧쯧, 늙으면 죽어야지."
 노인이 빗자루를 들고 와 깨진 찻잔을 쓸어 담았다.
 "그, 그러고 보니……."
 깨진 찻잔을 쓸어 담던 구양 노인이 벼락처럼 고개를 쳐들었다.

"이제야 생각이 나는구려. 내 어쩐지 쉽게 흘려 버릴 얼굴이 아니다 싶었는데 깨어진 찻잔을 보니 불현듯 생각이 나는구려."

구양 노인이 천호를 뚫어지게 쳐다보았다.

삼 년 전 현무림비록을 구해달라며 슬쩍 손을 흔들어 찻잔을 산산조각 낸 그때의 일이 방금 깨어진 찻잔을 통해 떠올랐던 모양이다.

"그때 비록(秘錄)을 사간 그 젊은이구려. 내 일찍이 젊은이같이 고강한 무공을 갖춘 사람을 본 적이 없다오. 그래서 머리 속 깊이 남아 있었던 모양인데 겨우 기억을 해냈구려."

구양 노인이 감회 어린 표정으로 몇 번이나 감탄사를 내뱉었다.

"그런 것까지 기억해 내시는 걸 보니 아직 이십 년은 더 정정하게 책방을 지키실 것 같군요."

천호가 보일 듯 말 듯 미소를 지으며 찻잔을 입으로 가져갔다.

"그런데 통천문인가 하는 곳은 왜 찾으려 하는 것이오? 그곳에는 더 고강한 무공비급이라도 감춰져 있는 모양이구려?"

"그런 건 아닙니다. 어쩌다 인연이 닿아 그 이름을 알게 되었는데 어디에 있는지, 그곳이 무얼 하는 곳인지도 모릅니다. 단지 그곳을 찾아야만 해결될 일이 있기에 찾으려 하는 것이지요."

천호가 남은 차를 마저 마시고는 몸을 일으켰다.

"차 잘 마셨습니다. 필요한 서책이 있으면 다음에 또 들르지요."

자릿값으로 산 몇 권의 책을 들고 천호가 책방을 나섰다.

"저… 젊은이."

구양 노인이 머뭇거리다 천호를 부르며 따라나왔다.

"왜 그러시는지요?"

천호가 천천히 등을 돌려 구양 노인을 바라보았다.

"내 언젠가 무슨 책에서 읽은 구절이 생각나는구먼. 하늘에 이를 수 있는 것은 인간의 마음뿐이라 했네. 그 말이 갑자기 생각나는구려. 도움이 되었으면 좋으련만."

'하늘에 이르는 인간의 마음!'

천호가 시선을 한곳으로 고정시킨 채 생각에 잠겼다.

그 말엔 뭔가 심오한 뜻이 담겨져 있어 통천문과 관련이 있을 듯한 느낌이 들었지만 확실한 것은 아직 알 수가 없었다.

"확실하진 않지만 뭔가 조금은 더 가까워진 것 같습니다. 좀 더 시간이 지나면 확실해지겠지요."

천호가 고개 숙여 인사하고는 구양서점을 벗어났다.

소혜의 집으로 돌아가는 동안에도 천호의 머리 속은 온통 구양 노인이 던진 말로 가득했다. 하늘에 도달하는 문이 꼭 어느 곳에 실재하는 지명이라기보다는 추상적인 관념이라면? 그 답은 자신의 내부에서 찾아야 할 것이다.

'시간이 더 지나다 보면 떠오르겠지.'

어느새 천호의 신형은 소혜의 집에 당도해 있었다.

"오라버니는 혼자서 대체 어딜 그렇게 돌아다니시는 건가요?"

집에 도착하자마자 소혜가 도끼눈을 하고 천호를 바라보았.

그동안 조화영과 한영의 혼사 준비로 천호가 무얼 하든 큰 신경을 쓰지 않았는데 오늘은 조금 여유가 생긴 모양이다.

"찾을 것이 좀 있어서 서점에 다녀오는 길이오. 그런데 혼수 준비는 잘 되어가는 것이오?"

천호는 이곳저곳 분주히 움직이고 있는 사람들을 쳐다보았다. 인근

마을에서 고용한 듯한 여러 명의 아낙들이 옷감을 장만하고 이불 등을 손질하며 바쁘게 움직이고 있었다. 아마도 혼사 날짜가 얼마 남지 않은 것 같았다.

"닷새 후면 혼삿날이에요. 그것도 아직 모르고 계셨나요?"

"벌써 그렇게 됐소? 한영 대협의 심정이 어떤지 궁금하니 가서 만나 봐야겠소."

대답이 궁해진 천호가 다급히 한영의 처소로 발길을 옮겼다.

"혼사 날짜가 며칠 남지 않았는데 기분이 어떠신지요?"

"글쎄요. 마음이 싱숭생숭한 것이 영 좌불안석(坐不安席)이오. 왠지 어디로 내빼고 싶은 생각이 드는 건 또 어찌 된 영문인지 모르겠소. 하하."

천호의 질문에 한영이 쑥스런 얼굴로 답하며 밝게 웃었다.

살수의 업을 짊어지고 이제껏 살아온 한영으로선 혼사란 것이 딴 세상 얘기처럼 생각되었는데 막상 자신에게 그런 일이 일어나니 도저히 실감이 나지 않는 모양이었다.

'그렇다고 해도 도망가고 싶은 심정이라니……'

천호가 고소를 머금었다.

"구양서점 주인의 아들에 대해서 좀 알아봐 주시겠소?"

이런저런 담소를 나눈 후 천호가 한영에게 부탁을 했다.

"구양서점 주인의 아들이라면 이곳 뒷거리에서 내로라하는 난봉꾼인데 두령께서 그자는 왜?"

한영이 의아한 표정으로 천호를 응시했다.

"집에만 계시는 것 같았는데 언제 그런 것까지 꿰고 있는 것이오?"

이번에는 천호가 놀랍다는 표정으로 한영을 쳐다보았다.

살수 특유의 감각 때문인지 한영은 언제나 주변 상황에 대해서는 놀랄 정도로 빨리 머리 속에 숙지하는 능력이 있었다. 지형지물에서부터 사람들의 움직임, 그리고 일상에서 벗어나는 그날그날의 변화 등등······.

"하하, 두령을 만나기 전, 이 집에서 이 년 가까이 호위 무사로 있지 않았습니까. 그때도 그 인간은 이곳 뒷거리의 난봉꾼이었지요. 그런데 두령께서 어찌 그런 자에게 관심을 두는지 정말 궁금하군요."

"책방 주인인 구양 노인으로부터 도움을 받았소. 무언가 보답을 해 드려야겠는데 노인은 자기 아들 때문에 골머리를 앓는 것 같더군요."

"무슨 말인지 알겠습니다. 역시 두령답군요."

한영이 빙긋 웃었다.

무언가 빚을 지고는 절대로 편히 살아가지 못하는 사람들. 이 사내는 그런 인간형의 표본이었다. 비슷한 성격을 가진 사람을 한 사람 더 꼽으라면 정사청 공자도 그랬다. 그런 사람들은 은혜든 원한이든 반드시 몇 곱으로 돌려준다. 은혜는 별문제이겠으나 원한은 절대로 맺지 말아야 할 사람들이 바로 이런 사람들이었다.

"제가 처리하도록 하겠습니다. 이 집에서 호위 무사로 있을 때부터 눈에 거슬리던 놈이었는데··· 몸도 근질근질하던 차에 잘되었군요."

한영의 눈에 급격히 생기가 돌아오고 있었다.

그동안 혼사 준비를 하는 소혜와 능소빈 등에게 이리저리 끌려 다니며 따분함에 온몸이 뒤틀리던 중이었는데 그것을 해소할 수 있는 기회가 생기자 온몸의 근육들이 먼저 알고 아우성을 쳐댔다.

"그자가 알아듣고 평생 그런 짓을 못하도록 하되 절대 병신으로 만들거나 해서는 안 되오."

"염려 마시오, 두령. 그런 데는 제가 전문가지요. 아주 지옥 구경을 시켜주고 다시는 난봉꾼 짓을 할 엄두도 못 내게 해놓겠소."
한영이 들뜬 목소리로 답했다.

"제길!"
구양진복(歐陽眞腹)은 주사위를 담고 흔드는 접시를 내던지며 욕지거리를 내뱉었다. 초저녁부터 지금까지 잃은 돈이 물경 은자 일백냥. 그 돈이면 부친이 운영하는 구양서점의 몇 달 수입과도 맞먹는다.
앞에 마주 앉은 사내는 도박에는 그리 잘 어울리지 않게 생긴 놈인데 언제나 자신과 결정적인 대결에서는 판돈을 긁어갔다. 그렇게 몇 판이 지나고 보니 이젠 수중에 있던 돈이 다 달아났다. 여유롭게 거들먹거리던 표정도 자연히 초조하고 험악하게 변해갔고 말투 역시 거칠어지고 반은 욕설이 섞여 나왔다.
그런 구양진복의 모습에 같이 도박을 하던 사람들이 슬금슬금 밖으로 나가거나 눈치만 살폈다.
"이젠 더 거실 자금이 없는 것이오?"
한영이 아쉽다는 듯 입맛을 다시며 구양진복을 쳐다보았다.
"재수 옴붙었군. 오늘처럼 안 되는 날도 처음이야."
구양진복이 험악한 기세로 한영을 쏘아보았지만 한영의 표정은 얄미울 만치 변화가 없었다. 결국 눈싸움에서도 이익을 보지 못한 구양진복이 시선을 거두었다.
"외상도 받을 수 있을 것 같은데… 담보만 확실하다면."
한영의 말에 구양진복의 눈이 번쩍 빛을 발했다. 외상이라면 소도 잡아먹는다는데, 외상을 해주지 않아서 탈이지 받아만 준다면 이보다 더 좋은 일이 없는 것이다. 제아무리 운이 좋다고 해도 줄창 이길 수만은 없는 일이고, 제대로 걸리면 밑천 들이지 않고 본전을 회수할 수 있는 것이다. 혹여라도 다시 모두 잃는다 해도 이런 허여멀건한 놈에게는 빚을 갚지 않을 충분한 자신이 있는 것이다.

"정말 그렇게 해주시겠소? 나야 뭐 안 받아줘서 못하지 받아만 준다면야 밤을 새울 만큼은 담보를 걸 수가 있소."

구양진복이 이제껏 험악한 표정과 말투는 언제 그랬냐는 듯이 싹 지워 버리고 오랫동안 헤어졌다 만난 고향 친구를 대하는 듯한 눈으로 한영을 쳐다보았다.

"담보는 무얼로 하시겠소?"

빙글거리던 구양진복의 표정이 다시 어두워졌다. 지금 현재 마땅히 담보를 잡힐 것이 없는 것이다. 유일하게 담보를 걸 수 있는 것이라야 부친의 책방이 전부인데 아무리 행패를 부려도 수익금은 몽땅 내줄지언정 책방 문서는 주지 않는 부친이었다.

'고집스런 노인네.'

구양진복이 내심 분통을 터뜨렸다. 이것도 그리 만만치가 않은 것이다.

"왜 그러시오? 마땅히 담보를 걸 만한 것이 없는 것이오?"

"쩝, 지금 당장은 그렇소. 나도 예상치 못한 일이라 그런 것을 챙기지 않았으니……."

"그렇군요. 처음부터 외상으로 도박하려고 온 것은 아닐 테니… 그럼 이렇게 합시다. 노형 친필로 담보를 정하고는 손바닥 도장을 찍어 주시오. 그럼 아쉬운 대로 받아주겠소. 끝발이 서는 날은 왕창 따야 한다는 것이 내 신조요. 이렇게 일어서는 것은 영 마음에 내키지 않는군요."
한영이 다시 구양진복을 구슬렸다.
"그, 그래 주시겠소? 내 신용이야 확실하니 증서를 확실히 써드리지요."
"그렇게 합시다."
도박장의 많은 시선들이 다시 한영과 구양진복에게로 모여졌다.

"이젠 또 뭘 거시겠소?"
한영이 여전히 무표정한 얼굴로 땡감 씹은 표정을 한 구양진복을 쳐다보았다.
새벽이 가까워질 무렵, 구양진복은 구양서점을 넘긴다는 각서를 쓰고 한영이 미리 준비하고 있던 전표로 바꾸어 도박을 하였지만 그것 역시 모두 잃고 말았다. 도박의 종류와 방법을 이것저것 바꾸어 해보았지만 언제나 쥐꼬리만큼 따고 잃을 때는 황소 몸통만큼 잃었다. 그렇게 정신없이 수십 판을 끝내고 보니 구양서점을 넘긴다는 각서를 쓰고 차용한 돈마저 모두 잃고 말았다.
마치 귀신에 홀린 기분이었다. 이제껏 수백 판도 더 해본 도박이었지만 오늘처럼 대책없는 날은 처음이었다.
"이제 걸 만한 물건이 없는 모양이군요? 이거 아쉬워서 어쩌나."
'죽일 놈!'
구양진복이 이빨을 갈았지만 이 도박장 안에서 소란을 피울 수는 없었다.
"한 판만, 마지막으로 한 판만 더 해보자!"
일어서려는 한영의 팔을 잡아 앉히며 구양진복이 다급하게 말했다.

"걸 만한 것도 없을 텐데 뭘 걸고 한 판을 더 하자는 것이오?"

"뭐든 걸겠다! 그러니 한 판만 더 하게 해다오. 필요하다면 내 몸뚱어리라도 걸겠다!"

구양진복이 결국 한영이 걸어놓은 올가미 속으로 목을 들이밀었다.

"몸뚱어리를 건다고 했소? 그럼 그것마저 잃는다면 평생 내 종이 될 수 있는 것이오?"

"그, 그렇다. 그러니 한 판만 더 해보자."

구양진복의 말에 한영이 곤란하다는 표정으로 고개를 갸웃거리며 몸을 뒤로 빼었다.

"내 각서를 확실히 쓸 테니 한 판만 더 하게 해다오."

"좋소. 우선 각서부터 쓰시오."

한영의 대답이 떨어지기가 무섭게 구양진복이 각서를 쓰고 먹물을 묻힌 손바닥을 눌렀다.

'이런 종이 쪼가리야 몇백 장을 남발한다 한들 내가 오리발을 내민다면 그만이다. 허약하기 짝이 없어 보이는 이런 놈은 각서를 들고 오는 대로 뼈마디를 몇 군데 부숴놓으면 되는 것이다!'

구양진복이 속으로 음흉하게 미소 지었다.

"예상한 대로 한 치의 어긋남이 없이 움직이는군."

한영이 피식 미소를 지으며 골목길을 꺾어져 돌았다.

구양진복으로부터 은자 백 냥과 구양서점, 그리고 구양진복 자신의 몸뚱어리를 넘긴다는 각서까지 품에 챙기고는 도박장을 나와 천천히 걸음을 옮긴 지 일각도 지나기 전에 등 뒤로 열 명도 넘는 미행의 낌새가 느껴졌다. 필시 구양진복이 패거리를 동원하여 살인멸구의 계획을 실행하려 하는 모양이다.
"그럼 네놈들이 바라는 방향으로 움직여주어야겠지?"
한영이 골목길을 빠져나와 인적이 드문 야산 모퉁이 쪽으로 방향을 잡았다.
잠시 후, 야산 모퉁이 근처에 도달하자마자 열서너 명의 건달들이 기다렸다는 듯이 뛰쳐나와 한영 주위를 둘러쌌다.
"아니, 이게 뉘시오? 구양 형이 아니오?"
한영이 짐짓 놀랍다는 목소리로 구양진복을 쳐다보았다.
"흐흐, 고맙게도 네놈이 스스로 무덤 속으로 들어오는구나."
뒷짐을 진 채 구양진복이 득의에 찬 미소를 지으며 나타났다. 그와 함께 구양진복의 앞에 있던 건달들이 길을 비켜주었다.
"다시 걸 만한 물건이 생긴 것이오? 그렇다면 진작 말하지 않고, 그럼 도박장으로 되돌아가는 번거로운 일은 하지 않아도 될 것을……."
"으하하! 이놈이 아직도 똥오줌을 못 가리는구나. 오늘이 제삿날이 될 줄도 모르고 있으니 말이야."
구양진복이 일장대소를 터뜨리며 한영에게 손을 내밀었다.
"아까 내게서 따간 은자 일백 냥과 각서 두 장을 모두 내놓아라. 그러면 없었던 일로 하고 살려보내 주겠다."
"후후, 정말 재미없군. 어쩌면 그렇게 내 의중대로 정확히 움직일 수 있는 것이냐? 그러니 너무 재미가 없지 않나."
한영이 지금까지의 어수룩한 표정을 지우고 칼날처럼 우뚝 섰다. 갑자기 돌변한 한영의 기운에 둘러싸고 있던 건달패들이 흠칫 놀라며 혹시 자신들이 도로 함정에 빠지지나 않았는지 주변을 둘러보았다. 하지만 아무런 낌새를 느끼지 못하자 다시 몽둥이를 고쳐 쥐고 흉흉한 표정을 지었다.

"후후."

한영이 장난스레 웃으면 신형을 움직였다.

"으악!"

"으윽!"

비명 소리가 들려오며 둘러섰던 건달패들이 하나둘씩 거꾸러지기 시작했다.

"이런 것을 추풍낙엽이라 하지."

눈 몇 번 깜박일 시간도 되기 전에 구양진복이 이끌고 온 열서너 명의 건달들이 모두 바닥에 드러누워 게거품을 물었다. 그들로서는 어떻게 자신들이 이런 고통 속에서 바닥을 기고 있는지 제대로 감도 잡지 못한 상태였다.

퍼억!

쓰러진 사내들을 흘낏 한번 쳐다본 한영이 이번에는 구양진복의 면상을 향해 주먹을 날렸다. 슬쩍 휘두른 주먹이었지만 공력이 실린 주먹인지라 구양진복은 저만치 날아가 바닥에 처박혔다.

"크으윽—"

구양진복이 턱을 감싸 쥐며 신음성을 흘렸다.

"내가 누구냐?"

다가온 한영이 슬쩍 구양진복의 복부에 발을 얹어놓으며 질문을 던졌다.

"으윽!"

내장이 터지는 듯한 고통을 느끼며 구양진복이 다시 비명을 질렀다.

"내가 누구냐고 물었다."

"모, 모르오!"

구양진복이 숨을 헐떡이며 겨우 답하자 한영이 어이가 없다는 듯 터져 나오는 웃음을 가까스로 참았다.

"이건 이제 내 몸뚱어리이니 부러뜨리든 깨부수든 내 마음대로 해도 되는 것 아닌가? 이래도 내가 누군지 모른단 말인가?"

배를 밟고 있던 한영의 발이 구양진복의 허벅지 위로 올라갔다. 분위기로 봐서는 어디 한 군데 부러뜨려 놓을 것 같았다.

"크아악—!"

한영이 슬쩍 발에 힘을 주자 구양진복이 처절한 비명을 질렀다.

"아직도 내가 누군지 모르겠느냐?"

"주, 주인이오! 내 몸뚱어리의 주인!"

구양진복이 공포에 질린 눈으로 서둘러 답했다. 대체 어떻게 이런 일이 일어났는지 아직도 이해가 되지 않았지만 온몸으로 느껴지는 고통은 그 무엇보다 명확했다.

"그래? 그럼 이제 주인으로 명령하겠다. 이것을 삼켜라."

한영이 미리 준비한 밀가루 반죽 알약을 내밀었다.

"그것이 무엇인지… 크아악!"

"넌 주인이 하라는 대로만 하면 된다. 어서 삼켜라."

한영이 다시 한 번 눈을 부릅뜨자 구양진복이 얼른 작은 알약을 집어삼켰다.

"그 알약은 아주 특이한 독으로 만든 독단이다. 오늘부터 정확히 두 달 후엔 그 독이 발작을 하여 해독약을 쓰지 않으면 지독한 고통과 함께 혈맥이 터져 죽게 된다. 그때의 고통을 맛보게 해주겠다."

한영이 구양진복을 일으켜 왼쪽 어깨의 견정혈(肩井穴)을 지그시 누르며 공력을 주입하였다.

"으아악―!"

구양진복이 지독한 고통에 처절하게 비명을 지르며 바닥을 뒹굴었다. 거의 초죽음이 되었을 때 한영은 구양진복의 혈을 풀어주었고 구양진복이 벌벌 떨며 저승사자를 보듯 한영을 쳐다보았다.

"이제 두 달에 한 번씩 해약을 먹지 않는다면 하루를 꼬박 방금 느꼈던 그런 고통을 느끼며 죽어갈 것이다. 알겠느냐?"

"아, 알겠습니다. 무슨 일이든 할 테니 제발 해약을 주시오."

땀을 비 오듯 흘리며 구양진복이 한영을 보며 애원했다. 무공을 모르는 그로서는 혈을 점한 고통을 도저히 참을 수가 없었다. 그것은 생전 처음 느껴보는 죽음의 고통이었다.

"좋아. 앞으로 내가 시키는 대로만 한다면 두 달에 한 번씩 해약을 주겠다. 그렇게 하겠느냐?"

"예, 예! 죽으라면 죽는시늉이라도 하겠습니다!"

구양진복의 우렁찬 목소리가 야산 가득 울려 퍼졌다.

"신랑 삼배(三拜)!"

"신부 삼배!"

닷새 후 한영과 조화영의 혼인식이 열렸다.

소혜의 말대로 낙양이 떠들썩하도록 화려하게 베풀어진 혼인식은 두고두고 인구(人口)에 회자(膾炙)되었다.

혼인식 중간에 나풀거리며 내리기 시작한 서설(瑞雪)은 두 사람의 영원한 행복을 빌어주는 듯했다.

혼인식이 끝나고 밤부터 굵어지기 시작한 눈발은 다음날 아침 온 세상을 하얗게 뒤덮었다. 두껍게 쌓인 집 앞의 눈을 누구보다 일찍 일어나 제일 먼저 치운 사람은 구양서점의 난봉꾼 구양진복이었다.
　하얀 겨울은 그렇게 깊어갔다.

제35장
드리워지는 암운(暗雲)

〈온 무림에 고하노니!

혈영 영주인 본인 나백상은 백도무림 제 방파의 평안과 번영을 기원하며 평소 존경해 마지않던 각 파 장문인 및 명숙들에게 삼가 읍소드립니다.

우리 혈영은 척박한 변방 한쪽 모서리에 뿌리를 내려 근 십 년 동안 절치부심의 노력으로 작금에 와서 일파를 이룰 만한 성장을 구가한 바, 그 모든 공이 정파무림의 음덕이라 하지 않을 수 없습니다. 다시 한 번 깊은 감사를 드리며 이제 우리는 또 한 번의 은혜를 입어 변방의 척박한 땅을 벗어나 사천성(四川省) 봉절현(奉節縣)의 백제성(白帝城)터 한쪽 자락에 작은 땅을 얻어 혈영이란 이름으로 문파를 열고자 하니, 자손만대 공동의 번영을 이룰 수 있도록 정파무림 동도 여러분의 축하를 빌어 마지않습니다.

혈영 영주 나백상 배상.〉

깊고 추운 겨울이 지나고 온 대지를 하얗게 뒤덮었던 백설의 자취가 서서히 흔적을 지워갈 무렵 누구나 예상했던 바와 같이 혈영의 준동이 시작되었다.

그 시초는 각 무림방파에 날아든 한 장의 무림첩이었다.

예상대로 혈영의 영주는 제왕성의 척마단주였던 나백상이었고 정중하게 혈영의 개파 선언을 공표하는 내용이었지만 결국은 선전포고나 마찬가지였다.

지금껏 혈영이 꾸민 음모와 만행으로 보아 백도의 어떤 문파도 그들의 중원 입성을 허락하지 않을 것이며 오히려 은신처를 찾아내어서라도 그들의 존재를 말살시켜야 할 입장이었다.

무림 각 방파는 긴 겨울 동안 이런 상황을 충분히 예상했던 터라 미리 정해진 순서대로 신속하게 대응하여 갔다.

빠른 시간 내 소림사 경내에서 정파명숙 회동이 이루어졌고 앞으로의 일들에 대한 열띤 논의가 진행되었다.

"너무 뻔한 수순대로 나오니 오히려 의구심이 드는군요."

곤륜의 장로 진명 선사(眞明禪師)가 나백상이 보내온 무림첩을 바라보며 입맛을 다시자 다른 사람들도 고개를 끄덕거렸다.

"잘 아시다시피 나백상 그 사람은 척마단주를 지낸 지독한 무골이지요. 암계나 술수보다는 건곤일척의 정면 승부를 벌이고 만인지상으로 군림하고자 하는 자입니다. 어쩌면 그런 자들이 훨씬 더 무섭고 이전과는 비교할 수 없는 혈풍을 일으킬 것입니다."

누군가 자신의 의견을 말하자 곳곳에서 탄식과 함께 술렁임이 일었다.

"그렇습니다. 간교한 마교와 같이 불리하다고 후퇴하고 뒷날을 기약하며 지하로 숨어들 인간이 아닙니다. 일단 싸움이 시작되면 죽을 때까지 마지막 한 가닥의 진기마저 짜내어 칼을 휘두를 자입니다. 그 순간까지 우리들의 피해 또한 막심할 것은 자명한 일이지요."

다른 한쪽에서도 비슷한 의견이 제시되었고 착잡한 분위기가 온 경내에 가득했다. 그런 분위기를 걷어 헤치며 소림의 방장 주해 대사가 나섰다.

"두 분 장로님들의 의견은 지당하기 그지없는 말씀입니다. 모두들 그것을 잘 알기에 그 어떤 때보다 마음이 무거운 것이 아니겠소. 그들이 이토록 당당하게 정면 승부를 걸고 나오는 것은 그만큼 자신이 있다는 뜻이고 우리 역시 그렇게 정면 승부로 대항해야 할 것인데, 그렇게 되면 엄청난 피바람을 피할 수 없는 일이지요. 이 자리는 오직 그 피바람을 최소화시키기 위한 방안을 마련하고자 모인 자리가 아니겠소? 그것은 가장 단순하면서도 수백 가지 술수와 암계를 막는 것보다 더 어려운 일이 아닐까 하오. 아미타불."

주해 대사가 불호를 외며 조용히 눈을 감았다.

"결국은 부딪칠 수밖에 도리가 없는 것 같소. 야음을 틈타 기습을 해온 무리들도 아니고 무립첩을 돌리고 당당히 진군해 오는 그들을 우리가 먼저 기습할 수도 없는 일이지요. 그들이 뿌리를 내리고자 하는 봉절현 백제성터 한복판에 우리가 먼저 진을 치고 그들의 입성을 원천봉쇄하는 방법밖에는……."

무당의 새 장문인 방제금(方諸金)이 무거운 어조로 탄식했다. 결국 수천 수만 인의 피를 흘려야 하는 전면전밖에는 도리가 없었다.

십오여 년 전 척마대전이란 미명 하에 벌어진 그런 전면전으로 인하여 백도무림의 혼이 꺾이는 치욕을 맛보았고 무당은 최근에 장문인을 잃어야 하는 재난까지 겪었다. 생각할수록 치가 떨리고 후세에 길이길이 오욕으로 남을 일이었다.

"그럴 수밖에 없지요. 죽든 살든 봉절현의 백제성터에서 맞닥뜨려 보아야 결판이 날 일이지요. 먼저 무림맹을 조직하고 최단시간 내에 봉절현에 진지를 구축하는 것이 급선무인 것 같소."

곤륜의 진명 선사가 고개를 끄덕이며 장내를 주욱 둘러보았다. 이전의 어떤 회합에서도 보기 힘든 많은 인원들이 모여 있었다.

지난 가을에서 겨울까지 몇 달 동안에 무림은 한 개만으로도 경천동지할 사건들이 한꺼번에 터져 나왔고, 그 하나하나가 실로 믿기지 않을 만한 일들이었다.

제왕성의 내분과 혈영의 등장, 구파일방 명숙들과 간자들의 무당산 혈투, 그리고 그 혈투에서 홀연히 모습을 드러낸 암흑마제 장천호와 사라진 백도 후기지수들, 뒤이은 제왕성의 봉문…….

그런 많은 격변들로 인해 온 무림은 벌집을 쑤신 듯이 들끓었고 긴 겨울 동안 어느 때보다도 바쁘게 서로 간의 연락이 있어왔고 의견 조율이 있었기에 평소의 명숙 회동 인원과는 비교할 수 없는 많은 문파와 인원들이 모였지만 무림맹의 결성이라는 거대 사안에 이르기까지 별 이견 없이 흘러왔다.

특히 이번에는 구파일방 외 해남도(南海島)의 해남검문, 천산(天山)의 천산파, 절강성의 보타문(普陀門), 모산파(茅山派) 등 세외문파까지도 자리에 참석하였다. 그만큼 근간에 일어났던 사건들이 놀랄 만했고, 또 지금 불어오는 혈풍을 막지 못한다면 중원은 물론이고 세외문파에까지 그 피보라가 덮칠 것이라는 충분한 위기감이 고조되었기 때문이다.

"잘 알겠습니다. 선사님의 말씀대로 제일 먼저 무림맹을 조직하지요. 그리고 맹주를 선출하고 무림맹의 조직 체계 등 세부 사항을 결정하도록 합시다. 우리 화산은 무림맹의 일원으로 동참하는 바이오."

화산의 장문인 성회수(成懷水)가 제일 먼저 무림맹 가입을 선언했고 그 뒤로 제 방파들의 무림맹 가입이 이루어졌다.

"모든 동도들의 참여로 무림맹이 탄생되었소. 이제껏 그 어떤 시기에도 순조롭게 결성되지 못했던 정파무림맹의 순조로운 결성으로 우리 정파무림은 그동안 기울어가던 백도의 혼을 드높일 기틀을 마련하게 되었소. 앞으로 맹주를 선출하고 일심으로 움직인다면 그 어떤 혈풍도 잠재울 수 있으리라 의심치 않소."

화산의 장문인 성회수가 무림맹 결성을 선포하고 잠시 호흡을 가다듬었다.

"그럼 이제 무림맹주의 선출과 무림맹의 조직을 결정할 차례요. 먼저 무림맹주의 선출 건에 있어서 우리 구파일방과 사대세가는 한 가지 의견을 도출했었소. 어느 문파이든 무림맹주가 선출된 문파에서는 이번 대전에서 제일 선봉을 맡기로 말이오."

성회수의 말이 끝나자 경내에 많은 술렁거림이 일었다. 자파에서 무림맹주의 자리를 맡는다는 것은 문파의 광명이지만 그 문파는 혈난의 선봉에 서서 희생을 감수해야 한다. 호랑이 사냥에는 관심이 없고 가죽에만 눈독을 들이는 선례를 차단하고 무림맹주의 선출과 선봉의 결정을 함께하여 신속히 조직을 갖추고자 하는 중원무림의 공통된 인식이 깔려 있는 결론이었다.

"그것 참 공평한 결정이오. 영광이 있으면 그만한 희생도 따라야지요. 어쩐지 이번 무림맹은 사상 최고로 강할 것 같다는 생각이 드는군요. 중원무림에서 사리사욕을 떨쳐 낸 공평한 결정을 한 이상 우리 해남검문도 진심으로 전력을 다할 수 있겠소."

해남검문의 문주 백하민(白河旼)이 형형한 눈빛을 빛내며 쩌렁쩌렁한 목소리로 말했고, 예사롭지 않은 백하민의 기도를 대한 좌중의 사람들은 자신도 모르게 작은 감탄을 내뱉었다.

세외의 검파로 지난 척마대전과 제왕성의 억눌림에 영향을 받지 않았던 해남검문은 그동안 착실한 힘의 축적을 이루었던 것이다. 그런 힘의 축적을 바탕으로 한 자신감은 이번 회동에 있어서 세외문파들의 참여를 주도하였다.

"그렇다면 역으로 이번 대전에서 어떤 문파이든 선봉을 맡는다면 무림맹주의 자리는 가져갈 수 있는 것이오?"

백하민이 말과 함께 좌중을 둘러보았다.

"그건……"

"어허, 그런……"

곳곳에서 난감해하는 헛기침들이 터져 나왔다.

"맹주를 맡은 문파가 선두에 선다고 한 것은 사실이지만 아무 문파나 선두에 서서 무파가 맹주 자리를 맡는다는 말은 아니오. 그렇게 된다면 큰 힘을 보태지 못하는 소수 문파에서 맹주 자리를 차지할 수도 있는 일이기에……"

쾅!

성회수의 말이 끝나기도 전에 백하민의 손바닥이 탁자를 내려쳤다.

좌중의 눈이 백하민에게로 쏠렸고 백하민의 이마에 굵은 힘줄이 돋아났다.

"화산의 문도 수가 총 얼마이오, 성 장문인?"

백하민의 눈빛이 타오르듯 이글거렸다.

"그건 왜 묻는 것이오?"

성회수가 담담한 눈빛으로 백하민의 시선을 받았다. 각 파의 문도 수는 공공연한 비밀이지만 어쨌든 비밀에 속하는 것으로 이런 공식석상에서 밝힐 수 있는 것이 아니었다.

"우리 해남검문은 최소한 화산파의 전체 전력과 비슷한 전력을 이번 대전에 투입할 수 있소. 이 자리에서 바로 말씀드리지요. 우리는 해남검문 일급제자 사백을 참가시키겠소!"

백하민의 말에 같이 동행한 해남검문의 제자들인 듯한 젊은이들의 신형이 움찔하였지만 백하민은 오연하게 수염을 쓰다듬었다.

사백의 숫자라면 결코 적은 수가 아니었다. 하지만 그가 호언한 화산의 문도 수와 비교할 순 없었다. 현재 화산의 문도와 속가제자들까지 합친다면 그 숫자는 오히려 몇 분지 일도 되지 못했다.

"사백의 숫자로 어찌 화산과 비슷한 전력이라 할 수 있겠소, 문주? 중원을 너무 얕잡아보는 것이 아닌지요?"

곤륜의 진명 선사가 담담한 눈빛으로 백하민을 바라보았다.

"질이 문제이지 숫자 따위가 무슨 문제가 되겠소?"

백하민의 얼굴에 자부심 가득한 미소가 떠올랐다.

"말이 지나치오, 문주! 감히 어찌 세외문파 검수 사백으로 구파일방의 한 축인 화산의 힘에 겨룬단 말이오!"

진명 선사의 노기 어린 음성이 장내로 퍼져 나갔다. 이제껏 별 탈 없이 진행되던 회의가 단번에 험악한 분위기로 바뀌었다.

"구파일방이라는 이름이 그렇게 대단하다면 어떻게 제왕성이란 한 가문에게 그런 핍박을 받았단 말이오? 그러고도 구파일방이란 이름만으로 해남검문의 일급검수 사백을 얕잡아볼 수 있는 것이오?"

백하민의 곁에서 얼음 조각처럼 서 있던 한 젊은이가 차가운 음성을 내뱉었다. 그 말과 함께 장내는 일순 찬물을 끼얹은 듯 조용해졌다.

구파일방의 가장 치욕스런 상처를 건드리는 발언에 구파일방의 사람들은 물론이고 다른 군소문파의 사람들도 벌어진 입을 다물지 못하며 백하민과 진명 선사의 모습을 번갈아 바라보며 눈치를 살폈다.

해남검문의 문주 백하민마저도 자신의 아들 백중호(白重虎)가 이렇게 도발적으로 나올 줄 몰랐다는 듯 깜짝 놀란 얼굴이 되었다.

"이, 이런……."

"저런 죽일……!"

진명 선사를 비롯한 구파일방 장로들의 수염이 부르르 떨리며 분노를 삼키느라 안간힘을 썼고 혈기를 누르지 못한 젊은이들 사이에서는 욕설이 튀어나오며 일촉즉발의 긴장감이 온 장내를 뒤덮었다.

'이놈이 너무 심하구나.'

백하민이 아들 백중호를 보고 미간을 좁혔다. 그리고 분노로 온몸을 떨고 있는 정파무림 명숙들에게 고개를 돌렸다.

"아들의 결례를 용서하시오. 방금 내 아들놈이 한 말에 대해서는 내 진심으로 사과를 드리겠소. 워낙 강한 칼만을 추구하며 키운 아이인지라……."

백하민이 조금은 긴장된 얼굴로 좌중을 향해 고개를 숙였다.

"당치 않습니다, 아버님! 해남검문 사백 검수를 세외문파의 하찮은 숫자로 업신여긴 사람은 구파일방입니다! 난 이곳에서 심장을 가르는 한이 있더라도 그 말은 받아들일 수 없습니다! 제가 한 말이 구파일방에 치욕이었다면 구파일방의 그 말은 저에게 있어 죽음 이상의 치욕입니다! 그 치욕을 씻을 기회를 주지 않는다면 이 자리에서 뼈를 묻겠습니다!"

백중호가 칼을 뽑아 경내의 두꺼운 마룻바닥에 깊숙이 꽂아 넣었다. 그리고 그 자리에 무릎을 꿇고 앉았다. 꽉 다문 입술에서는 선혈이 흘러내려 가슴을 적셨고 질끈 감은 눈에서는 천 번 만 번의 죽음이라도 불사하겠다는 처절한 무혼(武魂)이 어려 있었다. 그 처절한 무혼은 치욕적인 말에 온몸을 떨던 정파무림 명숙들의 분노마저도 오히려 압도하는 듯했다.

'너무 강하게만 키웠어!'

백하민이 혀를 찼다. 절해고도의 파도와 싸우며 강함만을 추구하며 키워낸 아들이었기에 부러질지언정 절대 굽히지 않는 성정을 지니게 되었다. 그것은 칼을 날카롭게 하는 데는 더없이 알맞을지는 모르지만 세상을 살아가는 데는 많은 화를 자초할지도 모를 일이다. 거친 파도가 한시도 쉬지 않고 몰아치는 해남도에서는 최고의 투사로 추앙을 받을 수 있지만 암계와 술수가 난무하는 강호에서도 그러리라는 보장은 없다.

"아미타불……."

소림의 주해 대사가 나지막하게 불호를 읊었다. 비록 나지막하게 울려 퍼지는 불호였지만 그 속에는 심유하기 그지없는 내공이 스며 있어 장내의 많은 사람들 가슴속에 들끓고 있던 흥분과 혈기를 차츰 차분하게 가라앉혔다.

가슴 가득 들끓던 혈기가 한줄기 불호에 따라 서서히 가라앉음을 느낀 좌중은 부지불식 중에 자기 손으로 가슴을 쓸며 주해 대사의 깊은 공력에 경외 어린 눈길을 보냈다.

'칼보다 강한 천 년 불심(佛心)의 힘[力]이던가?'

백하민도 가슴속이 차분해짐을 느끼며 긴 호흡을 한번 내뱉고는 평상심으로 돌아왔다.

"무인으로서 자파와 자파의 무공에 대한 자부심은 생명과 같은 것이지요. 두 분 명숙께서는 서로 자신의 문파와 자파의 무공에 대한 깊은 자부심을 표현한 것이 듣는 상대로 하여금 곡해를 하게 한 것 같소. 그렇지 않은가요, 두 분 명숙들?"

주해 대사가 온화한 얼굴로 백하민과 진명 선사를 바라보았다.

"허허, 지당하신 말씀이지요. 내 비록 칼을 들고 칼의 힘에 목을 맨 사람이지만 한 문파의 문주로서 어찌 다른 문파를 멸시할 수 있단 말이오? 그것은 제 얼굴에 침 뱉는 격이지요. 한시도 쉬지 않고 몰려오는 집채만한 파도와 싸우며 사는 사람들이다 보니 성정이 불 같은 점을 모두 이해해 주시구려."

백하민이 너털웃음을 터뜨리며 금세 평온한 표정을 지었다. 급하게 달아오르는 성격답게 실수를 인정하는 행동 또한 거침이 없었다.

"부끄럽습니다, 대사. 한 번만 더 생각해 보았더라면 백 문주의 말씀이 누구를 폄하하는 것이 아니고 자부심의 발로였다는 것을 알았을 텐데 부덕의 소치로소이다."

진명 선사도 깊은 사과를 하자 장내의 분위기가 금세 누그러들고 오히려 더 화기애애하게 되었다. 하지만 장내 한복판에 칼을 꽂고 꿇어앉아 있는 백중호의 신형에서는 조금도 누그러지지 않은 비장함이 흘렀다.

"허허, 그런데 저 아이는 어떻게 한다……"

주해 대사가 잠시 백중호를 바라보며 염주를 굴렸다.
"제가 잘 타일러 보겠습니다, 대사."
백하민이 백중호에게로 다가서려 하자 주해 대사가 팔을 들어 제지했다.
"아니지요, 문주. 칼을 든 무인으로서 자신의 전부를 걸고 자파의 명예를 지키려는 사람 앞에서는 아버지도 한 사람 무인일 뿐이지요. 무인 대 무인으로서 저 공자의 의견을 들어봅시다."
주해 대사가 백중호를 바라보고 미소를 띠자 철상처럼 굳은 자세로 무릎을 꿇고 앉아 있던 백중호가 천천히 일어섰다. 그리고 주해 대사에게 깊숙이 고개를 숙였다.
"혈기를 이기지 못하고 철없이 날뛴 점 깊이 사죄드립니다."
백중호가 잠시 고개를 깊이 숙이고 서 있다 결심한 듯 주해 대사를 바라보았다.
"우리는 해남검문의 일급검수가 되기 위해서 피나는 수련을 하였습니다. 죽음을 의식할 정도로. 그러기에 해남검문 일급검수 사백 명이 결코 구피일방의 한 검파에 비해 약하지 않다는 것을 증명하고 싶습니다. 대사님께서 정해주신 사람과 비무를 하게 해주십시오."
백중호의 말을 들은 좌중이 잠시 술렁거리며 서서히 긴장감에 싸여갔다.
"허허, 비무라……?"
칼날 같은 백중호의 시선을 받는 주해 대사의 만면에 온화한 미소가 떠올랐다. 그것은 어떤 칼보다 강한 천 년 소림의 힘이었고 백도무림의 힘이었다. 백중호의 눈빛이 일순 흔들렸다.
"그거 좋은 생각이구먼. 그러지 않아도 근 두 시진을 회의만 하느라고 좀이 쑤시던 참인데 잠시 휴식도 취하고 이참에 해남검문의 검술도 견식하고, 이보다 좋은 일이 어디 있을꼬."

주해 대사가 미소를 거두지 않고 백하민을 쳐다보았다.

"어떻소, 백 문주? 우리 내기를 하나 합시다."

백하민이 잠시 주해 대사와 눈을 마주하다 크게 고개를 끄덕였다.

"하하, 그렇게 하시지요. 그런데 어떤 내기를 말씀하시는지요?"

"문주의 자제 분과 저기 세 명의 청년을 더하여 해남검문 제자 네 명하고 우리 구파일방의 제자 네 사람을 뽑아 연속해서 겨루게 하여 최후에 많이 남는 쪽이 이기는 걸로 하는 게 어떻소?"

"하하, 그거 참 좋은 생각이군요. 마침 우리 문에서 데려온 청년이 네 명인데 연속해서 겨루게 하면 무승부도 방지할 수 있겠군요."

백하민의 만면에 웃음이 떠올랐다. 그 웃음의 한가운데는 강한 자부심과 결코 지지 않는다는 자신감이 배어 있었다.

"그런데 무엇을 걸지요?"

"긴 여정과 회의로 피곤할 터이니 지는 쪽에서 오늘 저녁 술을 사는 것이 어떻겠소?"

"대, 대사님!"

주해 대사의 말에 곁에 있던 소림승들이 혼비백산하였다.

"우하하! 소림사 한복판에서 술 내기라……. 이러다 오늘 여기 모인 사람들 모두 소림 제자들에게 내쫓기는 것 아닌지 모르겠습니다그려. 하하하."

백하민이 너무 뜻밖이라는 듯 반신반의하며 주해 대사를 쳐다보았다.

"술이란 것도 다 사람이 만든 음식인데 소림사에서 못 먹을 것도 없지요. 술이 나쁜 것이 아니라 술을 과하게 마시고 헤어나지 못한 인간의 행위가 나쁜 것이지요. 세상만사 다 마찬가지가 아닐까 하오. 과욕과 과음, 과행… 모두 과하게 한쪽으로 치우친 것들로 인해 세상이 시끄러운 것이지요."

주해 대사의 말에 장내가 잠시 숙연해졌다.

"사손(師孫) 놈들 중에 술 속에서 도를 찾는다며 온갖 기행을 저지르는 놈이 하나 있지요. 그놈 말이 사실인지 한번 경험해 보는 것도 괜찮은 일이고."

"하하, 대사님의 높은 불력에 절로 고개가 숙여지는군요. 그럼 비무 준비를 시키겠습니다. 구파일방에서도 인재들을 뽑지요."

"그럽시다."

자칫했으면 큰 혈투가 일어날 뻔했던 경내에서 나온 중인들은 가슴을 쓸며 소림사의 한 전각 앞 넓은 광장에 속속 모여들기 시작했다.

봄 기운이 완연하게 드리워진 광장으로 나온 사람들은 긴 시간 동안의 회의로 인해 굳어진 몸을 풀려는 듯 길게 기지개를 켜기도 하고 가슴을 쭉 펴고 심호흡을 하며 숭산의 정기를 한껏 들이키기도 하였다.

그렇게 제각각 긴장을 풀고 있는 대다수의 사람들은 고색창연한 소림의 전각들을 바라보며 소림의 힘을 가슴 깊이 인식하였다.

크고 웅장함에 있어서는 무당의 전각에 오히려 미치지 못하였지만 그 고색창연한 풍광 속에 녹아 있는 길고 긴 세월의 흔적들은 찰나의 순간만을 살다가는 인간들은 감히 범접하지 못할 위엄을 내포하고 있었다.

조금 전 경내에서 일어난 위기일발의 상황을 단 한 줄기 불호와 몇 마디 인자한 목소리로 봄눈 녹듯 사그라들게 한 주해 대사의 불력은 소림의 힘을 만인 앞에 극명하게 보여주었다.

격한 감정을 이기지 못한 해남검문 문주의 아들 백중호의 도발적인 발언과 그로 인한 백도무림의 분노가 격돌하였다면 얼마나 큰 충돌이 일어났을까? 그렇게 충돌이 일어난 후 그것을 지금의 상태처럼 깨끗하게 지울 수 있는 힘은 얼마만한 것일까?

수백 개의 칼이라도 모자랄 것이다. 그러나 소림의 심오한 불력은 그 상충된 극단의 힘을 깨끗이 지워 버리고 지금의 평온을 유지시켰다. 수백 개의 칼보다 강한 불력, 그것이 소림의 힘이었고 소림의 혼이었다.

묵묵히 소림의 전각을 바라보는 명숙들의 가슴에 그 무상의 힘이 고스란히 느껴졌다.

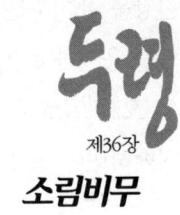

제36장 소림비무

"준비들이 되었다면 시작해 봅시다. 역사에도 없던 소림의 술을 따내는 중요한 대회이니 너희들은 한 치의 방심도 있어서는 안 될 것이야."

백하민이 기대 섞인 웃음을 띠며 자신의 아들과 함께 선 세 명의 제자들에게 눈길을 주었다.

"허허, 오늘 술을 대접하려면 소림은 기둥 뿌리 하나를 뽑아야 할 터인데 백 문주는 기필코 우리 소림의 기둥 하나를 뽑아갈 모양입니다그려."

주해 대사가 짐짓 걱정스러운 표정을 지으며 해남검문의 대표로 나선 젊은이들을 바라보았다.

그들 역시 소림의 불력 앞에서 여러 명숙들이 느낀 것처럼 가슴 복판에 뭔가 느끼는 바가 컸던지 여태껏 비무에 임함에 있어 칼날 같은 긴장을 유지하는 자세를 버리고 한없이 부드럽고 유연한 자세로 비무장을 응시하고 있었다.

'오늘 일로 한 단계 더 성장을 이루었구나.'

백하민이 고개를 끄덕였다.

"삭추영(朔錐英)이라 하오."

해남검문에서 첫 번째로 나온 젊은이가 주변에 둘러선 여러 명숙들과 소식을 듣고 몰려온 많은 소림승들에게 고개를 숙이며 자신을 소개했다.

모든 시선들이 그 젊은이에게 쏠렸고 최초로 견식하게 되는 세외검파의 한곳인 해남검문의 검법은 어떤 것일까 하는 기대감이 장내를 감쌌다.

그러한 수많은 시선들 속에서 약간 긴장한 듯하던 청년은 이내 평정을 되찾고 한 자루 칼처럼 시퍼렇게 날이 서기 시작했다.

"허어— 어린 나이에 저토록 강한 검기를 몸에 간직하다니… 숫자가 문제가 아니라는 문주의 말씀을 절감하게 되는군요."

백하민과 충돌할 뻔한 곤륜의 진명 선사가 웃음을 띠며 말하자 백하민이 쑥스러운 표정을 떠올리며 너털웃음을 터뜨렸다.

"내 자질이 일천하여 부드러움의 위용을 가르치지 못하고 강하게만 키운 아이들이라 자칫 부러지지나 않을까 걱정이오."

백하민이 혀를 차며 겸양의 말을 했지만 그의 얼굴 가득한 자부심을 다 지울 수는 없었다.

"곤륜의 서명엽(徐鳴葉)이라 하오."

백도무림 쪽의 대표 네 명 중 첫 번째로 나온 젊은이가 자신의 이름을 소개했다. 곤륜의 진명 선사를 수행하고 온 젊은이로 건장한 체구에 아무 특징이 없는 검은색 묵곤(墨棍)을 들고 있었다.

"허어— 결코 예사로워 보이지 않는 젊은이인 것 같은데 소개를 좀 해주시지요."

백하민의 질문에 곤륜의 진명 선사 역시 언뜻 자부심이 비치는 표정으로 입을 열었다.

"저놈은 좀 괴짜지요. 아주 어릴 적부터 유독 저 묵곤 하나에만 집착하며 자나 깨나, 심지어는 밥 먹을 때도 몸에서 묵곤을 떼어놓지 않아 옆 자리에 앉은 사람들의 투정을 듣곤 한답니다."

"그렇다면 저 젊은이의 묵곤 다루는 솜씨는 자신의 수족 이상이겠군요?"

백하민이 탄성을 지르며 서명엽에게로 눈길을 던졌다.

"날갯짓 소리만으로도 근방에 날아다니는 파리, 모기들을 모두 묵곤으로 때려잡아 저놈 근처에는 파리나 모기가 범접을 못한답니다."

"저런저런, 어째 오늘 술값은 우리 문에서 지불해야 할 것 같은 불길한 예감이 드는군요. 어쨌든 흥미진진한 승부가 되겠습니다그려."

두 사람은 눈빛을 빛내며 막 시작된 비무장으로 시선을 고정했다.

주해 대사의 비무 시작 신호와 함께 서명엽이 천천히 묵곤을 들어올렸다. 그리고 묵곤의 한 끝을 삭추영의 얼굴을 향해 겨누었다. 단순히 곤을 들어 겨누는 동작이었지만, 삭추영은 곤의 한쪽 끝 작은 단면이 점점 확대되어 무섭게 전신을 압박함을 느꼈다.

'중원은 정말 넓은 곳이군!'

삭추영의 이마에 땀방울이 솟았다.

'그러나 그 어떤 인간도 집채만한 파도에는 미치지 못한다.'

삭추영이 두 손으로 잡은 칼을 서서히 들어 올려 중단세(中段勢)의 자세를 취했다.

막아서는 것은 무엇이든 휩쓸어 버리는 태산 같은 파도에 맞서던 부동(不動)의 기세가 만근석처럼 무겁게 낙추영의 하체에 내려앉았다가 천천히 중단세를 취하고 있는 검날에 모아졌다.

서명엽이 들고 있는 묵곤의 한쪽 끝 단면에서 뻗어가던 기운이 낙추영의 검날에서 뻗어 나오는 만근석에 막혀져 속절없이 되밀리기 시작하였다.

'으음!'

서명엽의 묵곤 끝이 미세하게 흔들렸다.

암벽을 향해 묵곤을 찔러 넣을 때 퉁 하고 튕겨져 나오던 반탄력이 이 순간 묵곤 끝에서 느껴졌다. 수없이 튕겨져 나오던 묵곤을 암벽에 찔러 넣기 위해서는 손목을 비틀어 묵곤 끝에 찰나적인 회전력을 전달하는 길뿐이었다.

"하앗!"

서명엽의 묵곤이 용트림을 하며 두 배로 길어진 듯 쭈욱 뻗어 나갔다.

땅!

삭추영이 검을 틀어 검신으로 서명엽의 묵곤 끝을 막았다. 바위도 파고드는 묵곤의 기세를 고스란히 받은 삭추영의 검이 휘청 휘어지며 칼을 잡은 두 손이 가슴 어림까지 밀려갔다. 그렇게 밀리던 칼이 어느 순간 딱 멈추었다.

찔러오는 묵곤 끝을 검신으로 막은 채 땅바닥에 뿌리를 내린 듯 버티고 선 삭추영의 하체는 고목처럼 굳건했고, 그 굳건함은 고스란히 칼을 잡은 손목으로 전해져 이번에는 삭추영의 칼이 천천히 서명엽의 묵곤을 밀고 나갔다.

서명엽의 발이 먼지를 날리며 주르륵 뒤로 밀려갔다. 당황한 서명엽이 눈을 부릅떴지만 밀고 있는 곤을 거둘 수도 없었다. 곤을 거두는 즉시 낙추영의 칼이 그 기세를 고스란히 몰아 섬전처럼 짓쳐들 것이기 때문이다.

주르륵 밀리던 서명엽의 발뒤축이 바닥에 박혀 있던 돌부리에 걸렸고 흔들 상체가 움직이는 순간 어지럽게 부서지는 파도를 모조리 잘라내듯 삭추영의 파랑검(波浪劍)이 춤을 추었다.

후두둑—

서명엽의 묵곤이 수십 조각으로 잘려져 바닥으로 떨어져 내렸다. 넋을 잃고 떨어져 내리는 묵곤 조각들을 바라보는 중인들은 정작 낙추영의 칼이 서명엽의 목에 닿아 있는 것은 제대로 보지 못하였다.

"우와—!"

피아를 가릴 것 없이 자연스럽게 탄성이 흘러나왔고 주해 대사가 낙추영의 승리를 신인했다.

"평생 잊지 못할 고절(高絶)한 한 수였소."

서명엽이 깨끗이 승복하고 등을 돌려 비무장을 걸어나왔다. 묵묵히 걸어나오는 서명엽을 쳐다보던 진명 선사가 눈을 질끈 감았다. 오늘 일로 저놈은 또 몇 년을 더 묵곤을 들고 두문불출할 것인가.

"화산의 표제문(慓祭門)이오."

낙추영의 다음 상대로 나선 청년은 화산의 제자였다. 곤륜의 서명엽이 어이없이 패하자 오기가 불끈 솟았는지 서명엽이 걸어나오고 주해 대사가 다음 상대를 부르기도 전에 퉁겨지듯 일어나 검을 들고 낙추영

앞에 나섰다.

　주해 대사가 표제문의 마음을 헤아리겠다는 듯 빙그레 웃으며 얼른 비무 신호를 보냈다.

　슈슈슉—

　화산의 화려한 매화검이 표제문의 검끝에서 활짝 피어났다. 한 잎 두 잎 피어나던 매화 송이가 네 개가 되었을 때 하앗 하는 기합 소리와 함께 표제문이 낙추영을 향해 쇄도해 들어갔다. 그와 함께 표제문의 칼끝에서 피어난 여덟 개의 매화 송이가 폭발하듯 비산하여 그 한 잎 한 잎이 화우(花雨)가 되어 가공할 속도로 낙추영이 전신요혈을 파고들었다.

　언제 보아도 눈부시기 그지없는 화산의 매화검법에 중인들은 절로 감탄사를 내뱉었고, 아직 젊은 나이에도 불구하고 한꺼번에 여덟 송이의 매화 송이를 피워 올리는 표제문의 신형을 감탄 어린 눈빛으로 쫓았다.

　휘리리리릭—

　표제문의 매화검이 막 낙추영의 전신을 뒤덮으려는 찰나 낙추영의 파랑검이 춤을 추었다. 작은 조각배를 단숨에 집어삼키는 파도의 기세가 낙추영의 칼에서 뿜어져 나왔고 낙추영의 전신을 뒤덮던 매화 송이는 파도에 휩쓸려 모조리 떨어져 내렸다. 그렇게 표제문의 매화검을 무력화시킨 파랑검은 넘실 뒤로 물러나는 듯하다가 다시 밀려오는 파도가 되어 표제문의 신형을 휩쓸어왔다.

　파바박—

　매화 송이가 다시 피어나며 파랑검과 마주쳤고, 또 한 번 넘실 뒤로 물러난 파랑검이 더 큰 파도를 몰고 밀려왔다.

쨍쨍쨍!

칼과 칼이 어지럽게 부딪치며 최후의 격돌을 일으켰다.

낙추영의 소맷자락에 매화꽃 한 송이가 내려앉아 너덜해져 있었고, 표제문의 가슴에도 넘실거리는 파도 물결이 길게 그어져 맨살이 드러났다.

"우우—"

탄성과 놀람에 뒤섞인 음성들이 여기저기서 울려 퍼졌다.

두 사람 다 상대의 몸 한곳에 자신의 칼자국을 새겼으나 그 칼자국의 경중을 따진다면 낙추영의 승리가 명약관화했다. 살수를 펼치지 않은 비무였기에 표제문의 칼이 낙추영의 소맷자락이나마 건드릴 수 있었지 만약 생사를 가르는 대결이었다면 낙추영의 칼은 사정없이 표제문의 심장을 갈랐을 것이고 그런 상태에서 표제문의 칼이 낙추영의 소맷자락을 자를 여력이 없었을 것이다.

서명엽의 패배에서 설마 했던 정파무림의 사람들과 많은 소림승들은 해남검문의 검법에 서서히 공포감을 느끼게 되었다.

파도의 힘을 고스란히 실어 파도처럼 변화무쌍하게 넘실거리며 밀려갔다 밀려오기를 쉼없이 반복하는 해남검문의 검법은 정녕 경이적이었다. 세외의 한 검파로 이제껏 중원과는 그렇게 많은 교류가 없었기에 그들의 검법을 속속들이 알지는 못하였으나, 중원의 큰 무공대회 때 참석한 사람들이나 중원에서 자리 잡은 몇몇 해남검문 출신의 인물들로 인해 해남검문에서 쓰는 검법은 어렴풋이나마 알고 있는 터였다.

이제까지 알고 있던 그들의 검은 결코 저런 상승의 검법이 아니었다. 주변 환경의 영향을 받아 파도와 특정 물고기들의 움직임을 본뜬 검식들이었으나 고립되고 교류가 없었던 고로 기세는 강했지만 검식이 단순하고 운용의 폭이 좁았다. 그래서 오랫동안 해남검문의 검은 특별한 관심 없이 잊혀져 갔고 오늘 다시 마주하게 되었다.

서명엽과 표제문을 차례로 꺾은 저 청년은 기도로 봐서 결코 네 사람 중의 최강자는 아니었다. 어쩌면 넷 중 제일 약한 검을 지니고 있을 것이다. 제일 강한 검을 가진 자는 당연히 이번 비무를 있게 한 백하민의 아들 백중호일 것이다.

중인들의 생각이 거기까지 이르게 되자 해남검문의 문주 백하민과 백중호를 다시금 쳐다보았다. 은은한 자부심을 입가에 머금은 백하민과는 달리 백중호의 눈빛은 조금도 변함없이 심해의 차가운 바닷물처럼 빛나고 있었다. 이런 추세로 나간다면 저 젊은이의 칼은 견식해 보지도 못하고 끝날 공산이 크다.

"이번에도 해남검문의 승(勝)이오."

주해 대사가 낙추영의 승리를 선언하자 구파일방의 또 다른 대표인 한 젊은이가 일어섰다.

"가만가만, 이렇게 해서는 무리가 따르지. 잠시 휴식을 갖도록 합시다."

주해 대사가 연속해서 싸우고 있는 삭추영을 배려한 듯 손을 들어 비무를 제지했다.

"그렇게 하지 않아도 충분히……."

말을 하던 백하민이 얼른 말을 멈추고 고개를 끄덕거렸다.

"그렇게 하시지요, 대사님. 저 아이도 두 번의 대결로 기력이 떨어졌을 것 같은데 좀 쉬어야 다음 대결이 되겠지요."

곧 이어 주해 대사의 지시에 따라 따끈한 엽차 한 잔이 모두에게 전해졌다.

"해남검문에서 무슨 기연이 있었던 모양이오?"

엽차를 마시며 주해 대사가 백하민에게 조용히 질문을 던졌다.

주해 대사의 질문에 흠칫 놀라던 백하민이 잠시 호흡을 가다듬고 얘기를 시작했다.

"십몇 년 전인가, 어느 날 큰 폭풍우에 해변 벼랑 한 모서리가 무너져 내리고 그곳에서 작은 동굴이 발견되었는데 그 안에는 기인이셨던 십삼대조 선조님의 유골과 그분이 남기신 파랑검의 검결이 있었지요."

백하민은 그때의 감흥이 되살아난 듯 안색이 붉게 달아올랐다.

"그 파랑검은 우리 해남검문이 꿈꾸어왔던 최적의 검법이었습니다. 나면서부터 파도와 함께 살아왔고 파도의 기운이 핏줄 속에 녹아든 해남검문 사람들에게는 파도의 출렁임이 자연스럽게 몸에 배어 있어 다른 지역 사람들과는 달리 태어날 때부터 뱃멀미를 하지 않지요. 파랑검은 그런 우리 해남도 사람들의 체질과 성정에 가장 잘 어울리는 검이었습니다. 육지 한가운데의 다른 어느 지방의 사람들이 그 파랑검을 익히고자 한다면 파도의 움직임과 밀물 썰물의 특징 등을 오랫동안 관찰하고, 파헤치고, 그 오의를 터득하고 하는 식의 공부가 있어야겠지만 어머니 뱃속에서부터 그런 것들을 본능적으로 터득하고 나온 우리 해남도 사람들은 그런 과정들이 필요없었지요. 그냥 검결에 이른 대로 칼을 쭉 뻗기만 하면 사지백해에 녹아 있는 파도의 기운이 순간순간 미묘하게 변하는 기의 흐름에 동화되고 자연스럽게 파랑검의 검초가 익혀지는 것이었답니다."

백하민의 얘기를 듣고 있는 주해 대사가 고개를 끄덕거렸다.

검초란 것이 위에서 아래로 단순히 내려치는, 겉보기에는 똑같은 동작이라도 무당검, 화산검, 소림검이 각각 다른 것은 그 검로 사이사이에 불어넣는 진기의 강약과 흐름이 각각 다르고 호흡의 들숨 날숨이 각각 다르기에 똑같은 모양의 검초라도 마주쳐 본다면 각 문파의 검이 확연히 다른 것이다.

해남검문의 파랑검은 해남도 사람들의 체질과 본성에 가장 잘 맞는 검인 것이다. 그런 검은 원숭이 손바닥에 송진을 묻혀주고 달리는 말에 말발굽을 박아주는 것 같은 상승 효과를 거둔다.

"우리는 선조님의 은덕에 오열하며 그곳을 성역으로 정하고 삼 일에 걸쳐 제를 올린 후에 파랑검을 익혔습니다. 그러기를 십여 년, 아직도 선조님께서 깨우친 깊은 오의는 다 터득하지 못했지만 언젠가는 그것도 이루어지리라 생각합니다."

"허어, 선재로고. 해남검문의 영광이자 무림의 복이구려."

백하민이 이야기를 끝내자 주해 대사가 만면 가득한 웃음을 지으며 백하민의 손을 잡았다.

"감사합니다, 대사."

백하민이 진심으로 축하해 주는 주해 대사의 모습에서 또 한 번 큰 불력을 느꼈다.

"좀 쉬었으니 다시 시작해 봅시다."

주해 대사의 신호로 해남검문의 낙추영이 다시 나왔고, 그의 상대이자 구파일방의 세 번째 대표로는 점창파의 후가량(煦佳梁)이란 젊은이였다. 자신마저 진다면 구파일방에서 해남검문을 꺾기는 애당초 불가능하다고 느꼈는지 비무장 한가운데로 나오는 모습에서 무거운 비장감이 흐르고 있었다.

후가량의 소개가 끝나고 두 사람은 마주 보며 간단히 포권을 지은 후 공격 자세를 잡았다.

이미 두 사람의 구파일방 대표가 해남검문의 삭추영 한 사람에게 무릎을 꿇는 것을 본 후가량은 결코 서두르거나 성급한 공격을 하지 않고 천천히 온몸 가득 진기를 끌어올렸다. 육중한 바위도 쓸어버리는 파도의 무거움과 넘실거리는 표홀함을 함께 갖춘 파랑검을 대적하기 위해서는 부동심의 자세가 필요했다.

'단 일 검이다!'

후가량은 검을 말아 쥔 손에 지그시 힘을 주었다.

넘실 밀려오던 파도는 해안 절벽에 부딪치고 어느 순간 움직임이 정지되었다가 다시 밀려간다. 그 움직임이 멈춰지는 찰나의 순간에 점창의 빠르고 강맹한 사일검법(射日劍法)을 펼친다면 어쩌면 승산이 있을지도 모르는 일이다. 후가량은 그 찰나의 순간을 포착하기 위해 온 신경을 집중시켰다.

'흐읍.'

삭추영이 호흡을 가다듬었다. 지금 마주 선 이 자리에서는 뭔가 꺼림칙한 기분이 느껴졌다. 내가 알지 못하는 뭔가를 아는 사람들을 만났을 때의 그 갑갑함이 이자에게서 풍기고 있다. 이미 두 사람의 상대를 무너뜨린 것으로 자신의 몫은 다했지만 어쨌든 패한다는 것은 기분 나쁜 일, 부딪쳐서 뭔지 모를 갑갑함을 깨뜨려야겠다는 생각이 머리 속에 가득했다.

"차앗!"

파랑검이 먼저 파도를 타고 후가량에게로 돌진했다.

쨍쨍쨍!

후가량이 처음부터 파랑검에 속절없이 밀리기 시작했다. 그의 검에서는 애초부터 공격의 의도는 찾아볼 수 없었다. 오로지 완벽한 수비만을 염두에 둔 검초가 이어졌다.
 '피하면 피할수록 거듭거듭 밀려드는 것이 파랑검이다.'
 삭추영이 다시 한 호흡을 내쉬며 넘실 밀려들었다.
 "하앗!"
 뒤로 물러서며 수비에만 전념하던 후가량의 검이 삭추영의 호흡이 바뀌며 파도가 다시 넘실거리는 그 찰나의 순간을 정확히 베고 들어갔다. 해를 쏘아 떨어뜨린다는 사일검의 빠름이 찰나의 순간을 정확히 포착했고 아직 공부가 부족하여 그 찰나의 순간을 메우지 못한 삭추영의 파강검은 약점을 노리던 사일검에 꿰뚫렸다.
 "와아—"
 두 번 연패 뒤에 최초의 승리가 확정되는 순간 구파일방에서는 함성이 퍼져 올랐고 삭추영은 허탈한 모습으로 서 있었다. 파랑검의 유일한 빈틈을 정확히 찾아내고 그 한 점을 찰나적으로 베어버린 상대의 검이 놀라웠던 것도 있었지만, 두 번의 승리에 자만하여 파랑검의 틈을 메우지 못한 자신에 대한 자책이 더 크게 가슴속에 자리 잡았다.
 마주하였을 때 왠지 모를 갑갑함이 이것이었다. 먼저 치러진 두 번의 비무로 인해 후갈량은 파랑검의 약점 한곳을 꿰뚫어 보고 그곳을 끊임없이 노리고 있었던 것이다. 그 송곳날 같은 노림이 처음부터 뭔지 모를 거북함으로 자신을 찔러왔던 것이다.
 '구파일방의 위명이 이런 것인가?'
 삭추영이 고개를 숙인 후 비무장을 걸어나왔다.
 "해남검문의 부인교(附寅敎)라 합니다."
 해남검문에서 두 번째 비무자로 나온 젊은이가 주위 명숙들에게 인사를 하고 점잠의 후가량과 마주하여 서로 포권으로 인사했다.

"후 노형의 사일검법은 정말 고강했소. 큰 가르침을 받겠소."

"과찬이오. 운이 좋아 한번 이겼을 뿐 부(附) 형의 기도를 대하니 그것이 마지막이 아닐까 하오."

서로 가벼운 인사가 끝나자 곧 자세를 다잡고 팽팽한 긴장이 당겨졌다.

"차앗!"

부인교가 선제공격으로 파랑검을 펼치기 시작했다. 아까처럼 후가량이 수비에 급급하며 밀물의 끝을 노렸다. 그러나 여러 사람들의 예상대로 해남검문 네 사람의 대표 중 삭추영의 검이 제일 약한 검이었다. 그리고 내력 또한 제일 약했다. 그 약한 내력이 파랑검의 검로에 틈을 생기게 했고 후가량이 승리할 수 있었다. 그러나 지금 상대하는 부인교의 검은 틈새가 너무 짧았다. 후가량의 공부로는 그 짧은 틈을 가를 수가 없었다.

쨍강!

어느 순간 부인교의 파랑검이 후가량의 사일검법을 쳐내고 검끝을 심장에 찍었다.

"해남검문의 승이오!"

주해 대사가 큰 소리로 해남검문의 승리를 선언하자 비무장 주위는 쥐 죽은 듯이 조용해졌다. 이제 구파일방의 대표는 한 명이 남았다. 그 한 명이 남은 세 명의 해남검문 제자들을 이길 수 있을 것인가? 갑작스레 이루어진 비무인지라 구파일방의 대표들이 최강자로 이루어지지는 않았지만 넓은 중원천지의 대표들이 고도(孤島)의 한 검파에게 줄줄이 나가떨어졌다는 것은 큰 수치이다. 그런 염려스런 적막 속에서 터덜터덜 걸어오는 구파일방의 마지막 대표는 뜻밖에도 민대머리

화상이었다.

"휴 자(休字) 항렬의 소림제자이오."

정휴가 비무장으로 올라오자 소림제자들의 얼굴에서는 만면 가득 안도감이 어렸다. 그들 대부분은 정휴의 칼을 한 번도 보지 못했지만 그 칼이 어떤 것인지는 수없이 들어 알고 있었던 것이다. 그와 함께 지금껏 열세를 면치 못하면서도 시종일관 여유를 잃지 않던 주해 대사의 의중을 헤아릴 수 있었다.

연승제로 비무를 해 상대가 몇 명이더라도 걸출한 한 명에게 모두 패한다면 그 대결은 전체가 패한 것이 된다. 그런 깊은 계산이 있었기에 주해 대사는 다른 명숙들이 이상하게 생각할 만큼 구파일방의 일방적인 패배에도 태연하게 비무를 진행시켰을 것이다.

정휴 역시 자신의 법명을 다 밝히지 않고 휴 자 항렬 하나만을 밝혔기에 중인들은 지금 이 소림승이 암흑마제에게서 칼을 배우고 무림을 떠들썩하게 하고 있는 열네 명의 백도 후기지수 중 한 명이라고는 짐작하지 못했다.

"허어, 소림승이 검법 비무에 참가한단 말인가?"

정휴의 정체를 모르는 많은 사람들은 고개를 갸웃거렸고 백하민 또한 의아한 표정으로 주해 대사를 바라보았다.

"비무이기 때문에 우리 소림에서도 칼에 소질이 있는 제자 하나를 내세운 것이지요. 실은 나도 저 아이의 칼을 제대로 본 적이 없어서 이번 기회를 통해 한번 볼까 하는 생각도 있고 해서……."

주해 대사의 말을 들으면서 점점 더 모르겠다는 듯 백하민이 고개를 흔들고는 비무장으로 눈을 돌렸다.

비무 시작 신호가 내려지고 부인교가 검을 치켜 올리며 파랑검을 펼칠 자세를 잡았다. 서서히 칼을 쥔 손이 올라가며 중단세의 자세가 이루어졌고 그 상태에서 파랑검이 쏟아져 나올 것이다. 그런데 그런 부인교를 상대하는 정휴는 아무 행동도 취하지 않고 물끄러미 주해 대사를 바라보았다. 그 표정에는 자신이 왜 굳이 이런 비무에 참가해야 하는가 하는 의문과 술이 덜 깬 상태로 낮잠을 방해받고 끌려 나온 데 대한 원망이 남아 있었다.

'네 녀석이 잘해주어야 조금 후부터 시작되는 회의가 아무런 문제 없이 결론에 이르게 될 것이야. 그래야만 다가오는 혈난에 하루라도 빨리 대처할 수 있는 것이고.'

주해 대사가 내심 중얼거리며 재차 비무 신호를 내렸다.

"하앗!"

자신을 무시하는 듯한 정휴의 행동에 오기가 발동했는지 부인교가 파랑검의 제육초식인 해일파천(海溢破天)을 펼쳐 갔다. 아무래도 백도의 마지막 대표라면 무엇인가 있을 것이다. 처음 나온 삭추영이 잠깐 방심한 사이 후가량의 검에 꺾이고 만 사실을 상기하며 부인교는 처음부터 무거운 수법으로 정휴를 공격해 갔다.

쩽강!

"허억—"

"어헉—"

한줄기 금속성이 울린 후 여기저기서 경악에 찬 음성들이 흘러나왔다.

부인교의 해일파천이 정휴의 전신을 난자하듯 쇄도하는 순간 멍하니 도를 내리고 있던 정휴의 어깨가 움찔하는가 싶더니 어느새 들고 있던 도가 부인교의 목에 닿아 있었다.

그 칼은 부인교의 목에 닿기 전 분명히 부인교의 칼을 쳐내서 파랑검을 깨뜨려 버렸지만 아무도 그 광경을 보지 못했다. 다시 튕겨져서 뒤로 휘청 밀리는 부인교의 칼과 함께 자신들 귓전에 쨍 하고 남아 있는 금속성만이 그 사실을 대변(代辯)해 주고 있었다.

"대체?!"

"이, 이게 어찌 된 일이오?"

중인들도 백하민도 모두 이구동성으로 주해 대사의 얼굴을 쳐다보았다.

"보시는 대로 저 아이가 파랑검을 쳐내고 해남검문 제자의 목에 칼을 들이댄 것 같소."

주해 대사가 짤막하게 대답했다.

"미, 믿을 수 없소."

"말도 안 되는 소리요!"

백하민보다는 오히려 다른 문파의 사람들이 더 놀라며 믿지 못하는 표정을 지었다.

그들도 구파일방과 사대세가는 아니었지만 언제든 구파일방과 사대세가를 뛰어넘을 수 있다는 자신감과 자파 무공에 대한 자부심을 갖고 있었다. 그런데 자신들의 눈을 피해가는 칼이 있을 수 있다는 사실을 인정할 수 없었다. 비록 다 막아내지는 못한다 할지라도 어찌 시선까지 쫓아가지 못한단 말인가!

부인교 역시 그런 표정으로 자신의 목에 닿아 있는 정휴의 칼과 강하게 튕겨져 나가던 자신의 칼을 번갈아 쳐다보았다.

"믿을 수 없소."

부인교가 정휴의 눈을 바라보며 넋이 나간 듯 중얼거렸다.

"다시 한 번 해보시오."

정휴가 천천히 칼을 내리고 서너 발짝 뒤로 물러나 우뚝 섰다.

도저히 말이 안 된다는 표정으로 잠시 동안 멍하니 서 있던 부인교가 결심한 듯 칼을 쳐들었다. 그리고 예비 동작 없이 정휴에게 달려들었다.

쨍쨍쨍—

정휴의 넓은 도가 어지럽게 흔들리며 부인교의 칼을 막아냈다. 비록 어지럼증을 느낄 정도로 빠르긴 했지만 이번에는 시야를 벗어날 정도는 아니었다.

눈 한 번 깜박이지 않고 정휴의 칼을 뚫어져라 쳐다보던 중인들이 정휴가 휘두른 칼을 하나도 놓치지 않았다는 안도의 표정을 짓는 순간 부인교의 상의가 갈기갈기 잘려져 바닥으로 흘러내리고 있었다.

"어찌 저런!"

"이건 도저히……."

극도의 놀란 음성들이 몇 가닥 새어 나오다 장내는 찬물을 끼얹은 듯 조용해졌다. 대체 믿을 수도 안 믿을 수도 없는 일이었다.

"대사, 도대체 저 젊은이의 칼은 무슨 칼이오? 소림에 저런 칼이 있다고는 일찍이 들어본 적이 없습니다."

한참 동안 비무장을 쳐다보고 서로의 얼굴들을 쳐다보며 반신반의하던 사람들 중 하북팽가의 가주 팽도영(彭度永)이 주해 대사에게 질문을 던졌고 다른 군소문파의 사람들도 같은 심정으로 주해 대사를 쳐다보았다.

"그 이야기는 비무가 끝나고 다시 회의를 시작하면 자세히 설명해 드리지요. 그러니 지금은 남은 비무나 마저 끝내도록 합시다."

주해 대사가 잔잔한 음성으로 말하자 팽도영을 비롯한 각 파의 명숙들이 무거운 안색으로 고개를 끄덕였다.

"다음 비무 상대는 누구신가?"

주해 대사의 말과 함께 해남검문의 젊은이 하나가 주춤주춤 비무장으로 걸어나왔다. 자신들이 기연으로 얻은 파랑검이 상승의 검법이기는 했지만 자신이 상대할 소림승의 도법은 차원이 다른 칼이었다. 해 보나마나 승부는 뻔한 것이겠지만 아직도 믿을 수 없는 소림승의 칼을 직접 견식해 보고 싶었다.

"범수용(梵受用)이라 하오."

해남검문의 세 번째 대표인 젊은이가 주위 사람들에게 인사하고 정휴의 앞에 섰다. 두 사람이 포권을 지으며 자세를 취하는 동안 장내에는 바늘 떨어지는 소리마저 들릴 듯한 정적에 휩싸였다.

휘익―

범수용의 칼이 정휴를 향해 쇄도해 갔다.

번쩍―

착각이었나 싶을 정도로 짧은 섬광이 있은 후 정휴가 도갑에 도를 집어넣었고, 경악에 찬 범수용의 눈이 자신의 가슴을 쳐다보았다.

빈틈없이 검막(劍幕)을 친 파랑검의 틈새로 스며든 정휴의 도가 오른쪽 허리에서 왼쪽 어깻죽지까지 비스듬히 할퀴고 지나갔다.

길게 그어진 상의가 마침 불어온 실바람에 펄럭 하고 비명을 토했다.

가슴을 쳐다보던 범수용의 칼이 이번에는 다시 자신의 손을 쳐다보았다. 손은 분명히 처음처럼 검을 굳게 잡고 있었다. 그런데 저 소림승의 도가 그렇게 긴 궤적을 남기며 쓸어간 동안 아무런 부딪침도 없었다. 칼날 역시 아무런 자국 없이 처음 갈아놓은 그대로 깨끗했다.

"도강(刀罡)을 펼쳤던 것이오?"

범수용이 멍하니 정휴의 칼을 쳐다보았다.

"아니오."

정휴가 고개를 저었다.

"그럼 어떻게 내 칼에 부딪치지 않고 이런 긴 칼자국을 남길 수 있단 말이오?"

"범 시주의 칼이 그물은 아니지 않소?"

"무슨 뜻이오?"

범수용이 설마 하는 표정으로 되물었다.

"비록 범 시주의 칼이 그물처럼 빈틈없이 막을 쳤지만 범 시주가 휘두르고 있는 칼은 결국은 하나일 뿐이오. 아무리 빠르다 할지라도 한 개의 칼이 똑같은 순간에 두세 곳에 동시에 존재할 수는 없지 않소? 시주의 칼이 허리 쪽으로 내려왔을 때 난 허리에서부터 어깨까지 쳐 올리며 잘랐을 뿐이오."

정휴가 담담히 설명하자 범수용의 표정이 허탈해져 갔다. 설마 했던 일이 사실로 확인되는 순간이었다.

"정녕 그것이 가능하단 말이오?"

정휴가 천천히 고개를 끄덕이고는 입술을 굳게 다물었다.

"그만 내려와라, 사제."

백중호가 무겁게 외쳐 범수용을 불러들이며 천천히 비무장으로 걸어나왔다.

아직도 믿기지 않는 표정으로 비무장을 벗어나는 범수용의 눈빛에는 온통 불신의 빛이 역력했다. 자신이 정휴를 상대했던 검은 파랑검의 제구초인 창파쇄광(蒼波鎖光)으로 검으로 파도처럼 막을 쳐서 빛조차도 가둔다는 초식이다. 정휴의 경악스런 도법에 공격할 엄두를 내지 못한 그는 파랑검의 열여섯 초식 중 수비에 있어서 가장 완벽한 초식인 창파쇄광을 펼쳐 정휴의 검을 시험하였다. 창파쇄광으로 정휴의 검을 잠시나마 무디게 할 수 있다면 그 틈을 엿보겠다는 의도였는데 그 의도를 반 푼도 채 시도해 보기 전에 정휴의 칼에 가슴이 쩍 갈라지고 말았다.

그것이 가능한 일인가? 다시 한 번 생각해도 머리가 흔들어졌다.

창파쇄광의 틈새로 한순간의 부딪침도 없이 칼을 밀어 넣는다는 것은 무서운 속도로 달려가는 마차의 수레바퀴 살 사이로 칼을 밀어 넣는 것이나 마찬가지인 것이다. 수레바퀴가 그물은 아니지만 질주하는 수레바퀴 살 사이는 그물보다 더 철통같은 망이 쳐져 있는 것이다. 그런데 그 속으로 아무런 부딪침 없이 칼을 밀어 넣고 목표를 길게 벤 후 다시 거두어들이는 동작은 자신의 상상으로는 도저히 불가능한 일이었다. 하지만 아무리 고개를 흔들고 부인하려 해도 가슴에 뚜렷이 남아 있는 칼자국은 그 사실에 대한 인정을 잔인하게 강요했다.

다시 한 번 칼자국을 멍하니 쳐다보던 범수용이 비무장으로 눈길을 돌렸다.

백중호가 정휴와 대치한 채 미동도 하지 않고 하단세(下段勢)의 자세를 취하고 있었다.

'저것은!'

범수용의 눈이 부릅떠졌다.

파랑검 최후의 절초인 일검파천(一劍破天)이었다.

일체의 쾌(快)와 변(變)을 배제하고 모든 내력을 중(重)에 모아 단 한 칼에 하늘을 가르듯 칼에 부딪치는 모든 것을 자르는 초식이었다.

최후의 순간에 자신의 안위는 돌보지 않고 오로지 상대를 자르고야 말겠다는, 어찌 보면 동귀어진의 수법과도 같은 파랑검의 최후 초식인 것이다. 저 초식은 강맹하기는 그 어느 것도 따를 수 없지만 최후의 순간에나 사용할 수 있는 것으로 비록 비무라 하더라도 펼치기 시작하면 그만큼의 위험이 따르기 마련이다.

일검파천을 마주하는 상대가 고수가 아니라면 가볍게 제압하여 끝날 수도 있지만 상대가 고수라면 의식적으로든 무의식적으로든 그에 상응하는 무거운 절초를 펼칠 것이고 일단 한번 펼치면 중도에 제어하기 힘든 중검(重劍)이기에 비무라 할지라도 어쩔 수 없이 자신의 심장이 먼저 갈라질 수도 있는 것이다.

백하민을 비롯한 해남검문의 제자들이 놀란 얼굴을 하며 백중호를 제지해야 한다는 생각이 간절했지만 백중호의 꽉 다문 입술에서는 어떤 것도 범접하지 못할 비장함이 서려 있었다. 아버지 백하민이라도 그것을 깨뜨릴 수는 없었다.

'부러지고 말 것이야!'

처음 느낀 자신의 우려가 현실로 나타남을 보고 백하민이 두 눈을 질끈 감았다.

"차앗!"

한참 동안이나 암석처럼 미동도 않던 백중호가 온 내력을 한꺼번에 폭발시키며 일검파천을 펼쳤다.

하늘을 가를 듯 아래로부터 위로 비스듬히 쳐 올리는 일검파천의 무거운 기파가 우웅— 하고 비무장 주변을 둘러싼 모든 사람에게까지 생생히 전달되었다.

'이놈은 형일비보다 더 꽉 막힌 놈이다!'

패배보다는 차라리 죽음을 택하려는 백중호의 사력을 다한 중검을 마주한 정휴의 이마에 땀방울이 솟아올랐다.

'마주하면 저놈에게 심각한 내상을 입힐 수밖에 없다.'

정휴의 얼굴이 굳어졌다.

'두령!'

찰나의 순간에 문득 두령의 얼굴이 떠올랐다.

'해보는 거다.'

개 몰리듯 몰리며 수련을 받던 중 언젠가 두령이 펼친 도법, 그 도법을 다 소화해 내지는 못했지만 비무임에도 불구하고 죽기 살기로 달려드는 이놈에게 지금 이 순간 펼칠 수밖에 없다.

"후웁!"

정휴의 입에서 무거운 기합성이 쏟아져 나오며 넓은 도가 일검파천의 검로와 정반대의 각도로 위에서 아래로 비스듬히 떨어져 내렸다.

쩡—

미미한 금속성과 함께 백중호의 검이 잘려져 바닥에 뒹굴었다.

"우—"

거듭된 놀람에 면역이 되었던지 다급한 경악성은 더 이상 터져 나오지 않고 탄성만이 주위를 울렸다.

'그런대로 성공이다.'

정휴가 백중호를 보며 안도의 한숨을 쉬었다. 두령이 휘둘렀다면 미약한 금속성마저 울리지 않고 두세 개라도 깨끗이 잘라 버렸을 것이다. 하지만 자신의 칼은 마지막 순간, 미약한 금속성을 울리며 잘려져 나간 백중호의 칼 단면 한쪽 끝에 보일 듯 말듯 거친 자국을 남겼다. 완벽하게 다 잘려지지 못한 그 작은 한 점에서 격돌한 진기의 충돌로도 백중호의 입에서는 가는 선혈이 흐르고 있었다. 그만큼 서로의 칼에 쏟아부은 내력의 정도가 엄청난 것이었다.

"정말 멋지군."

백중호가 이빨을 드러내고 웃으며 입가에 흐른 선혈을 소맷자락으로 스윽 닦았다.

"일검파천을 익히며 언젠가는 시도해 보고 싶었던 그런 칼이야."

정휴를 바라보는 백중호의 눈에 차가움이 사라지고 한없는 경탄과 함께 상대에 대한 완벽한 신뢰감이 가득 차 올랐다.

처절하게 강함을 추구하는 인간들은 자기보다 더 강한 사람들이나 자신이 추구하는 강함을 소유한 사람들에게는 동물적인 신뢰를 보낸다. 아무도 믿지 않고 홀로 초원을 돌아다니는 맹수가 동족을 만났을 때 내보이는 완벽한 신뢰감, 그런 야생적인 신뢰감이 백중호의 눈에 활활 타오르고 있었다.

"꿈도 야무지군. 아무렇게나 이런 칼을 익힐 수 있다고 생각하나?"

"하하! 그런가? 그럼 어떻게 해야 하나?"

오만하고 얼음장처럼 차갑던 심성이었지만 일단 한번 신뢰한 상대에게 더 이상 그런 벽은 존재하지 않았다. 태어나면서부터 같이 자라온 혈육을 대하듯 어느새 백중호는 정휴를 그렇게 대하고 있었다.

"네놈같이 하늘 높은 줄 모르고 날뛰는 천둥벌거숭이 성질머리로는 평생 가도 못 익힐걸."

정휴 역시 조금도 격의없는 말투로 백중호를 대했다.

"성질머리야 바꾸면 되지 않나. 필요하다면 내 오장육부라도 다 바꿀 용의가 있다구. 그러니 좀 가르쳐 주게."

백중호의 눈이 이글거렸다.
"네놈이 졌으니 우선 술부터 사는 게 순서가 아닌가?"
"여부가 있나. 비록 칼로는 네놈에게 졌지만 술로는 지지 않을 자신이 있지."
백중호가 성큼성큼 걸음을 옮겼고 입맛을 다신 정휴 역시 얼른 백중호를 따라 사라졌다.
"약속대로 백 문주께서 술을 사셔야겠구려."
넋이 나간 중인들 귓속으로 주해 대사의 목소리가 울렸다.
"술이라면 내 저 연못을 다 채울 만큼이라도 살 수가 있지요. 하지만 지금은 술이 문제가 아니지 않습니까? 어떻게 저런 칼이 소림에 있는지, 그리고 대사님께서 굳이 저 시주를 비무에 내세운 깊은 뜻이 있는 듯하니 그 사정부터 들어보지요. 궁금해서 일각이 여삼추 같습니다, 대사님."
백하민이 흥분된 얼굴로 주해 대사를 바라보았다.
"그러시지요, 대사님. 지금 우리 모두의 심정도 그러합니다."
중인들의 고개가 끄덕여지며 주해 대사에게로 모든 시선이 집중되었다.
"우선 이곳을 정리하고 안으로 듭시다. 어쩌면 밤을 꼬박 새워야 할 회의가 될지도 모르니 저녁 공양부터 하시고 차근히 풀어가도록 합시다."
주해 대사의 권유로 저녁 공양을 받았지만 충격이 가슴 가득한 사람들은 수저를 드는 둥 마는 둥 하고는 경내로 모여들었다.
"지금쯤이면 여러 명숙님들께서도 짐작하시리라 생각합니다."
저녁 공양 후 다시 시작된 회의석상에서 주해 대사가 모든 시선을 한 몸에 받으며 말을 시작했다.

"아까 그 아이의 법명은 휴 자 돌림의 정휴라고 하지요."

"역시."

"그렇군요."

여기저기서 고개를 끄덕이며 이제야 소림에 있는 그 칼이 이해가 간다는 듯한 표정이 되었다.

암흑마제 또는 지옥마도라 불리는 장천호와 그에게서 한 자루의 칼을 전해 받은 열네 명의 백도 후기지수들 중 정휴란 이름도 포함되어 있었다. 비무 당시에는 너무 갑작스럽고 정휴가 휘두른 무시무시한 칼에 온통 관심을 빼앗겨 미처 생각하지 못했지만, 여유를 가지고 차분히 생각하자 근래에 온 무림을 준동시키고 있는 지옥마제의 도법과 정휴의 도법을 자연스럽게 연결시켰고 무당산 혈투를 겪은 다른 명숙들에게서 정휴의 정체를 확인했다.

"그 아이의 정체를 안 이상 그 칼에 대해서도 그리 궁금할 것이 없다고 생각합니다. 나 역시 그 아이가 휘두른 칼을 오늘로 딱 두 번 견식한 처지라 더 세세한 것은 여러분들보다 특별히 많이 알 것도 없지요."

주해 대사의 설명에 여러 사람들의 얼굴이 무거워졌다. 무당산 혈투에서 장천호를 처음 보았을 때 저 악마적인 칼이 어디로 향해 겨누어질 것인가 노심초사했던 구파일방의 장로들의 심정이 이제 다른 군소문파의 장로들에게도 똑같이 느껴졌던 것이다.

그동안 그들에 대한 얘기들은 동네 아이들의 입에서조차 쉬지 않고 오르내렸고 그들의 도법 또한 그렇게 회자되었지만 과장과 허풍이 반쯤 섞여 실상을 파악하기 어려웠는데 오늘 실제로 보고 나니 오히려 그런 과장들이 실상에 못 미친다는 생각이 들었다.

"백 문주께 질문이 한 가지 있소만."

무거운 좌중의 분위기를 헤집으며 다시 주해 대사의 음성이 들렸다.

"말씀하시지요, 대사."

백하민이 얼른 고개를 들고 주해 대사의 얼굴을 응시했다.

"문주께서 데려오기로 한 해남검문 사백 검수들과 아까 그 아이가 대치를 하고 싸움을 벌인다면 어떤 결과가 될 것 같은가요?"

주해 대사의 질문에 백하민이 뜻밖이라는 듯한 표정으로 잠시 생각에 잠기다 입을 열었다.

"확실하지는 않소만 한 오십 명 정도 차례로 상대하고 나며 아무리 철인이라도 내력이 부치지 않을까 생각합니다."

말을 하면서도 백하민은 삼십으로 할 걸 너무 자신이 겸손하지 않았는가 하는 후회감이 들었다.

"도장에서 일 대 일로 마주하여 포권으로 예를 갖추고 대결을 한다면 그렇게 되겠지요."

주해 대사가 말끝을 흐리며 잠시 눈을 감았다. 그렇게 염주알을 굴리던 주해 대사가 잠시 후에 눈을 뜨고는 무거운 음성으로 다시 물었다.

"비무가 아닌 실제의 전투라면 어떻게 될까요?"

주해 대사의 또 다른 질문에 백하민이 난색을 표했다. 그런 것은 상상하기도 싫었기 때문이다. 그런 백하민의 눈을 주해 대사가 조용히 응시했다.

"불제자로서 이런 얘기를 하는 것이 심히 괴롭지만 닥친 현실이 그러하니 양해해 주시구려. 그러니까 지금 해남검문의 사백 제자와 아까 그 아이가 봉절현에 있는 백제성터 벌판에서 마주쳤다고 생각해 봅시다. 그리고 양쪽은 서로 살상을 해야 하는 입장이라면 어떤 식의 싸움이 될까요? 내 짐작에 사손 놈은 해남검문 사백 제자가 전열을 갖추기도 전에 마환보라는 신법으로 훌쩍 날아서 전열 한가운데로 뛰어들 것이외다. 그리고는 발이 땅에 닿기도 전에 칼을 휘둘러 서너 명의 상대를 벨 것이오. 그리고……."

"대사!"

백하민이 놀란 눈으로 주해 대사를 불렀다. 주해 대사가 자인했듯이 불제자의 몸으로 이런 상상을 하는 것만으로도 불경을 범하는 일인 것이다. 그러한 백하민의 만류에 주해 대사는 어쩔 수 없는 일이란 듯 눈을 질끈 감고는 손을 들어 백하민을 제지했다.

"그리고 발이 땅에 닿자마자 횡으로 바람처럼 질주하며 닥치는 대로 무지막지한 도를 휘두를 것이오. 그렇게 횡으로 치달아 끝에 도달하면 이번엔 종으로 똑같이 질주할 것이오. 아미타불."

마침내 주해 대사가 말을 멈추고 불호를 읊었다. 놀란 좌중이 주해 대사의 얼굴에 온통 시선을 모았고 주해 대사의 얼굴에는 말로 형용할 수 없는 고뇌의 빛이 흘렀다.

"후우—"

한 호흡 긴 한숨으로 가슴속 무거움을 불어낸 주해 대사가 다시 침중한 음성으로 말하기 시작했다.

"그렇게 몇 번을 몰아치고 나면 해남검문 제자들은 반 이상이 회복 불능의 상태가 되거나 아까운 목숨을 잃게 될 것이오. 무서운 일이오. 정녕 무서운……. 아미타불."

주해 대사의 탄식이 끝난 후 어둠이 짙게 깔린 경내에서는 숨소리 한 점 새어 나오지 않았다.

비무에서 정휴라는 소림의 젊은 시주가 휘두른 칼을 직접 보았기에 주해 대사의 가정이 전혀 터무니없는 소리가 아니란 것을 모두 느끼고 있기 때문이다.
"어찌 불제자가 그럴 수 있단 말이오?"
누군가 가늘게 떨리는 목소리로 고함을 질렀다.
"그럴 수 없지요. 그럴 수 없고말고요. 아미타불."
주해 대사가 천부당만부당하다는 듯 고개를 흔들었다.
"그런데 어찌 그런 잔인한 얘기를 하시는지요, 대사?"
아까의 그 목소리가 다시 울렸다.
"무당산 혈투에서 우리는 아까 제 사손 놈의 칼에 못지 않은 무서운 칼들을 보았소. 그리고 그자들에게서 절체절명의 위기를 겪었지요."
주해 대사의 말이 떨어지자 장내 온통 벌집을 쑤신 듯이 소란스러워졌다. 이미 몇 달 전에 무당산 혈투에 관한 얘기들을 들었지만 전적으로 믿지는 않았던 것이다. 그동안 제왕성에 굴복하다시피 한 구파일방을 조롱하여 악의적으로 험담한 이야기로 설마 했던 것인데 소림의 방장인 주해 대사의 입에서 직접 듣게 되니 경악할 수밖에 없었다.
"그자들은 정녕 소름 끼치는 자들이었소."
주해 대사의 고뇌 어린 회상을 들어주려는 듯 형산의 좌무양이 대신 그날의 상황을 설명하기 시작했다.
"그자들의 칼은 흡사 악마의 혓바닥 같았소. 이제껏 본 적 없는 괴이한 초식과 철저하게 상대의 목숨만을 노리는 살인검이었소. 그리고 그들은 싸우는 방식에서도 우리의 상식과는 너무나 달랐소. 아까 백문주께서 말씀하셨듯이 정휴라는 시주와 해남검문 일급검수 사백 명이 정중하게 인사하고 차례차례 대결해 나간다면 내 생각에도 오십이면 소림시주의 칼을 무디게 하고 꺾을 수도 있을 것이오. 하나 그들은 절대로 그렇게 싸우지 않소."

좌무양이 그날의 기억이 떠오르는 듯 격양된 얼굴로 마른침을 삼켰다.

"그들은 혼자서 상대할 수 있는 사람에게는 서슴없이 달려들어 상대의 목을 노리다가 조금 불리해지면 순식간에 진을 구성하오. 그리고 승냥이 떼가 대호를 사냥하듯이 서서히 사냥하지요. 그 진법은 정녕 죽음의 진법이었소."

밤이 깊어 경내에 한기가 속절없이 스며들었지만 아무도 그것을 느끼지 못하는 듯 회동에 참가한 사람 모두가 꼼짝도 않고 좌무양의 말에 귀를 기울였다.

"여러분들도 잘 알다시피 우리들처럼 도장에서 온갖 예절을 따져 가며 익힌 도장검법과 살인검법이 만난다면 어떻게 될 것 같소? 모르긴 해도 주해 대사님의 가정처럼 우리 정도무림의 제자들은 전열을 정비하기도 전에 반은 잃고 말 것이오."

좌무양이 말을 맺고 자리에 앉았다. 그리고 주해 대사에게로 눈길을 돌렸다. 좌무양의 말이 끝나고 한참 동안 장내에는 어떤 움직임도 없었다.

"흐흠!"

한참 후에야 한쪽에서 헛기침이 일었고 굵직한 목소리가 들렸다.

목소리의 주인공은 하북팽가의 가주 팽도영(彭圖英)이었다.

"대사님과 형산파 장문인의 말씀은 잘 들었습니다. 불초로는 도저히 믿고 싶지 않은 얘기이고 말로만 들었다면 절대로 믿을 수 없는 얘기겠지만 오늘 낮에 벌어진 비무를 본 바 믿지 않을 수도 없군요. 그렇다면 우리가 무림맹을 조직하고 상대해야 할 혈영이란 집단이 모두 그런 칼로 무장하였단 말인가요?"

"그렇다고 봐야 할 것이외다. 우리가 무당산에서 만난 그들은 정예이긴 했어도 최고 수뇌들은 아닌 듯했소. 모르긴 해도 그들은 내 사손 놈의 아래가 아닐 것이오."

주해 대사가 간략하게 대답하자 여기저기서 작은 신음성들이 흘러 나왔다.

"그럼 그들의 수효는 얼마나 된단 말인가요?"

"그동안 우리가 알아본 바에 의하면 최소한 일, 이만은 될 것 같소."

"말도 안 되오! 어찌 그런 가공할 힘을 가진 집단이 이제껏 아무런 흔적도 드러내지 않고 숨어 있었고, 또 그런 힘을 가지고도 왜 이제야 움직이기 시작한단 말이오?"

팽도영의 질문을 받은 주해 대사가 고개를 끄덕였다. 그 질문은 율자춘이라는 괴물과 제왕성에 얽힌 비사를 모르는 사람으로서는 누구나 가질 만한 의문이었던 것이다.

"팽 가주의 질문은 참으로 지당하오. 단도직입적으로 말해서 혈영이란 단체는 제왕성을 허물고 다음으로 우리 정파무림을 상대하기 위해 율자춘이란 괴물이 만든 집단이오. 그 괴물의 두뇌는 악마라도 한 수 접어줄 만한 것이었소. 그는 자신의 악마적인 능력을 십분 발휘하여 혈영을 조직하고 이제껏 교묘히 감추어둔 것이지요. 그건 아마도 제왕성이란 존재 때문에 그랬던 것일 게요. 하나 이젠 제왕성이 무너졌으니 군림천하의 야심을 품고 그 칼끝을 정파무림으로 돌리고 있는 것이지요."

"어허!"

"어찌 그런……!"

그동안 반신반의했던 혈영의 힘과 자신들이 맞닥뜨린 현실이 인식되자 이곳저곳에서 탄식이 흘러나왔다. 척마대전 이후 너무나도 평화스런 세월들이 이어졌고 그 기간 동안 평안함에 흠뻑 젖은 백도무림은 너무나도 갑작스럽게 닥친 대폭풍에 크나큰 공포를 느끼게 된 것이다.

"대사님, 그렇다면 우리가 이렇게 무림맹을 조직한다고 하여도 승산이 없든지 아니면 엄청난 피해를 입어야 하지 않겠는지요?"

해남검문의 백하민이 정녕 두려운 표정으로 주해 대사를 바라보았다. 기연으로 파랑검을 얻고 이번 무림맹 결성에 참석할 때는 해남검문의 위명을 천하에 떨치고자 하는 마음이 가득하였다. 그래서 색다른 무림맹주 선출 방식에 불식간에 자신의 의견을 피력하다 시비가 일고 회동이 뜻하지 않은 방향으로 흘러왔다. 하지만 정휴라는 소림승의 악마적인 검을 견식하고 현재 중원무림에 닥친 현실을 파악하자 절로 등줄기에 식은땀이 흘렀다. 만약 몇 번의 승리에 우쭐하여 행여 무림맹의 선봉을 맡기라도 했다면 애꿎은 해남도의 젊은이들을 몰살시킬 뻔하지 않았는가?

"그럴 수도 있겠지요. 하지만 하늘은 그렇게 무심하지만은 않은 듯합니다. 여러분도 알고 있듯이 아까 내 사손 놈의 칼은 소림의 칼이 아니고 지옥마도 장천호란 젊은이에게서 배운 것이지요. 율자춘이 키운 제왕성 척마단으로부터 척살당하기 일보 직전에 그 젊은이에게 구명지은을 입고 그의 칼을 배운 것이지요. 그리고 지금 백도무림에는 그런 칼이 열네 자루가 있답니다."

주해 대사의 말에 모두들 깜빡 잊고 있었던 사실을 떠올리며 이곳저곳에서 제각기의 반응들이 일어났다.

"그렇지요. 그 공자가 있었지요. 백도 후기지수들을 구하고 그들에게 저런 칼을 가르친 사람이라면 그 칼은 능히 혈영의 마수를 막을 수도 있겠지요."

많은 사람들의 얼굴에서 오랜만에 안도의 기색이 떠올랐다.

"그 공자는 지금 어디에 있는지요? 그리고 그 공자의 사문과 무공은 어떤 것인지요?"

"소승도 한 번 보았을 뿐이오. 그러나 너무 과묵하고 허허로운 눈빛을 하고 있어 그 자리에서도 겨우 한두 마디 말밖에는 나누지 못했소."

주해 대사의 얼굴에 아쉬운 눈빛이 흘렀다.

"그럼 그 공자는 우리 무림맹에 언제쯤 합류할 것인지요?"

"소승도 아직 확실한 것은 알지 못하오. 그래서 그 문제를 이 자리에서 논의하고자 하는 것이오."

주해 대사의 말에 좌중에는 언뜻 실망감이 번져 갔다.

"어떤 논의를 말함인지요, 대사?"

하북팽가의 팽도영이 다시 질문을 던졌다.

"우리 구파일방의 장로들은 혈영이란 집단의 무서움을 온몸으로 체험한 바 그들을 막으려면 지옥마도란 그 젊은이의 도움이 절실하다는 결론을 내렸소."

"그렇겠지요. 그 공자가 도와준다면 우리 백도의 무수한 젊은이들이 허망하게 스러지는 일을 최소한으로 줄일 수 있겠지요."

백하민이 고개를 끄덕였다.

"그래서 우리는 참으로 어려운 결심을 하게 되었소."

주해 대사의 눈에 결연한 빛이 흘렀다. 고승의 그런 결연한 모습에 모든 사람들이 마른침을 삼켰다.

"우리는 이번 대전에 장천호 공자에게서 칼을 배운 열네 명의 제자를 선두에 세우고 장 공자를 무림맹 총군수장(總軍首將)에 추대할까 하오."

"대사!"

"그건 너무……."

"말도 안 됩니다, 대사!"

여기저기서 반대의 목소리가 터져 나왔다.

무림맹의 총군수장이라면 결전에 있어서 모든 병력을 통솔하고 생사여탈권을 가지는 자리이다. 맹이 조직된 이상, 그리고 무림맹의 일원으로 출정한 전투장에서는 자파의 장문이 명령보다 무림맹주와 총군수장의 명령이 우선한다. 맹주나 군사의 명령이 전체적이고 포괄적이라면 총군수장의 명령은 결전에 있어서 훨씬 더 직접적이고 현실적인 것이다.

맹주가 공격 명령을 내린다면 그 명령을 받아 어느 문파의 병력을 전방에, 또 어느 문파의 병력을 측면, 후면… 등의 결정은 전적으로 총군수장의 권한이다. 그것은 곧 생사여탈권이나 마찬가지인 것이다. 그러므로 무림맹주 자리 다음으로 촉각을 곤두세우는 것이 총군수장의 자리인데, 그것을 사문이나 출신 내력 그 어느 것도 제대로 알려지지 않은 새파란 청년에게 준다는 말은 너무 뜻밖이었기에 반대의 목소리들이 그치지 않았다.

그러나 그 목소리들은 주로 구파일방을 제외한 다른 방파에서 흘러나오는 것이고 구파일방과 사대세가의 명숙들은 무거운 표정으로 가라앉아 있었다. 그런 분위기에 한참 동안 소란스럽던 분위기도 평정을 되찾았다.

"말이 안 되기로 따진다면 채 피어보지도 못한 아까운 청춘들이 붉은 피를 흩뿌리며 차가운 들판에 속절없이 쓰러지는 것이 더 말이 안 되는 일이지요. 아무리 대의명분을 위하고 신념을 위하여 한 목숨 던지는 일일지라도 그 젊은이의 부모들에게는 가슴을 갈기갈기 찢는 일이지요. 허망하게 죽은 젊은 자식의 시신을 안고 몸부림치며 통곡하는 일이야말로 정녕 말이 안 되는 일이 아닐까 하오. 아미타불."

"아미타불……."

"무량수불……."

주해 대사의 말과 함께 곳곳에서 불호와 도호가 울려 나왔다. 그들의 눈앞에는 방금 주해 대사가 설명한 가슴 아픈 장면들이 생생히 눈앞에 펼쳐진 것이다.

"소승은 피를 흘리지 말아야 할 사람들의 피를 한 방울이라도 줄일 수 있다면 누가 무림맹주가 되고 누가 총군수장이 되든 아무런 상관이 없다고 생각하오. 해서 지옥마도 장천호 공자를 총군수장으로 정식으로 추대하는 바이오!"

이제껏 어떤 상황에서도 부드러움을 잃지 않던 주해 대사의 입에서 처음으로 단호한 음성이 흘러나왔다.

"허어—"

"이런 경우가……."

몇몇 작은 음성들이 울렸지만 점차 잦아들고 다시 숨소리마저 죽인 고요가 내려앉았다. 그리고 주해 대사의 다음 말을 기다렸다.

"모두들 다른 의견이 없으신가요?"

주해 대사가 경내를 주욱 둘러보았다. 시선을 받은 많은 사람들이 아까와는 다른 표정으로 천천히 시선을 내렸다. 누군들 자파의 젊은이들이 아깝지 않으랴. 그러나 명분과 공명심보다는 제자들의 목숨이 훨씬 중요하다는 것을 주해 대사를 통해 절실히 느낀 것이다.
"반대합니다!"
정적의 한가운데서 파문이 일며 한줄기 외침이 일어났다.
모든 시선이 그 파문의 근원지를 향했다.
"우리 두령이 무슨 칼 든 무림인들 방패막인 줄 아시오?"
너무 뜻밖의 외침에 일순 아무도 입을 열지 못하고 소리를 지른 젊은이를 바라보았다.
"누구신가, 젊은 시주는?"
주해 대사가 침울한 음성으로 그 젊은이에게로 시선을 고정시켰다.
"풍림방의 자제 영호성이라 합니다."
"영호성이라면 열네 명의 후기지수 중……."
"그래, 맞아!"
작은 속삭임들이 일어났다가 다시 잠잠해졌다.
"시주가 반대하는 연유를 들어봄세."
뜻밖의 사태에 풍월방의 가주 영조윤과 형제들인 영조충, 영조찬 등이 놀란 몸짓으로 만류했지만 영호성이 자리에서 우뚝 일어섰다.
"대사님의 높은 불력과 고매한 인품에는 절로 고개가 숙여집니다. 그리고 저 역시 이번 대전에 선두에 서는 것은 조금도 반대하지 않습니다. 모두가 말린다 하더라도 선두에 서서 중원을 짓밟으려는 무리들을 막을 생각입니다. 하지만 두령은, 우리 두령은 끌어들이지 마십시오. 칼 든 사람들 때문에 모든 것을 잃고 또 우리들 때문에 지금껏 휩쓸려 다닌 것만으로도 충분합니다."
영호성의 말에 주해 대사나 다른 많은 사람들의 얼굴에 영문을 모르겠다는 표정이 역력했다.

"시주, 무슨 말인지 알아들을 수가 없구려. 두령이라니? 그리고 칼 든 사람들이라니?"

"그렇군요. 흥분이 되어서 제 생각만 했군요."

영호성이 고개를 끄덕거렸다.

"우리는 여러분들께서 지옥마도, 혹은 암흑마제라 부르는 장천호 공자를 두령이라 부르지요. 이 년 동안 지옥보다 더 힘든 수련을 시킨 데 대한 앙갚음으로 그런 악의적인 별명을 붙인 것이기도 하고 정파무림의 후기지수라고 으스대던 우리들이 제왕성 척마단 무리들에게 속절없이 쫓겨서 아무도 모르는 산속에 도둑놈처럼 숨어 있는 꼴이 너무 비참해서 우리 스스로를 도둑놈으로 자조하는 마음에서 부른 명칭이기도 하지요. 어쨌든 우리는 그를 두령이라고 부릅니다."

영호성이 탁한 한숨을 길게 토했다.

"그리고 두령은 우리 무림인들처럼 날 때부터 칼을 들고 칼이 좋아 미친 듯이 칼춤을 추던 사람이 아니지요."

영호성이 잠시 생각에 잠겼다. 자신이 알고 있는 두령의 내력과 제왕성주에 얽힌 얘기들을 지금 밝힐 것인지 아닐 것이지를 결정하지 못한 것이다.

'어쨌든 두령의 최종 목표는 제왕성주이다. 그리고 그와 대면하기 위하여 우리가 녹림을 점령했고 또 여기까지 온 것이다.'

영호성이 입술을 지그시 깨문 후 모인 사람들에게 두령에 대한 얘기를 간략하게 설명했다.

"허어, 그런 일이……."

"그 허허롭던 눈빛이 그런 사연이 담긴 때문이었구려."

영호성의 얘기를 다 듣고 난 구파일방 명숙들은 저마다 한마디씩 탄식을 토했다.

"어쨌든 전 우리 두령을 이번 대전에 끌어들이지 않길 바랍니다. 우리들을 살려주고 지금까지 지켜준 것만으로도 영원히 씻지 못할 은혜를 입은 것이지요. 이제 두령은 제왕성주에 대한 복수도 부질없는 것으로 생각하고 자신이 태어났던 깊은 산속으로 돌아가고 싶어한다고 들었습니다. 그렇다면 돌려보내야지요. 저희들은 절대로 두령을 부르지 않을 것입니다. 칼춤은 칼을 좋아하는 사람들끼리나 추어야지요."

영호성이 굳게 입을 다물었다.

너무 뜻밖이고 너무 가슴 한복판을 찌르는 얘기에 경내의 모든 사람들이 한참 동안이나 할 말을 잃었다.

"이놈, 정휴야. 네놈도 그렇게 생각하느냐?"

주해 대사가 소림사 내 어느 한쪽 구석에서 술을 마시다 영호성의 고함 소리를 듣고 슬그머니 회의장으로 고개를 들이민 정휴에게 눈길을 던졌다.

"그렇습니다, 사수조님."

술 냄새를 풀풀 풍기며 정휴가 간단하게 대답했다.

"칼춤은 칼잡이들이나 추어야지요. 왜 애꿎은 산속 초동까지 끌어들입니까? 세상이 무림인들만을 위해서 존재하는 것은 아니지 않습니까."

일말의 기대감까지 부숴 버리며 정휴의 입에서는 더 지독한 독설이 쏟아져 나왔다.

"칼춤이 굳이 싫으시다면야 봉절현 백제성터에 가서 큰 술 항아리를 몇백 개 준비해 놓고 혈영인지 뭔지 하는 놈들에게 한 잔씩 권하면 깨끗이 해결될 일들이지요. 세상천지에 내 땅이 어디 있고 네 땅이 어디 있습니까. 죽고 나면 한 줌 부토로 흩어져 버릴 것을. 쯧쯧, 나백상 그 놈은 또 왜 발광인가? 살면 얼마나 더 살 것이라고. 끄윽."

정휴가 트림을 하며 천장을 쳐다보았다.

"어허, 저놈의 거미는 어디다 함부로 집을 짓는고. 야, 이놈아. 네놈은 마도 편 거미더냐, 아니면 백도 편 거미더냐? 여기는 백도의 땅이니 마도 편 거미이면 썩 물러나거라!"

정휴가 비틀거리며 다시 밖으로 나갔다.

'업보로다!'

주해 대사의 심중에 언뜻 한 사람의 얼굴이 떠올랐다.

광승!

소림삼금(少林三禁)의 제일금(第一禁)을 차지하고 있는 자신의 사형 광해!

지금 저놈 정휴에게서 사형의 모습이 생생히 살아났다.

누구나 그때 사형의 말이 틀리지 않았다는 것을 알면서도 그간의 권위와 전통이 무너질 것을 염려해 서둘러 참회동에 가두고 오십 년 면벽을 명하지 않았던가? 하지만 그것으로 끝나지 않았던 것이다. 지금 본 저놈은 광해 사형조차 혀를 내두를 놈이다. 그때 소멸시키지 못한 업이 지금 다시 윤회하고 있는 것이다.

"아미타불."

주해 대사의 고뇌에 찬 얼굴에 한줄기 눈물이 흘렀다.

"대사!"

화산의 장문인 성회수가 얼른 주해 대사를 부축하고 회의를 중단시켰다.

"크윽! 세상에서 이 술보다 더 정직한 놈이 어디 있을까?"

비틀거리며 정휴가 걸어나왔고 백중호가 하얗게 마비된 모습으로 정휴를 쳐다보았다.

"야, 이놈아! 넌 왜 또 여기까지 따라온 거냐?"

정휴의 말에도 백중호는 대답이 없었다.

"이 자식이, 술 먹다 귀까지 같이 먹어버렸나?"

정휴가 툴툴거렸다.

"칼춤을 추지 않고 해결할 방법이 없을까?"

한참 동안 말없이 정휴를 따라 걷던 백중호가 들고 있던 술 한 병을 다 마시고 털썩 바닥에 주저앉으며 중얼거렸다.

"어쭈! 이놈 보게? 악마도를 가르쳐 달라고 발광을 할 때는 언제고 이제 또 딴소린가? 그렇게 평화롭게 해결되어 버리면 네놈 칼이 억울해서 어쩐단 말이냐? 수많은 사람의 생 피를 마시고자 그렇게 시퍼렇게 갈아놓은 것이 아니더냐?"

정휴가 입꼬리를 말아 올리며 술을 털어 넣었다.

"미친 짓이야."

백중호가 맥 빠진 소리로 답하며 바닥에 벌렁 드러누웠다.

"어허! 저놈의 참새는 마도인가 백도인가? 마도라면 소림사에 숨어든 죄로 능지처참을 시켜야지. 어서 붙잡지 않고 뭘 하고 있는 것이냐, 이 중놈아."

그 말을 끝으로 백중호의 머리가 옆으로 꺾이며 코 고는 소리가 들렸다.

"후후. 이놈아, 백도 마도가 따로 있다더냐? 모두 우리 핏줄 속에 같이 녹아 있는 것이다. 자고 나면 기력이 떨어졌던 마(魔)의 기운이 고개를 들고 칼춤을 추자고 안달을 할 것이야. 네놈이나 나나 백제성터에서 칼춤을 출 수밖에 없는 운명이다. 그것은 칼을 든 순간부터 이미 정해진 일이지."

 정휴도 백중호의 배를 베개 삼아 털썩 드러누우며 이내 코를 골았다.

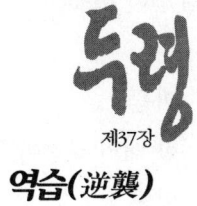

제37장
역습(逆襲)

 "지금부터 시작이다. 철저히 두 놈을 떼어놓아야 한다. 만에 하나 두 놈이 합치게 되면 감당할 수 없는 일이 생긴다."
 장강수로연맹의 총채주 담우개가 뒤를 따르던 부하들에게 은밀하게 얘기하고 수신호를 내렸다. 그의 신호에 따라 수십 명의 인영들이 흡사 유령처럼 아무런 기척도 없이 수풀 속으로 스며들었다. 이따금씩 짹짹거리던 야조(野鳥)마저도 그들의 기색을 전혀 감지하지 못하고 처음과 똑같은 음색으로 지저귀고 있었다.
 "나백상 그 영감쟁이는 암흑대제란 놈을 너무 과소평가하고 있다. 그 영감쟁이가 두려워하는 것은 오직 한곳 제왕성뿐이다. 그 두려움은 아무리 사나운 개라도 자기 주인은 두려워하는 것과 같은 이치이지. 하지만 정작 두려워해야 할 상대는 암흑대제 그놈이야."
 잠시 중얼거리던 담우개의 신형이 어스름 달빛에 흩어지며 연기처럼 사라졌다.

피융—
한 대의 강전이 무시무시한 파공성을 울리며 날아들었다.
팅—
넓을 도로 강전을 쳐낸 조대경이 반사적으로 몸을 움직여 강전이 날아온 산정(山頂)으로 몸을 날렸다. 너무나 신속한 조대경의 대응에 깜짝 놀란 사내가 강궁을 손에 든 채 반대 편 산 아래로 신형을 날렸다.
'보통 놈이 아니다!'
조대경이 사내를 쫓으며 나직이 읊조렸다.
꽃 향기에 취해 모진성과 함께 냇가 바위 위에서 화주를 마시고 있었다. 한데 그 주흥을 이기지 못한 모진성이 마침 계곡 물을 마시러 내려온 노루 한 마리를 쫓아갔다. 비틀거리며 노루를 쫓는 모진성을 보고 킬킬거리며 한 잔을 더 마시는 순간 모골 송연한 파공성과 함께 강전이 날아들었다. 강궁을 쏘아댄 거리나 날아오는 속도로 보아 정사청 사형처럼 전문적인 솜씨는 아니었으나 머리끝이 곤두서는 위협이 되기에는 충분했었다.
'그쪽으로 가면 벼랑이 있을 뿐 더 이상 도망갈 곳은 없다.'
내심 염두를 굴린 조대경이 더욱 강하게 땅을 박찼다. 처음의 거리보다 반 이상 간격이 좁혀졌을 때 달리던 사내가 천천히 속도를 늦추었다. 그때쯤 그자도 자기 앞에 펼쳐진 벼랑을 발견했던 모양이다.
팅—
등을 돌린 사내가 전광석화처럼 다시 한 대의 강궁을 날렸고 강궁이 날아오는 속도에 조대경이 다가서는 속도가 배가되어 순식간에 강전이 조대경의 코앞에 도달했다.
'이크!'
 간발의 차이로 강전을 옆으로 흘린 조대경의 이마에 식은땀이 흘러내렸다.
"더 이상 가까이 오면 정말 위험할 것 같은데……."
이빨을 드러낸 사내가 강전을 겨누고 빙글거렸다.
"고양이 쥐 생각하는군."
조대경이 도를 들어 올렸다.
"그깟 썩은 화살 열 개를 한꺼번에 날린들 겁낼 것 같으냐?"
조대경이 몸을 풀듯 획획 도를 휘두르며 한 걸음 한 걸음 다가갔다. 주춤거리며 뒤로 물러서던 사내가 피융 하고 강전을 날렸다.
땅!
도를 틀어 넓은 도신으로 강전을 막아낸 조대경이 다시 한 발의 강전을 시위에 거는 사내를 향해 덮쳐들었다. 조대경의 신속한 접근에 믿을 수 없다는 표정을 한 사내가 손에 잡은 강전을 수리검처럼 조대경에게 던졌다.
"흥!"
시위에 걸어 날리는 화살 속도와 비교가 안 되는 속도로 날아오는 화살을 보고 콧방귀를 뀐 조대경이 화살을 깨끗이 잘라 버리고 여세를 몰아 사내를 동강 낼 듯 도를 휘두르려는 찰나 사내가 벌렁 뒤로 누우며 벼랑 아래로 신형을 떨어뜨렸다.
"미친놈!"
조대경이 얼른 벼랑 끝으로 달려가 아래로 시선을 던지자 벼랑 조금 아래에서 옆으로 튀어져 나오며 자란 노송 둥치를 밟고 선 사내가 비웃음을 흘렸다.

"이곳이라면 다정하게 마주 보며 싸울 수도 있을 것 같은데. 내려와 보시지."

"좋은 생각이군."

더운 콧김을 뿜은 조대경이 노송 뿌리 부근으로 몸을 날리자 사내는 다시 미련없이 노송 아래로 몸을 던졌다.

'자살?'

순간적으로 조대경의 뇌리를 스친 생각이었다. 노송 아래로는 더 이상 어떤 걸림판도 없는 급전직하의 벼랑이었다. 그런 벼랑 아래로 사내는 거리낌없이 몸을 날린 것이다. 벼랑 아래로 까마득히 떨어지는 사내를 쫓던 조대경의 눈빛이 반짝 하고 빛났다. 떨어져 내리는 사내의 몸에서 긴 꼬리가 보였고 그 꼬리의 끝은 조대경이 버티고 선 노송의 중간에 연결되어 있었다.

텅! 뿌지직―

사내의 체중이 밧줄을 통해 노송 중간 부분에 고스란히 전해졌고 밧줄에 실린 힘으로 노송이 금세라도 뽑혀져 나갈 듯 출렁거렸다. 출렁거리는 노송 가지에서 가까스로 중심을 잡은 조대경이 밧줄의 끝을 찾았다. 굵은 밧줄이 두세 번 견고하게 묶여 있었다. 미리 이곳에 와 치밀하게 준비한 흔적이 확실해 보였다.

"그렇다면 이건 유인책?"

조대경의 머리 속에 강한 위험 신호가 울렸다. 정작 노린 사람은 자신이 아니라 자신보다 술을 훨씬 많이 마신 모진성인 것이다.

슈욱―

노송 가지를 박찬 조대경이 벼랑 끝으로 다시 날아올랐다.

땅거미가 완전히 내려앉은 산속의 밤은 금세 칠흑으로 물들어 지척을 분간하지 못하게 하였다. 최대한 안력을 돋운 조대경이 신속히 왔던 길을 되돌아 마환보의 신법을 구사했지만 수많은 장애물에 부딪쳐 자연히 속도가 떨어졌다.

"제발… 제발 무사해라, 모진성, 이 자식아!"

절규하듯 외친 조대경의 입에서 단내가 뿜어져 나왔다.

"크윽—"

억눌린 비명성이 터져 나오며 한 명의 인영이 더 무너져 내렸다.

'다섯 명째다.'

모진성이 이빨을 앙다물며 훅 하고 풍겨오는 피 냄새에 얼굴을 찡그렸다.

노루를 쫓아 달리던 자신의 귓가로 노루와 자신의 발소리 외에 여러 개의 물체가 신속하게 움직이는 소리를 의식한 모진성은 얼른 신형을 멈추고 등을 돌렸다. 어림잡아 열 명도 넘는 인영들이 자신을 덮쳐 오고 있었다.

'고수들이다!'

위기감을 느낀 모진성이 휘익 하고 다시 앞으로 쏘아져 갔다.

"제길!"

저만치 앞쪽에서도 비슷한 숫자의 인영들이 다가들고 있었다.

"생포하라."

굵직한 한 목소리와 함께 스무 명도 넘는 사람들이 앞뒤에서 그물처럼 조여들었다. 칼을 잡은 손에 힘을 준 모진성이 경사가 가장 급한 한 곳을 선택하여 질풍처럼 쏘아지며 순식간에 막아서는 한 명을 베어냈다.

모진성의 칼을 맞은 사내는 심장이 쩍 갈라지며 고통으로 얼굴이 일그러졌지만 입에서는 한줄기 무겁고 낮은 신음성밖에 새어 나오지 않았다. 처절한 수련 속에서 육체적 통증에 무감각해진 사람들만이 그런 식의 신음성을 내뱉는다. 그것을 느낀 모진성이 한시도 방심하지 못하고 온 힘을 다해 포위망을 뚫으며 베어넘긴 숫자가 벌써 다섯이다.

휘익—

왼쪽 옆구리 쪽에서 대기를 가르는 한줄기 파공성과 함께 무시무시한 속도로 한 자루의 검이 날아들었다. 신형을 급격히 우측으로 회전시키며 검을 흘린 모진성이 그 회전력을 고스란히 실어 사내의 허리를 쓸었다. 서걱 하는 익숙한 느낌과 함께 사내의 신형이 뻣뻣이 굳었다. 그렇게 굳어진 신형이 무너져 내리는 것을 확인할 겨를도 없이 모진성은 땅을 박찼고 멀찍이 보이는 소나무 군락을 향해 몸을 날렸다.

곧게 자란 소나무 숲이 빠르게 눈앞으로 다가왔다. 아름드리 소나무 숲 속으로 들어가면 그 소나무들을 엄폐물로 삼아 한 놈씩 해치울 수도 있을 것 같았다. 놈들은 소나무가 장애물이 되어 검진을 형성하거나 합공을 하는 데 많은 지장을 받을 것이다.

파앗—

마지막 신법을 펼친 모진성이 소나무 군락 속으로 빨려들었다.

"이런 요악스런 놈들!"

조대경이 이빨을 갈았다.

벼랑으로 쫓아갔던 사내를 놓치고 그것은 모진성과 자신을 갈라놓기 위한 유인책임을 간파하고 급히 왔던 길을 되짚어 산정으로 돌아가는 도중 불화살 한 개가 무섭게 날아들었고 퍽 하고 옆에 있던 풀숲에 박혔다. 조대경이 반사적으로 작은 바위 뒤로 몸을 날렸다.
"화르륵―"
불화살이 박힌 곳에서 화염이 치솟아올랐다. 온 산이 바짝 마른 겨울도 아닌데 순식간에 저런 화염이 솟아오르다니? 의구심을 느낀 조대경이 화염의 실체를 파악하는 순간 멀찌감치 반대 편 옆쪽에서 또 한 개의 불화살이 떨어지며 화염이 솟았다.
"건초 더미!"
조대경이 신음성을 흘렸다.
저놈들은 되돌아가는 길목 양쪽에 미리 건초 더미를 준비해 놓았다. 그래서 불화살 하나에도 무섭게 화염이 치솟은 것이다.
"피융― 피융―"
이번에는 불화살이 아닌 수십 개의 유엽전이 쏟아졌다.
"따다당!"
풍차처럼 도를 휘두른 조대경이 날아오는 화살들을 쳐냈다. 작은 바위 뒤에서 몸을 움직이는 순간 무작정 날아오던 화살들이 전부 조대경의 몸을 향해 집중되었다.
"죽일 놈들!"
조대경이 다시 바위 뒤로 몸을 숨겼다.
활활 타오르는 화염의 빛을 받아 자신의 움직임은 대낮처럼 환히 드러났고 산정에 있는 놈들은 어둠 속에 웅크리고 앉아 자신을 향해 활을 쏘아 보내고 있는 것이다. 더구나 위에서 떨어져 내리고 있는 화살들은 속도가 한층 더 가속되어 철판이라도 뚫을 듯이 쏟아져 내렸다.
'이 화염의 사정권을 벗어나야 한다.'
조대경이 초조한 마음을 감추지 못하며 사방을 두리번거렸다. 그러는 사이에도 화살들은 쉴 새 없이 바위 양 옆으로 떨어졌다. 혹시라도 기습적으로 뛰어나갈 것을 미연에 방지하기 위함일 것이다. 누군지 지독히 치밀하고 교활한 놈이다. 놈들의 치밀함에 조대경이 치를 떨었다. 이렇게 철저한 준비를 하려면 오래전부터 이곳을 이 잡듯 뒤지며 지형을 파악하고 계획을 짰을 것이다. 마침 오늘 술자리를 마련하고 두 사람이 떨어지는 사이에 기회를 잡은 것이다.

화르르—

건초 더미 한 모서리가 무너져 내리며 화염이 흩뿌려졌다.

불현듯 한 가지 생각이 떠올랐다.

오늘로써 이곳 쌍봉채(雙峰寨)에는 열흘 정도 머물렀다. 이곳에 오기 전에는 청송채(靑松寨)에서 약 이십 일을 머물렀는데 그곳의 어느 계곡 사이에서도 이런 식의 건초 더미 두 개를 본 적이 있었다. 그때는 별 생각 없이 지나쳤는데 지금 와 생각하니 저놈들은 그곳에서도 똑같은 준비를 하고 기회를 엿보다 실패하고 이곳 쌍봉채에서 다시 시도한 듯했다.

소름이 끼쳐 왔다.

저놈들은 자신들을 잡기 위해 최소한 한 달 이상을, 어쩌면 그보다 훨씬 더 긴 기간을 따라다녔다. 그런데도 자신들은 낌새도 채지 못한 것이다. 아마 땅꾼이나 심마니 등으로 변장하여 은밀히 따라왔을 것이다. 오랜 산속 생활에 신경이 느슨해진 까닭도 있겠지만 아무리 그래도 감쪽같이 자신들을 속이고 헛바닥을 날름거리고 있었다니 상상보다 훨씬 무서운 놈들이다.

저 건초 더미가 다 탈 때까지 기다리려면 한 시진은 걸린다. 그러면 모진성에게 필시 무슨 일이 있을 것이다. 술이 약한 체질인 자신에 비해 그놈은 거의 세 배를 더 마셨고 그만큼 더 위험했다. 조대경의 입이 타 들어갔다.

'금선탈각(金蟬脫殼)!'

조대경의 머리 속에 한 가지 계책이 떠올랐다.

'껍질은 벗겨두고 몸은 빠져나간다!'

조대경이 얼른 상의를 벗었다. 그리고 상의 속에다 급하게 근처의 잡풀들을 뽑아 넣었다. 불룩하게 잡풀들을 채운 후 윗부분에는 머리통만한 돌을 넣고 질끈 묶었다.

머리 부분의 돌을 든 조대경이 공력을 돋우어 힘껏 자신의 껍질을 던졌다.

핑핑핑—

수십 개의 화살들이 껍질을 향해 집중되었고 찰나의 순간 조대경이 반대쪽으로 몸을 날렸다.

핑핑핑—

잠시 주춤한 화살들이 사태를 파악하고 실체를 향해 급히 과녁을 바꾸었지만 조대경의 모습은 이미 어둠 속에 묻혀 버렸다.

"철수한다."

산정에서 화살을 날리던 여섯 명의 사내 중 한 명이 황급히 손을 흔들며 부하들에게 신호를 내렸다. 신호와 함께 사내들이 손에 든 활과 등 뒤의 전통을 신속히 벗어 던지고 반대쪽 산허리로 몸을 날렸다.

"크윽—"

제일 먼저 땅을 박차던 사내가 가슴이 비스듬히 쪼개지며 산 아래로 굴러 내렸다.

"누, 누구?"

불신에 가득 찬 시선들이 불쑥 솟아난 괴인을 바라보며 자신도 모르게 뒷걸음을 쳤다. 상의를 벗어 던진 사내 하나가 야수 같은 안광을 번뜩이며 이빨을 갈고 있었다. 산 아래쪽의 화염에 언뜻 반사된 사내의 얼굴은 아수라 그 자체였다.

"크악!"

다시 한 명의 동료의 허리가 잘려지며 처절한 비명을 토했다.

"네, 네놈은?"

이제껏 자신들이 유인하고 화염 가운데로 몰아넣어 옴짝달싹 못하게 제지하고 있던 그자였다. 교묘한 속임수로 화염을 빠져나간 것이 촌각 전이었는데 어떻게 코앞에서 불쑥 나타날 수 있단 말인가? 그리고 저 눈빛은? 지옥의 차사도 저렇지는 않을 것이다. 총채주 담우개가 왜 그토록 거듭거듭 주의를 주며 접근을 피하라고 했는지 이해가 갔다.

"큭!"

"으흑!"

다시 두 명의 동료가 처절한 몰골로 무너져 내렸다.

순식간에 네 명을 베어버린 괴물이 스윽 남은 두 명 앞으로 다가와 목에 도를 들이댔다.

"내 친구는 지금 어디 있느냐?"

영혼마저 쥐어짜는 듯한 목소리에 한 명의 사내가 최면에 걸린 듯 입술을 달싹거렸다.

"죽엇!"

덜덜 떨며 입을 열려는 사내를 우두머리인 듯한 사내가 가차없이 베어버렸다. 그리고 자신 역시 독단을 깨물고 바닥에 나뒹굴었다.

"개자식!"
 조대경이 발악하듯 내뱉으며 독단을 깨문 산의 멱살을 잡아 일으켰지만 칠공에서 피를 내뿜는 사내의 영혼은 이승의 경계를 떠나 있었다.
 "모조리 죽이고 말 테다!"
 야수처럼 포효한 조대경이 모진성이 노루를 쫓아 달리던 방향으로 신형을 날렸다.

 '됐다!'
 모진성이 소나무 숲 속의 아름드리 소나무 뒤로 몸을 숨기며 호흡을 가다듬었다.
 자신이 몸을 숨긴 소나무 주위로 신속하게 둘러싸는 인기척을 느끼며 모진성은 거리를 가늠했다. 왼쪽 휘어진 소나무 뒤에서 한 명의 기운이 느껴졌다.
 쉬익—
 모진성의 칼이 바람을 가르며 휘어진 소나무를 베었다.
 암흑류의 기운이 던진에서부디 쭈욱 뻗이 나오며 킬을 잡은 손에 전해졌고 칼날이 시퍼렇게 빛을 발했다.
 "크윽!"
 소나무와 함께 가슴팍이 갈라진 사내가 비명을 토했다. 한 명을 처치한 모진성이 바로 옆의 소나무에 다시 몸을 숨겼다.
 스스슥—
 좌측에서 다시 두 명의 기운이 느껴졌다.
 모진성이 슬쩍 살기를 돋우자 두 명의 기척이 순식간에 멀어져 갔다.

'살수문 출신이군.'

모진성이 내심 중얼거렸다.

상대의 기색으로 움직임을 파악하고 재빠르게 그에 반응하는 행동들이 한영의 모습을 떠오르게 했다.

살기가 거두어지자 다시 한 명의 기운이 천천히 다가왔다.

'쥐새끼 같은 놈.'

모진성이 스윽 앞으로 신형을 쏘아 나가자 다가오던 사내가 다시 빠른 속도로 멀어져 갔다. 멀어져 가던 사내가 급격히 오른쪽으로 방향을 틀며 신형을 낮추었고, 그 순간 모진성의 눈앞에서 출렁 그물 한 장이 솟아올랐다.

모진성이 빠르게 몸을 트는 순간 여러 장의 그물이 사방에서 튀어올랐다. 반사적으로 모진성의 칼이 앞에 있는 그물을 쫘악 가르는 순간 위쪽에서 수십 장의 그물이 한꺼번에 떨어져 내렸다.

쟁쟁—

닥치는 대로 도를 휘두르며 그물을 쳐냈지만 겹겹이 떨어지는 쇠로 만들어진 그물은 어느새 모진성의 몸을 감싸며 조여들었다.

핑—

양 사방에서 끈을 당기며 강하게 조여드는 그물 사이로 한줄기 지풍이 날아들어 모진성의 목 뒤 대추혈(大椎穴)을 찍었다. 모진성은 자신의 몸이 뻣뻣하게 굳어옴을 느꼈다.

"두령—"

다시 옆에서 쑤셔오는 사내의 칼끝이 한쪽 다리 깊숙이 박히는 것을 느끼며 모진성이 발악처럼 고함을 질렀다.

'너무 많이 마셨다!'

억눌렀던 취기가 한꺼번에 몰려오며 혈을 제압당한 모진성의 굳은 몸이 서서히 무너졌다.
"어서 묶어라. 그리고 최대한 신속히 빠져나가라."
담우개가 나직이 속삭이자 사내들이 쓰러진 모진성을 묶어 들고 바람처럼 소나무 숲을 가로질렀다. 그와 함께 담우개 역시 뒤를 한번 둘러보고는 어둠 속으로 사라졌다.

"크아아—!"
모진성의 흔적을 찾아 온 산을 뒤지다 소나무 군락에서 모진성의 칼을 발견한 조대경은 발작적으로 고함을 질렀다. 근처에 쓰러진 사내들의 시신이 싸늘해져 가는 것으로 보아 이미 한참 전에 모진성이 이곳에서 제압당해 끌려간 것이다. 지척을 분간할 수 없는 어둠 속에서 조대경은 모진성의 칼을 들어 올렸다. 유난히 장난기 많고 정이 많은 모진성의 얼굴이 눈에 어른거렸다.
"누구든 지옥 끝까지라도 따라가 죽이고 말 테다! 제발 살아만 있어 리, 이 지식이!"
조대경이 오열하며 자신의 머리를 소나무 둥치에 찧어댔다.
두령이 전해준 칼만 믿고 그동안 너무 안일하게 행동했다. 이젠 누구라도 두렵지 않다는 자만심이 항상 팽팽히 당겨져 있던 신경을 무디게 했고, 너무나도 어이없이 놈들의 흉계에 걸려들어 모진성을 잃었다. 이마에서 흐른 피가 얼굴을 적셨지만 자책으로 가득한 가슴은 더욱더 찢어져 왔다.
"아아아악!"
어둠을 가르는 조대경의 울부짖음이 밤하늘 속으로 길게 퍼져 나갔다.

*   *   *

뾰르릉—

종달새의 노랫소리가 맑게 울려 퍼지는 동정호변은 언제나처럼 인산인해를 이루고 있었다.

팔랑 옷깃을 건드리며 불어오는 미풍에 동정호의 물결이 잔잔하게 일었다. 화려한 옷차림을 한 상춘객들은 작은 배를 띄우고 동정호의 정취를 한껏 즐기고 있었다.

"까르르— 깔깔깔."

자매인 듯한 두 처녀가 내내 웃음을 참지 못하고 청아한 옥음을 동정호 주위에 퍼뜨렸다. 눈이 부신 듯 피어난 두 여인의 자태와 환한 미소에 주변의 뭇 사내들이 시선을 거두지 못하고 연신 힐끔거렸다.

"언니, 저기 좀 봐요. 저 배 튀어나온 아저씨 꼭 화영 언니 같아요. 저 아저씨도 아마 임신 팔 개월은 되었나 봐."

"푸후— 깔깔깔."

소혜의 짓궂은 농담에 능소빈도 참지 못하고 배를 잡았다.

"그만 해, 소혜. 이러다 정말 배꼽 빠지겠어."

능소빈이 웃음을 멈추지 못하며 소혜를 바라보고 애원했다.

악양에서 머문 몇 달 동안 능소빈과 소혜는 모든 것을 털어버리고 지극히 평범한 처녀로서의 시간을 보냈다. 겨울 동안은 눈 속에서 온갖 장난을 치며 옷을 적시고 다녔고 둘이 합공으로 천호에게 눈을 뒤집어씌워 난감한 표정으로 도망가는 천호를 보고 깔깔거리기도 했다.

그동안 성대한 혼례식을 올리고 신방을 차린 조화영 역시 부푼 배를 이끌고 장난에 참가했지만 한영의 감시를 벗어나지 못해 번번이 제동이 걸렸고, 얼마 지나지 않아 스스로 자신의 무게를 이기지 못해 나가 떨어지고 말았다.

 그 후로는 오로지 능소빈과 소혜 둘이서 온갖 말괄량이 짓을 하며 온 악양이 좁을 정도로 뛰어다녔다.

 처음에는 소혜의 집에서 진충의 눈치를 보며 조신을 하던 능소빈도 진충을 친아버지처럼 대하며 소혜에게 서서히 동화되어 말괄량이가 되어갔다. 그에 따라 천호의 고생은 두 배로 더 심해졌다. 그런 천호의 모습을 보고 때때로 진충이 동정의 눈길을 보냈지만 그것은 어디까지나 눈빛에 국한될 뿐, 다른 어떤 실질적인 도움은 전혀 주지 못했다.

 "아이구, 저 멋대가리."

 한참을 웃고 떠들던 소혜가 물끄러미 동정호의 수면 한가운데로 눈길을 주고 미동도 않고 있는 천호를 보며 아미를 찌푸렸다.

 "어떻게 저렇게 한결같이 멋대가리가 없을 수가 있을까, 정말."

 "한두 번 그런 것도 아닌데 새삼스럽게 왜 그래?"

 능소빈이 빙그레 웃으며 묵묵히 서 있는 천호를 바라보았다.

 동정호 가운데 유람선에는 화려한 차림의 유녀(遊女)들이 노래와 함께 춤을 추며 주흥을 돋우고, 또 호숫가의 작은 조각배에도 아리따운 소녀들이 자리하여 자태를 뽐냈지만 그런 풍경들은 마치 자신과는 딴 세상일이란 듯 천호의 시선은 수면 한곳만을 응시하고 있었다.

 "무슨 생각이 그리 많은가요, 오라버니?"

 소혜가 천호의 옆구리를 쿡 찌르며 눈을 흘겼다.

 "별 생각 하지 않았소. 그냥……."

천호가 말끝을 흐리며 쑥스러운 표정을 지었다.
"고향 생각을 하셨나요, 가가?"
능소빈이 잔잔한 눈빛으로 천호를 바라보았다.
"아니오. 그곳은… 그렇게 좋은 기억이 간직된 곳도 아니고……."
천호의 얼굴에 언뜻 작은 아픔이 지나갔다.
"그럼 무슨 다른 생각이라도?"
능소빈이 얼른 말꼬리를 돌렸다.
"요즈음은 거의 매일 밤 통천문의 꿈을 꾼다오. 은의소소에 의해 몸속에 주입된 공력이 어서 통천문을 찾으라고 성화를 부리는 듯하오."
천호가 눈을 가늘게 뜨고 생각에 잠긴 채 말했다.
"통천문이라면… 흑수채를 떠나온 다음날 아침 객점에서 가가가 말했던 그 얘기 말인가요? 머리 속에서 혈도 명칭이 울려 퍼진다는?"
"그렇소. 그 뒤로부터 이따금씩 머리 속을 울리던 것이 시간이 지남에 따라 점점 간격이 좁아지더니 이제는 거의 매일 밤 머리 속에 울리고 있소."
"그렇군요. 그래서 아침이면 항상 멍하니 생각에 잠겨 있군요. 그렇게 매일 밤 시달리면 잠을 설치거나 머리가 아프지는 않나요?"
소혜가 염려스런 눈으로 천호를 바라보았다.
"그렇지는 않소. 점점 더 강하게 의념을 전달하여 마치 빚 독촉에 시달리는 것 같은 느낌을 받지만 그건 무의식의 부분에 더 많이 작용하는 것 같고 그 외 다른 영향은 주지 않는 것 같소."
천호가 다른 염려는 말라는 표정으로 소혜와 능소빈을 바라보았다. 능소빈 역시 걱정스런 표정을 짓다가 안도하는 모습으로 환하게 미소지었다. 애정이 가득한 능소빈의 눈빛과 미소를 대한 천호의 얼굴이 붉어졌다.

"푸후~"

소혜가 입을 가리고 웃음을 터뜨렸다.

그동안 악양에서 지내면서 한시도 떨어지지 않고 붙어 다녔고 때로는 눈밭에서 한 덩어리가 되어 뒹굴기도 하였지만 이런 상황에서 언제나 천호는 시골 청년처럼 수줍음이 많았다.

"그럼 꿈속에서 울리는 목소리에서 다른 새로운 것들은 없는가요?"

능소빈이 다시 질문을 던졌다. 어떻게든 통천문의 비밀을 풀고 천호의 무공이 한층 더 완성에 이른다면 모든 것을 털어버리고 자신들만의 세상으로 떠날 수 있는 날이 그만큼 빨리 올 것이다.

"새로운 것은 없었소. 언제나 똑같은 소리로 '부드러움 속으로 녹아들어라. 그 부드러움만이 그대를 통천문에 이르게 할지니' 하고 말한 뒤 혈도명이 울려왔소."

천호가 가만히 고개를 저었다.

"어쨌든 더 기다려 보면 뭔가 새로운 것이 나타날지도 모르지요. 정녕 내게 인연이 있는 무공이라면 결국엔 내 것이 되리라 생각하오. 그만 접어두고 점심이나 들도록 합시다."

천호가 하늘 한가운데 떠 있는 해를 바라보면 동정호변의 한 객점을 가리켰다.

"그래요, 오라버니. 저기 저 음식점 정말 맛있어요."

점심을 먹자는 말에 소혜가 반색을 하며 천호의 한쪽 팔을 잡고 깡총거렸다. 먹자는 말만 나오면 어린애처럼 좋아하는 소혜를 보고 능소빈이 미소 지으며 자신도 천호의 다른 한 팔을 살며시 가슴께로 끌어당기며 객점으로 향했다.

진소혜와 능소빈이 며칠 굶은 여자들처럼 맛있게 음식을 들었고 천호도 미소를 띠고 바라보며 천천히 음식을 씹어 삼켰다.

"제가 따를게요."

혼자서 잔을 채우려는 천호의 술병을 빼앗아 든 능소빈이 천호에게 잔을 따랐다. 술잔을 받아 든 천호가 묵묵히 술잔을 응시했다.

"왜 그러세요, 오라버니?"

소혜가 얼른 음식을 삼키고 천호를 쳐다보았다.

"모진성 공자가 좋아하던 술인 것 같소."

한 모금 입술을 축인 천호가 입맛을 다시며 말했다.

"휴우~ 대체 오라버니는……."

소혜가 한숨을 내쉬며 수저를 놓았다.

"하루도 그 사람들 얘기를 꺼내지 않는 날이 없군요. 애초에 그 사람들은 오라버니보다 훨씬 강한 사람들이었어요. 그리고 이제는 오라버니에게서 배운 칼로 누구도 상대하지 못할 만큼 강해졌어요. 그러니 이제 그 사람들 걱정은 그만 하세요."

소혜가 투정 어린 목소리로 천호에게 쏘아댔다.

"걱정을 하는 것이 아니라 술을 보니 그냥 생각난 것뿐이오."

천호가 다시 한 잔 가득 술잔을 채웠다.

"가가의 눈에는 항상 그들에 대한 염려가 남아 있어요. 그건 숨길 수 없어요."

능소빈도 불안한 표정으로 천호를 보고 말했다.

요 몇 달 그녀는 손에서 칼을 놓고 평범한 여인네로서의 삶을 살아왔다. 그러한 평범한 삶이 얼마나 아름답고 소중한 것인지 절실히 가슴에 와 닿았다. 칼을 휘두르며 까마득하게 보이는 목표점을 향하여 피땀을 흘려대고 수많은 좌절과 한계를 맛보면서 마침내 그 정상에 도달했을 때 느끼는 환희란 말로 표현할 수 없는 것이었지만 그것은 아주 짧은 순간에 지나지 않았다.

죽을 고생을 하며 도달한 정상도 어느 순간부터는 더 높은 꼭대기를 향한 한 개의 작은 발판에 불과했다.

칼을 들고 사는 무림인의 삶이란 게 언제나 그랬다. 높은 정상 위에는 더 높은 정상이, 그리고 그 위에는 그보다 더 높은 꼭대기가… 어쩌면 죽을 때까지 그 꼭지점을 쫓다가 눈을 감을 것이다.

이젠 그 모든 게 싫다. 평범한 촌부의 아내로 깊은 산속에서 밭을 일구며 살고 싶다.

봄이 왔고 얼어붙은 땅에 말을 먹일 풀이 가득 돋아났으니 무림에는 피바람이 불 것이다. 애써 귀를 막고 소혜와 함께 천호를 끌고 다녔지만 자신을 두령이라 부르며 따르던 사람들을 걱정하는 천호의 눈빛을 언제까지 무시할 수만은 없는 일이다.

"예전에 어떠했든 그들은 나를 두령이라 부르며 따랐던 사람들이오. 나하고는 살아온 환경도 다르고 앞으로 살아갈 길도 다르다고 수없이 되뇌이며 정을 떼려 해도 문득문득 '두령' 하고 부르는 그들의 목소리가 등 뒤에서 들려오는 듯하는 걸 어쩌겠소."

천호의 말을 들은 소혜가 기가 막힌다는 표정으로 할 말을 잃었다.

"그들의 능력이라면 닥쳐올 혈영의 마수를 능히 막아낼 수 있으리라 생각하지만 요 며칠 사이 왠지 불안감이 가슴 한구석에서 일어나오. 무슨 일이 있는 건지……."

천호의 시선이 먼 흑수채의 하늘 쪽으로 향했다.

"정말 병이군요, 오라버니. 그들은 무가에서 태어나 칼 소리를 자장가 삼아 살아왔고 오라버니와는 비교가 안 될 정도로 강인한 무인의 피가 흐르는 사람들이에요. 암계나 술수에도 능란하게 대처할 수 있고 피비린내 나는 싸움터에서 사흘 밤낮을 칼을 휘두른다고 해도 끄떡없을 사람들이라고요. 그러니 제발 그 사람들 걱정은 하지 마세요. 오히려 오라버니 걱정이나 하세요!"

소혜가 애가 탄다는 표정으로 천호를 보고 소리를 질렀다.

"그래요, 가요. 무슨 일이 있어도 그들은 무사할 거예요. 그러니 걱정 마세요."

능소빈도 촉촉한 눈빛으로 천호를 보며 말했다.

두 여자의 애틋한 눈빛에 천호도 어쩔 수 없다는 듯 고개를 끄덕이며 젓가락으로 음식을 집었다.

"두령!"

갑작스런 소리에 능소빈과 진소혜가 깜짝 놀라 자리에서 일어섰다. 천호 역시 흠칫 고개를 돌리며 몸을 일으켰다.

"남궁 공자!"

"우, 우현?"

"진화야!"

남궁우현과 도진화가 상기된 얼굴로 객점 문을 박차고 들어왔.

몸에 착 달라붙는 무복을 입고 칼을 등에 단단히 동여맨 차림으로 봐서는 결코 동정호의 경치를 감상하러 온 사람들 같지는 않았다. 짧은 순간 느껴지는 분위기에서도 예상치 않은 일이 있음을 알 수 있었다.

"대체 어쩐 일들이시오?"

남궁우현과 도진화가 비좁은 객점 중앙을 급하게 가로질러 다가오자 천호가 긴장한 표정으로 질문을 던졌다.

"모진성이 납치되었소!"

뜻밖의 조우에 따른 반가움의 인사를 나눌 여유도 갖지 못하고 남궁우현이 천호를 향해 고개를 한번 깊이 숙인 후 바로 본론을 말했다.

"뭐라고 그랬소? 모진성 공자가 납치되다니, 그게 무슨 말이오? 도대체 누구에게 납치됐단 말이오?"

천호가 당장이라도 창밖으로 쏘아져 갈듯 급하게 남궁우현 쪽으로 마주쳐 갔다.

와장창—

그 바람에 천호 일행이 자리했던 옆 자리의 탁자가 천호의 무릎에 걸려 옆으로 넘어졌고 식사를 하던 사람들이 기겁을 하며 쏟아지는 음식물을 피해 몸을 움직였다.

"정말 죄송하오."

천호가 간단하게 사과를 표하고는 급한 걸음으로 남궁우현과 도진화 앞에 마주 섰다. 능소빈과 소혜는 얼른 옆 탁자로 다가가 연신 사과의 말을 하며 바닥에 떨어진 음식 그릇들을 정리하면서 걱정스런 얼굴로 천호와 남궁우현 쪽을 바라보았다.

"도대체 무슨 말이오? 자세히 말해 보시오!"

천호가 윽박지르듯 남궁우현의 양팔을 잡고 흔들었다.

"자세한 건 저도 모릅니다. 며칠 전 은하전장 지부를 통해 부두령이 연락을 해왔는데, 산채를 순회하던 조대경과 모진성에게 어떤 무리들이 기습을 했답니다. 그 와중에 모진성의 흔적이 사라졌다고 합니다."

남궁우현이 급하게 말하고 나서 목이 타 침을 삼키기 힘든지 인상을 쓰며 목젖을 움찔거렸다.
"어서 가봅시다."
천호가 얼른 등을 돌려 객점을 향했다.
"두령?"
남궁우현이 멍한 표정으로 천호를 불렀다.
"방금 전에 일어난 일도 아니고 벌써 열흘 전에 일어난 일입니다. 지금 당장 어디로 가고 말고 할 일이 아니지 않습니까? 우선 물이나 한 잔 주십시오."
그 말을 들은 천호가 한숨을 쉬며 자리로 돌아왔다. 그리고는 남궁우현과 도진화를 뚫어질 듯 쳐다보았다.
"어서 물부터 한잔 마시세요."
소혜가 물잔을 남궁우현과 도진화에게 각각 내밀었다. 물잔을 받은 남궁우현과 도진화가 단숨에 들이키고는 빈 잔을 탁자에 내려놓았다.
"여긴 어떻게 찾은 거니?"
능소빈이 조금 숨을 돌리라는 듯 일상적인 질문을 던졌다.
"말도 마, 언니. 사흘 밤낮을 말을 몰고 달려와 물어물어 아침녘에 진 대인 댁에 도착했는데 여기로 갔다지 뭐야. 아침도 거르고 다시 여기로 달려와 이제껏 헤집고 다니다 이곳까지 온 거야. 운이 없었다면 저녁까지 만날 수도 없었겠지."
도진화가 이렇게 만나 정말 다행이라는 듯한 표정으로 한숨을 내쉬었다.
"그래, 정말 고생했어. 배고프겠구나?"
능소빈이 안쓰러운 표정으로 도진화와 남궁우현을 쳐다보고는 점소이를 불러 음식을 시켰다. 그러는 동안에도 천호는 단 한 번도 눈을 떼지 않고 남궁우현을 응시하며 안절부절못했다.

"아유, 오라버니. 남궁 공자님도 더 이상은 모른다고 하지 않았나요. 상황이야 무엇보다 급하다는 것은 짐작이 가지만 서두른다고 될 일이 아니지 않아요. 두 사람 요기부터 하고 천천히 대책을 세우도록 하세요."

소혜가 천호를 보며 쏘아붙이자 그제야 천호가 탁자 가운데로 시선을 내렸다.

"그래요, 두령. 마음을 조금 가라앉히고 여러 각도에서 충분히 생각해 보고 움직이기로 해요."

능소빈이 소혜의 말을 거들며 천호를 진정시켰다.

"언닌 또 왜 갑자기 두령이야? 가가라는 호칭은 어디다 팔아먹었어?"

소혜의 말에 능소빈이 얼굴에 홍조를 띠며 도진화와 남궁우현을 바라보았다.

"다 아는 사인데 무슨 내숭이야?"

도진화도 콧방귀를 뀌자 능소빈이 눈을 흘기며 수줍게 웃었다.

"그 음식은 이리로 가져와야 하는 것 아닌가?"

능소빈이 도진화와 남궁우현을 위해 시킨 음식을 점소이가 들고 오자 조금 전에 천호의 무릎에 걸려 탁자가 엎어진 자리의 청년이 날카로운 눈빛으로 천호 일행과 점소이를 쳐다보며 싸늘하게 외쳤다.

음식을 들고 오던 점소이가 어쩔 줄 몰라 하며 양쪽 탁자를 번갈아 바라보았다.

좀 전에 탁자가 넘어지는 소동에 잠시 어수선했던 객점 분위기가 능소빈과 진소혜의 거듭된 사과와 뒤처리로 아무 일 없이 정상으로 돌아와 다시 식사를 즐기고 있었다. 한데 돌연 싸늘한 기운을 풍기는 청년의 목소리가 들려오자 사람들이 또다시 긴장했고 서서히 수저 소리가 잦아들며 숨소리마저 들리는 듯했다.

"그렇게 하세요, 공자님. 너무 경황이 없어서 그 생각을 못했군요."

소혜가 얼른 점소이에게 눈짓을 하며 음식을 그쪽으로 내려놓게 했다. 능소빈도 그렇게 하는 게 맞다는 표정으로 고개를 끄덕였지만 도진화가 잠깐 눈을 치뜨며 청년을 노려보았다. 하나 굳이 따지자면 큰소리칠 입장이 아니었기에 눈을 내리고 고개를 돌렸다.

"그런데 말이오, 이런 개죽 두 그릇으로는 아까 우리가 먹던 음식을 대신할 수 없겠는데……."

도진화의 눈길이 거슬린 청년이 다시 트집을 잡고 나왔고 같이 있던 다른 두 명의 청년도 동조하여 키득거렸다.

"그렇군요, 공자님. 음식값을 변상할 테니 마음을 푸세요. 아까 이 분들이 드시던 음식값이 얼마인가요?"

소혜가 점소이에게 눈길을 주며 음식값을 묻자 점소이가 잠시 생각하다 입을 열려는 순간 다시 청년의 음성이 들렸다.

"은자 열 냥!"

청년의 말에 점소이가 움찔했다. 은자 열 냥이면 지금 이 객점에서 점심을 시킨 모든 사람의 음식값을 지불하고도 한참 남는 금액이었다.

"알겠어요, 공자님. 여기 전표를 드릴 테니 확인해 보세요."

소혜가 청년에게 얼른 전표를 건넸고 의외의 상황에 청년들의 눈이 크게 떠졌다. 은자 열 냥이라면 도저히 지불하지 못할 것이라 생각하여 부른 금액이었고 그렇게 되어야 자신들이 목적한 바를 이룰 것인데 돌아가는 상황이 자신들의 기대를 냉정히 저버리고 있었다.

몸에 착 달라붙은 무복을 입은 도진화나 화려한 차림의 능소빈과 소혜, 어느 한 여자도 쉽게 만날 수 있는 여인이 아니었다. 같이 있는 두 놈들이 걸리기는 하였지만 한 명은 칼도 소지하지 않은 시골뜨기 티가 역력했고 칼을 찬 한 놈은 수적으로도 자신이 있었다. 어떻게든 꼬투리를 잡아 쩔쩔매는 상황으로 몰고 가서는 호탕하게 웃어넘기며 '농담이었소. 소저들의 미모에 그만 넋이 빠져 장난을 친 것이오. 난 이곳 어느 가문의 아무개라 하오' 하고 자신들 가문의 이름을 슬쩍 밝히면 이제껏 경험으로 보아 여자들은 눈빛이 달라지며 자신들에게로 더 많은 관심을 보여왔었다. 그러나 상황은 너무나 간단하게 은자 열 냥의 전표가 날아오며 끝이 나려 하고 있었다.

"그런데 말이오, 우리가 먹던 음식도 각각 은자 열 냥짜리 음식인데 그러면 계산이 틀리… 헉!"

"죽고 싶어 환장했나?"

어느새 남궁우현의 도가 다시 트집을 잡으며 거들던 사내의 목에 닿아 있었다. 식탁 저쪽에 있던 이놈이 언제 이렇게 가까이 다가왔는지, 그리고 또 언제 도를 꺼내 들었는지 도저히 이해가 가지 않는 일이었다.

"공자님, 제발… 지금 이런 시비에 휘말릴 때가 아니잖아요."

소혜가 얼른 남궁우현의 팔을 잡아끌고 애원하며 천호의 눈치를 살폈다. 이자들은 천호가 가장 싫어하는 인간형이었고 절대로 용서하지 않는 인간형이었다.

"다시 한 번 더 거들먹거리면 네놈들은 물론 네놈들 가족들까지 모두 몰살시켜 버리겠다."

쌓인 피로와 곤두선 신경에 남궁우현의 몸에서 뿜어지는 기운은 금방이라도 사내들을 도륙낼 듯했다.

　소혜와 능소빈의 거듭된 만류로 남궁우현이 자리에 앉았지만 사색이 되었던 사내는 아직도 덜덜 떨고 있었다.

　"여기서 나가 다른 데서 식사를 하도록 해. 진화야, 우현이 너도."

　능소빈이 서둘러 자리를 뜨려 하자 귀찮은 듯한 표정을 짓던 남궁우현이 결국 고개를 끄덕이며 일어섰고 천호도 소혜의 팔에 이끌려 천천히 몸을 일으켰다.

　쥐 죽은 듯 지켜보던 사람들이 안도의 숨을 내쉬려는 순간 세 명의 청년들 중 이제껏 묵묵히 관망만 하고 있던 마지막 청년이 천천히 자리에서 일어섰다.

　"이것 보시오, 노형."

　남궁우현이 석상처럼 천천히 등을 돌렸다.

　"아까 노형이 몰살시키겠다고 한 가족들 중에 우리 가족도 포함되는 것이오?"

　남궁우현의 눈이 검게 젖어들었다.

　"네놈 집에서 키우는 강아지새끼 한 마리 남김없이 전부."

　남궁우현이 비릿하게 웃었다.

　"공자님, 제발."

　소혜가 안절부절못하고 도진화에게 눈길을 주며 도움을 청했지만 도진화의 눈빛도 어느새 살기를 띠고 있었다.

　"그런데 어떡하지? 내 이름은 신경 쓰지 않아도 무방하겠지만 우리 아버님 함자가 설(說) 자 중(仲) 자 산(散) 자 쓰시는데? 악양설가를 몰살시키겠다? 이런 낭패가 있나."

　사내가 자기 가문의 힘을 절대적으로 신뢰하는 듯 여유를 되찾았고 악양설가라는 사내의 말에 남궁우현과 도진화의 눈빛이 잠시 빛났지만 다시 사내를 바라보는 눈에는 한 점의 온기도 없었다.

"악양설가가 오늘 문을 닫고 말겠군요."

일촉즉발의 분위기 속에서 천상의 선녀에게서나 들려올 듯한 목소리가 들려왔다. 온 시선들이 목소리가 들려온 곳으로 향해졌다. 목소리의 주인은 면사로 얼굴을 가린 묘령의 여인이었다.

"아버님이 용조권(龍爪拳)의 대가이신 설중산 대협이라면 당신은 설진일(說陳一) 공자시겠군요?"

다시 한 번 선녀의 목소리가 울려 퍼졌고 설진일의 눈이 커졌다.

"소저, 아니, 당신은 누구요?"

설진일이 면사여인의 나이를 짐작하지 못하고 소저라는 명칭에서 얼른 당신이라는 명칭으로 바꿔서 질문을 던졌다.

"그것보다는 당신들이 시비를 걸고 있는 상대가 누군지 아는 것이 지금 이 순간 더 중요하다고 저는 생각해요. 왜냐하면 당신은 물론이고 당신 가문의 생사가 달린 일이거든요."

면사여인의 고개가 약간 돌아갔다. 면사 속에서 시선이 천호 일행에게로 향하고 있는 것이다.

"먼저 당신 가문을 몰살시키겠다고 한 저 공자님의 말은 절대로 허언이 아니에요. 저 공자님께서 마음먹고 칼을 휘두른다면 내 생각으로 일 식경 안에 악양설가는 사라지고 말 것이에요."

한마디의 군더더기나 끊김이 없이 물이 흐르듯 유연하게 흘러나오는 면사여인의 말에 객점 안의 모든 사람이 마치 최혼술에 걸린 듯 몽롱한 눈빛으로 면사여인을 바라보고 있었다. 천호 일행 역시 순간적으로 할 말을 잃어버리고 망연히 면사여인을 바라보았다.

"그럼 이제 저 공자님의 이름을 밝힐 때가 되었군요. 저 공자님의 성명은 남궁우현이라 하지요."

"으흑!"

그동안 몽롱하게 취해 있던 의식들이 급격히 되돌아오고 시선들 역시 남궁우현에게로 집중되었다. 온 중원을 뒤흔들고 다니는 열다섯 개의 이름 중 한 개가 면사여인의 입에서 흘러나왔고 그 장본인을 눈앞에 직접 대면하고 있는 것이다.

설진일의 신형이 휘청거리다 의자에 주저앉았다.

"그래요. 앉는 것이 좋아요. 정말로 놀랄 일은 지금부터이거든요."

면사여인의 목소리에 약간의 장난기가 어렸다.

정체 모를 여인에 대한 한 가지 추측을 가능케 하는 단서가 잡혔다. 저런 장난기로 미루어보아 소혜와 비슷한 나이이거나 많아도 능소빈의 나이를 넘지 않을 것이다. 남궁우현의 두뇌가 빠르게 회전하고 있었다.

"그리고 저 공자님과 함께 온 소저는 아미의 속가제자인 도진화 소저이지요."

'맙소사!'

세인들의 뇌리에 남궁가의 규중에 숨어 있다가 남궁 가주도 당하지 못했던 혈영의 간자인 막염석의 목을 한칼에 베어버린 도진화의 무용담이 되살아났다.

"많이 놀라시는군요. 그런데 어떡하죠? 지금부터는 이전보다 열 배는 더 놀랄 일이 기다리고 있는데······."

면사여인의 목소리에 장난기가 더욱 짙어졌다.

"요사스런 계집, 계속 떠들면 죽여 버리겠다!"

천호가 더 이상 참지 못하고 고함을 질렀다. 모진성의 납치 소식에 마음이 온통 혼란스럽고 자신이 극도로 싫어하는 종류의 인간들에 대해 끓어올라 있던 감정이 고스란히 면사여인에게로 향했다.

"그런 말투 정말 받아들이기 힘들군요. 이래 봬도 전 주해 대사님의 명을 받고 온 사람이에요. 그러니 싫어도 끝까지 들으셔야 해요."

주해 대사라는 말에 천호가 움찔하며 공력을 돋우었던 손에 힘을 풀었다. 무당산 혈투 이후 최고의 배분임에도 불구하고 스스럼없이 자신에게 머리를 숙이며 구명지은의 예를 표하던 고승이 주해 대사였다. 그런 가식없는 고승의 큰절이 못내 가슴속에 빚으로 남아 있었다.

"그리고 도진화 소저 옆에 있는 질투가 날 정도로 아름다운 소저는 화산의 능소빈 소저이지요."

한 개만으로도 오금이 저릴 이름들이 세 개나 한꺼번에 터져 나오자 무림에 몸담은 사람들의 눈이 더없이 커지며 평생 잊지 않도록 머리 속에 각인시키려는 듯 뚫어지게 천호 일행을 쳐다보았다.

"어떤가요, 설 공자님? 저분들이 당장 악양설가로 달려가면 설가의 운명이 어떻게 될 것 같은가요?"

면사여인의 주의가 설진일에게로 옮겨지자 중인들의 시선 역시 설진일에게로 옮겨졌고 설진일의 안색은 죽음의 공포에 휩싸였다.

"그런데 말예요, 아까 남궁 공자님께서 이 객점으로 들어오며 깊이 고개를 숙인 분이 저기 계시죠?"

잠시 주의를 딴 데로 돌렸다가 갑자기 핵심으로 몰아치는 면사여인의 화술에 천호와 남궁우현이 속절없이 당했다는 표정이 역력했다. 능소빈의 정체까지 밝힌 후 설진일에게로 주의를 돌려 천호의 존재는 밝히지 않는 것 같아 천호도 내심 안심을 하다가 불의의 급습을 받은 상

역습(逆襲) 113

황이 되었다.

"암흑마제!"

누군가의 입에서 신음처럼 스며 나온 목소리였다.

"지옥마도… 장… 천… 호……."

"……."

자신이 직접 장천호의 존재를 밝히는 것보다 객관적인 증거를 들어 본인들 스스로 천호의 정체를 짐작하게 한 면사여인의 화술에 객점 안의 손님들은 지금 자신들 앞에 서 있는 평범한 외모의 청년이 지옥마도 장천호란 것을 단 한 사람도 의심하지 않았다.

"우우—"

얼어붙어 꼼짝도 못하는 사람, 숟가락을 떨어뜨리고 천천히 뒷걸음질을 치며 객점 밖으로 나가는 사람… 한 걸음이라도 더 가까이서 보겠다고 오히려 앞으로 다가오는 사람, 제각각의 반응들이 객점 안에서 일어났다.

팟—

"정체가 뭐냐?"

천호의 신형이 있던 자리에서 사라짐과 동시에 면사여인 앞에 불쑥 솟아올랐다.

"이런!"

면사여인을 호의하고 온 사내들이 낭패한 얼굴로 몸을 움직이려다 체념한 듯 다시 자리에 앉았다. 천호의 손에 들린 대나무 젓가락 하나가 면사여인의 목젖을 겨누고 있었다.

"마환보… 인가요, 방금 그 신법은?"

면사여인이 경직된 목소리로 되물었다.

"정체가 뭐냐고 물었을 텐데."

천호의 눈빛에서 짙은 어둠이 폭사되었다. 그 눈빛을 대한 면사여인이 마치 칠흑의 지옥유부 속에 갇힌 듯한 착각이 들었다.

"제 이름은 모용상아(慕容祥娥)라고 해요."

'그랬군!'

남궁우현이 고개를 끄덕였다.

최근 몇 달 새 모용가에서 혜성처럼 등장한 여인이었다.

천문, 지리, 병법… 어느 한 분야에서도 겨룰 상대가 없을 만큼 비상한 두뇌를 타고난 여인으로 모용가에서 장중보옥으로 규중 깊이 감추고 있었지만 낭중지추(囊中之錐)의 이치처럼 결국은 가죽 주머니를 뚫고 나온 기린아(麒麟兒)였다. 갑작스레 비밀의 장막을 열고 나타난 존재인지라 이름만이 제대로 알려졌을 뿐 다른 것들은 아직도 장막 뒤편에 남겨져 있었다.

"그 이름만으로는 대답이 되지 않는다."

천호가 들고 있는 대나무 젓가락이 모용상아의 목젖을 향해 조금 더 다가갔다.

"그렇겠죠. 내가 아는 바로는 당신은 무림의 일에 별로 관심이 없는 사람이더군요."

여인이 잠시 말을 멈췄다가 다시 입을 열었고 면사 끝이 가볍게 팔랑거렸다. 그 팔랑거리는 면사에서 영원히 잊을 수 없는 향기가 함께 퍼져 나오는 듯했다.

"혈영의 준동과 함께 백도무림에서는 얼마 전 소림사에서 회동을 갖고 무림맹을 결성했어요. 그리고 만장일치로 주해 대사님께서 맹주의 자리를 맞게 되었답니다. 그 자리에서……"

"뜻밖이군."

모용상아의 말허리를 자르며 천호의 낮은 목소리가 흘러나왔다. 불력 높은 소림의 고승이 피비린내 나는 전쟁을 치러야 할 무림맹의 맹주를 맡았다는 것이 천호로서는 쉽게 납득이 가지 않았다.

"그건 주해 대사님의 뜻과는 무관하게… 어쨌든 맹주님께서 저에게 장천호 공자님을 찾아내어 총군수장의 자리로 모셔오라는 명령을 내리셨어요."

"총군수장?"

도진화의 입에서 믿을 수 없다는 목소리가 흘러나왔다. 두령의 무공으로 보아 결코 과분한 자리는 아니었으나 백도의 자존심이 그렇게 호락호락하지 않을 것인데 그들의 입장에서 보면 사문도 배경도 모르는 떠돌이 무사나 다름없는 두령에게 대뜸 총군수장의 자리를 맡겼다는 것은 천만뜻밖이다. 주해 대사 개인의 의견이라면 이해가 가지만 총군수장이라는 자리가 맹주 개인의 의견만으로 내줄 수 있는 자리가 아니다. 도진화의 머리가 갸웃거려졌다.

"그렇다면 당신은 무림맹의 군사쯤 되는 것이오?"

남궁우현이 모용상아를 쏘아보며 질문을 던졌다.

"맞는 모양이군."

모용상아의 대답이 없자 남궁우현이 고개를 끄덕였다.

"우리 두령이 무슨 무림인들 칼받이인 줄 아시오!"

고개를 끄덕이던 남궁우현이 갑자기 안광을 폭사하며 고함을 질렀다.

"이마제마(以魔制魔)의 계책을 들고 이곳까지 오셨소, 군사양반?"

남궁우현이 조소를 띠며 면사 속을 꿰뚫어 보는 듯 모용상아를 직시했다.

"당신들은 너무 똑같군요."

모용상아가 남궁우현의 시선을 한동안 맞받아 응시하더니 촉촉한 음성으로 입을 열었다.

"무림맹 결성을 위한 회동 중 이루 말할 수 없는 이견들이 있었지만 결국은 혈영의 무서움을 인식시켰고 그들을 막을 사람은 암흑대제 장천호 공자와 열네 명의 후기지수라는 데 의견이 모여졌지요. 그래서 주해 대사님께서 장천호 공자님을 총군수장에 추대했고 다른 사람들은 별다른 반대가 없었는데 의외로 영호성 공자와 정휴 스님이 반대를 하더군요. 방금 남궁 공자가 한 말과 똑같은 말을 하며."

잠시 동안 모용상아가 말을 멈추었다.

"부럽다고… 해야 하나요?"

다시 입을 연 모용상아가 천호와 남궁우현 도진화 등을 주욱 둘러보았다.

"가증스럽군요, 당신은."

지금껏 아무런 말 없이 깊숙한 눈으로 모용상아를 응시하던 능소빈이 입을 열었다. 그런 능소빈의 백목련 같은 환한 얼굴에는 범접하지 못할 분노가 은은히 드리워져 있었다. 이제껏 어느 한구석에도 칼을 잡은 흔적이나 도진화와 남궁우현과 같은 반열의 무공을 소유한 여인이라고는 여겨지지 않았는데, 은은한 분노가 피어나는 모습에서 오히려 더한 두려움을 느끼게 했다.

"굳이 이 많은 사람들 앞에서 이런 식으로 그 사실을 알리는 저의가 무엇인가요? 지금 생각해 보니 당신들은 아침부터 우리 주변에서 얼쩡거렸던 것 같은데요."

능소빈의 서릿발 같은 목소리에 모용상아의 면사 끝이 은은히 떨렸다. 조금 전까지의 모습은 누구보다 온화하고 부드러워 보이는 여인이었는데 지금 자신을 바라보는 눈빛에서는 전신을 얼려 버릴 듯한 기운이 폭사되었다.

가장 부드러워 보이는 여인에게서도 느껴지는 기운이 저러할진대 열네 명의 인원들이 다 모인다면 얼마나 가공스런 힘을 발휘할 것인가? 저들을 앞세워 닥쳐올 무림혈난을 막으려는 주해 대사의 심중이 충분히 이해가 되었고 최소한의 피를 흘리는 방향으로 상황을 이끌어 가려는 고승의 생각에 십분 공감했다. 그렇다면 어떤 방법으로든 지옥마도 장천호를 이번 대전에 끌어들이고 그의 칼을 무림맹의 힘으로 융화시켜야 한다. 면사 속에서 입술을 질끈 깨문 모용상아가 능소빈의 질문에 답했다.

"아까 말씀드리지 않았나요? 전 무슨 수를 써서라도 장천호 공자님을 무림맹의 총군수장으로 모셔가야 해요. 그리고 장 공자님께서 무림맹의 총군수장이 되었다는 소문이 퍼진다면 혈영도 쉽게 움직일 수 없을 거예요. 흘리지 말아야 할 피를 한 방울이라도 적게 흘리게 해야 한다는 것이 맹주님의 뜻이지요."

"그래서 우리 두령의 피가 꼭 필요한 거란 말이군요! 그게 주해 대사님의 뜻인가요?"

도진화가 발끈하며 금방이라도 달려들 듯 소리를 질렀다.

"그런 말은 하지 않았어요. 다만 우린 장 공자님의 칼이 필요해요. 장 공자님께서 도와주신다면 제대로 피어보지도 못하고 스러질 많은 젊은이들의 목숨을 구할 수가 있어요."

모용상아의 목소리에 미세한 흐느낌이 들렸고 그것은 듣고 있는 사람들로 하여금 한없는 동정심과 공감을 자아내게 했다. 많은 사람들 앞에서 젊은 목숨을 구해야 한다는 당위성을 밝히고 공감을 얻어 천호의 입장을 자신이 원하는 방향으로 끌고 가려는 고도의 계산된 의도였고, 그 의도를 실행하기 위해 아침부터 지금까지 기회를 엿보고 있었던 것이다.

"웃기는군."

모용상아의 말이 끝남과 동시에 묵묵히 듣고 있던 천호의 목소리가 주루 안을 울렸다.

"똑똑히 들으시오, 소저. 난 당신들이 무슨 짓을 하든 관심없소. 당신들이 흘리는 피는 붉은색이고 당신들이 상대하고자 하는 사람들이 흘리는 피는 검은색이라도 된단 말이오? 그리고 저 하늘과 땅에 애초부터 주인이 정해져 있었소? 내 것을 빼앗기지 않으려고 상대의 것을 빼앗고 내 피를 흘리지 않기 위해 대신 상대의 피를 짜내려 하는 당신들은 다 똑같은 무리들이오. 그러니 당치않은 괴변 늘어놓지 말고 내 주변에서 사라지시오."

천호가 스스럼없이 등을 돌렸다. 횅하니 주루의 문 쪽으로 향하는 천호의 뒤를 능소빈 등이 급히 따랐다.

"모진성 공자의 소식이 궁금하지 않나요?"

거칠게 문을 밀치는 천호의 등 뒤에서 다시 모용상아의 목소리가 들렸다. 우뚝 걸음을 멈춰 선 천호가 빙글 몸을 돌렸다.

"당신들 짓이오?"

천호의 눈에서 흑광이 폭사되었다. 천호의 안광을 마주한 모용상아가 휘청 상체가 흔들리며 탁자를 잡고 간신히 중심을 잡았다.

"우, 우리는… 바보가 아니에요. 스스로 재앙을 자초하는 짓은 하지 않아요."

모용상아의 목소리가 심하게 떨려 나왔다.

"우리의 정보망을 총동원한 결과 모진성 공자를 납치한 자들의 흔적을 발견했어요. 최대한의 인원을 동원하여 그들을 찾도록 하겠어요. 그러니 장 공자님도 우릴 도와주세요."

어떻게 하든 장천호를 무림맹으로 데려가 자신과 자기 가문의 입지를 높여야 할 모용상아가 자신이 준비한 마지막 패를 던졌다.

모용상아를 바라보는 천호의 눈빛이 더욱 어두워졌다.

"그렇게 나오는 이상 난 아무도 믿지 않는다. 당신들이라고 다를 게 없다. 당신들이 도와주든 말든 난 모 공자를 찾아 지옥 끝까지라도 쫓아갈 것이다. 누구이든 이번 일을 저지른 자들은 모조리 도륙할 것이다. 그게 혈영이든 무림맹이든. 그러니 더 이상 귀찮게 하지 말고 떠나라. 그러지 않으면 제일 먼저 당신들부터 베어넘긴 후 모 공자를 찾을 것이다."

입술을 굳게 다문 천호의 손이 순간적으로 움직였고 모용상아의 목젖을 겨누며 들고 있었던 대나무 젓가락이 다섯 조각으로 부서져 객점 구석구석을 향해 날아갔다.

"크윽—"

"으윽—"

외마디 비명이 들리며 주루 곳곳에서 음식을 들고 있던 사내들이 급소를 가격당하고 바닥에 나뒹굴었다. 모용상아의 옆에서 호위하고 있던 사내들과는 달리 그들의 복장은 제각각으로 주루 안의 다른 손님들과 구별이 가지 않았지만 실상은 그들 다섯 명이 모용상아의 명을 받고 모든 일을 처리하는 전위병이었고 모용상아의 곁에 있는 사내들은 오로지 그녀의 호위를 맡은 사람들이었다.

객점 구석구석에서 손님으로 가장하고 있던 다섯 명의 동료들이 정확히 급소를 가격당하고 무력하게 바닥에 나뒹굴자 모용상아의 호위병들은 벌떡 일어서며 입이 벌어졌다.

"으으……."

바닥에 뒹굴고 있는 사내들이 신음을 흘렸고 모용상아의 면사가 눈에 띄게 흔들리며 고통스런 신음을 흘리는 사내들을 바라보았다. 저들의 표정을 봐서는 당분간 지옥마도의 행방을 뒤쫓거나 다른 정보를 모으는 일들은 할 수 없을 것이다.

"흥! 멍청하기 짝이 없어."

도진화가 코웃음을 쳤다.

"네가 아무리 뛰어난 두뇌를 소유했다고 해도 나이 어린 온실 안 화초일 뿐이다. 그런 식으로는 절대로 우리 두령의 마음을 돌릴 수 없어. 넌 우리 두령을 몰라도 너무 몰라. 만 사람 앞에서 명분을 세워주고 총군수장 자리를 수여한다면 이게 웬 떡이냐 하고 덥석 받을 줄 안 모양이지? 네 오라버니들은 그럴지 모르겠지만 사람 잘못 본 거야. 차라리 조용히 찾아와 고개를 숙였다면 마음 약한 우리 두령은 거절하지 못했을 거야, 아마. 하나 이젠 틀렸어. 그리고 혹시라도 다음에 다시 찾아올 기회가 있다면 그 면사부터 찢어버려. 시답잖게시리."

한 번 더 매서운 눈으로 쳐다본 도진화가 일행을 따라 주루 밖으로 사라졌다.

"아아……."

모용상아가 휘청 자리에 주저앉았다.

자신으로 인해 모든 것이 수포로 돌아간 것이다. 애초에 주해 대사는 이 일이 쉽지 않을 것임을 예상했었다. 결코 무리들 속에 섞이거나 공명을 바라는 사람이 아니기에 진심만이 그를 움직일 수 있을 것이라 했다.

영호성과 정휴가 장천호의 행방에 대해서는 굳게 입을 다물었기에 무림맹의 정보망을 가동하여 지옥마도의 행방을 찾아냈고 오늘 아침 그들을 멀찌감치서 바라보았다. 결코 소문만큼 뛰어나 보이는 사람이 아니었다. 그를 따르는 두 여인 앞에서 자주 수줍어했고 지나가다 부딪치는 사람들에게도 얼른 몸을 굽혀 사과했다.

저자가 정말 그 무서운 칼을 가진 지옥마도인가? 몇 번이나 고개를 갸웃거리다 재삼 확인했지만 그임이 확실했다. 확인이 끝났으니 그를 만나 맹주의 권고대로 머리를 숙이고 부탁을 해야겠지만 어쩐지 내키지 않았다.

애초부터 무림맹 총군수장 자리를 그에게 내준다는 것 자체가 내키지 않았던 그녀였다. 그런 자리라면 자신의 큰오라버니 정도는 되어야 차지할 수 있는 자리라 생각했었다. 결국 면사로 얼굴을 가리고 만인이 보는 앞에서 그를 포획할 생각이었다.

어렵게 조직된 무림맹의 총군수장 자리를 뭇 사람들 앞에서 화려하게 수여한다면 아무리 물정 모르는 인간이라도 넙죽 고개를 숙일 수밖에 없을 것이다. 그래서 꼼짝없이 자신의 의도대로 움직이게 하고는 자신의 능력과 모용가의 위상을 한꺼번에 세상에 드높이고 무림맹으로 복귀하여 새파란 자신이 군사 자리를 차지한 데 대한 여러 사람들의 불만을 깨끗이 불식시킬 생각이었다.

그 모든 것이 자신의 허영 가득한 오만에서 온 어리석은 판단이었다.

지옥마도란 사내는 소문보다 훨씬 사납고 고독한 맹수였다. 주해 대사의 말대로 무리를 짓기 싫어하고 그 무리들 속에서 풍겨 나오는 허영과 거짓의 냄새를 본능적으로 싫어하는 사내였다. 면사로 얼굴을 가린 자신을 믿지 않았을 것이고 계책을 부려 자신을 옭아매려는 무림맹에 이젠 반감까지 가지게 되었을 것이다. 그렇다면 앞으로 무림맹은 그 사내 앞에서 혈영보다 결코 나은 입장이 되지 못한다. 만약 혈영이 술수라도 부려 모진성 공자의 납치가 무림맹의 소행이라고 여기게 만든다면 그의 칼은 믿음을 잃어버린 무림맹 쪽으로 거리낌없이 날아들 것이다.

"아아……."

다시 한 번 모용상아가 자책으로 이마를 짚었다.

도진화 소저의 말대로 자신은 온실 안의 화초였던 것이다. 가슴속의 오만함이 한 마리 맹수에게 잔뜩 경계심만 심어주었다. 그것은 차라리 만나지 않음만 못했다.

귀신이 아닌 이상 알아차리지 못하리라 생각했던 전위병 다섯을 한순간에 무력화시키고 성큼 자기 갈 길을 떠나 버린 그 사내의 능력을 너무 과소평가했던 자신이 진심으로 한탄스러웠다.

'이제 어쩌나?'

모용상아의 머리 속이 텅 비어버린 것 같았다.

"두령, 제발 밥 좀 먹여주시오!"

설가인가 뭔가 하는 놈에게 코앞에서 밥상을 빼앗기고 웃기지도 않은 계집애 때문에 기분이 상한 두령을 따라 아무 말 못하고 한참을 바쁘게 걸어가던 남궁우현이 결국 비명을 질렀다.

도진화도 천호의 눈치를 보며 이제껏 아무 말 없이 종종걸음을 쳤지만 허기가 져서 뱃가죽이 등에 달라붙는 기분이었다.
"저기로 갑시다."
천호가 저만치 보이는 작은 주루를 가리키자 도진화와 남궁우현의 안색이 활짝 펴졌다.

"시장이 반찬이야."
아까 빼앗긴 음식만큼의 성찬은 아니었지만 굶주림이 그 모든 것을 무시했다. 숨도 쉬지 않고 음식을 입에 넣던 남궁우현이 이제 웬만큼 배를 채웠는지 식사 시작 후 처음으로 말을 뱉었다.
"그런데 두령, 아까 그 다섯 놈들이 한패라는 걸 어떻게 알았소?"
남궁우현이 음식을 우적거리며 천호에게 질문을 던졌다. 심각하게 생각에 잠겨 있던 천호가 천천히 고개를 들었다.
"내가 그 면사여인에게 다가섰을 때 반사적으로 한줄기 기를 발출했던 자들이오."
"그걸 느꼈단 말이오? 난 눈곱만큼도 감이 안 오던데?"
남궁우현이 놀랍다는 표정을 지었다.
"자기 능력이 두령과 같은가요? 어디다 비교하고 그래요."
도진화가 입술을 닦으며 통명스럽게 말했다.
"휴우~ 내가 요즘 이렇게 산다오."
남궁우현이 그동안의 억울함을 하소연이라도 하는 듯한 표정을 지었다.
"후후, 두 사람 부부가 다 되었구나."
능소빈이 웃음을 지었다.

"부부가 되어가는 것인지 원수가 되어가는 것인지, 말끝마다 두령은 이렇게 했는데 자기는 왜 안 그러냐? 두령은 그렇게 안 하던데 왜 자기는 그렇게 하느냐? 매사 이러니…… 이거 열등감 느껴서 살 수가 있어야지."

말을 하던 남궁우현이 갑자기 소혜를 쳐다보았다.

"진 소저, 이거 정말 위험 수위에 도달한 것 같소. 잘못하다간 진 소저께서 두령을 차지할 수 있는 부분이 이 분지 일에서 삼 분지 일로 줄어드는 게…… 아이쿠!"

정강이를 걷어차인 남궁우현이 비명을 질렀다.

"하여간 너희들은……."

능소빈이 쓴웃음을 지었다.

"내일 아침 흑수채로 떠나야겠소."

남궁우현 등이 식사를 마치고 엽차 한 잔을 더 시킨 후 한참을 이런 얘기 저런 얘기 하는 동안 한마디도 않고 생각에 잠겨 있던 천호가 불쑥 말문을 열었다.

"오라버니!"

"가가!"

소혜와 능소빈이 놀란 얼굴로 천호를 바라보았다.

"결국은… 결국은 다시 칼을 들게 되는군요."

소혜는 금세 두 눈 가득 눈물이 고이며 울먹일 듯 중얼거렸다.

"미안하오, 소혜. 지난 몇 달 동안 정말 행복하고 편안한 나날들이었소. 이런 날들이 영원했으면 하는 바램을 단 하루도 안 한 적이 없었소. 하지만 칼 든 자의 운명이란 게 이런 것인가 보오."

천호의 얼굴에도 고뇌의 빛이 흘렀다.

"몇 달만 더 기다려 주시오. 모진성 공자를 구하고 전쟁이 끝난 후면 영원히 산속으로 숨어들겠소. 그때까지만 소빈과 함께 이곳에서……."

"싫어요, 오라버니. 이젠 죽어도 떨어져 있지 않을 거예요. 어디든 소빈 언니와 함께 따라가겠어요. 그곳이 지옥 불길 속이라도."

소혜가 머리를 가로저으며 단호하게 말했다.

눈물을 머금은 채 피가 날 정도로 꽉 깨문 입술에서 그 무엇도 그녀의 마음을 돌릴 수 없다는 것을 느낄 수 있었다. 천호도 남궁우현도 뭔가 말을 하려다 소혜의 표정을 보고는 그만 입을 다물었다.

"무림맹에서 두령이 여기 있다는 것을 안다면 혈영에서도 그 정도는 파악하고 있을 것입니다. 어쩌면 두령과 함께 움직이는 게 진 소저에게도 더 안전할지 모르겠군요."

남궁우현이 생각에 잠기며 말했다.

"소빈, 당신도 같은 생각이오?"

씨도 먹히지 않을 것 같은 소혜의 표정을 보고 천호가 능소빈에게 물었다.

"그래요, 가가. 죽어도 같이 죽고 살아도 같이 살아요. 소혜는 나와 진화가 항상 같이 붙어 있다면 아무 문제 없을 거예요. 우현이 말대로 여기보다 오히려 그곳이 더 안전할 거예요."

능소빈의 표정에서도 소혜 못지 않은 결의가 느껴졌다.

몇 달이 될지, 아니면 몇 년이 될지도 모르는 혈영과의 전쟁 기간 동안 서로 멀리 떨어져서 가슴을 태우며 길고 긴 기다림의 고통을 감수하느니 차라리 싸움터에서 위험을 감수하는 편이 훨씬 나을 것이다. 능소빈도 진소혜도 똑같은 심정이었다.

"할 수 없구려. 진 대인께는 잘 말씀드리고 내일 아침 떠나도록 합시다. 그리고 남궁 공자는 모든 사람에게 연락해서 모진성 공자의 행적을 추적하도록 하시오. 난 아니지만 여러분들은 구파일방과 사대세가의 후예들이니 무림맹과 긴밀히 협조할 수 있을 것이오."

천호가 남궁우현에게 지시를 내리자 남궁우현이 깊이 고개를 숙이며 천호의 명령을 받았다.

"꼭 산적 같아, 정말."

도진화가 남궁우현을 보고 눈을 흘기며 웃음을 짓자 남궁우현이 끄응 하고 신음 소리를 뱉었다.

"두령, 그런데 아까 그 계집애가 제의했던 무림맹 총군수장 자리 한번 맡아보는 게 어때요? 말 그대로 천군만마를 부릴 수 있는 자리인데."

도진화가 눈을 반짝이며 천호를 바라보았다.

"그게 나 같은 필부에게 당키나 한 소리요. 난 당신들 열네 명만으로도 제 명에 못 죽을 것 같은 기분이오."

말을 마친 천호가 성큼 자리에서 일어나 객점 밖으로 향했다.

"정말 훌륭한 두령이라니까."

남궁우현이 씨익 웃으며 남은 엽차 잔을 훌쩍 들이키고는 천호를 따랐다.

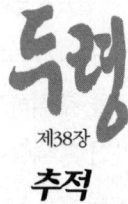

제38장
추적

"더 이상 알아낸 것이 없느냐?"

담우개가 이끼 냄새 가득한 지하 석실로 내려오며 석실을 지키고 있는 사내들을 바라보았다.

"지독한 놈입니다. 앵무새처럼 이제껏 한 말만 되풀이할 뿐 더 이상은 입을 열지 않습니다."

"문을 열어라."

담우개의 명령을 받은 사내들이 석실 문을 열었다.

구석에 횃불 하나만이 밝혀진 석실 안에는 모진성이 양 팔다리가 각각 네 개의 굵은 쇠사슬에 묶인 채 널브러져 있었다. 온몸이 피투성이가 된 채 짐승처럼 웅크리고 누워 있는 모습에서 많은 고문의 흔적이 엿보였다.

"일으켜 앉혀라!"

담우개의 명령에 따라 두 명의 사내가 모진성에게로 다가가는 순간 죽은 짐승의 시체처럼 바닥에 누워 있던 모진성이 부스스 몸을 일으켰다. 다가서던 사내들이 주춤 걸음을 멈추고 신기한 물건을 보듯 모진성을 쳐다보았다. 아직도 의식이 붙어 있어 스스로 몸을 가누는 모습이 정말 불가사의했다.

"지금 시각이 어느 때쯤인가?"

부스스 몸을 일으킨 모진성이 사지에 묶인 쇠사슬을 철렁거리며 억지로 반가부좌의 자세를 만들며 앉았다. 그렇게 자리를 잡은 모진성이 한번 심호흡을 하고는 눈을 떴다.

번쩍 하고 빛나는 모진성의 눈빛이 흐릿한 횃불 빛을 차단하며 마주한 담우개와 두 사내를 뒤덮는 듯했다. 잠시 암흑 속에 갇혔던 담우개와 두 사내가 자신도 모르게 몸서리를 치며 가슴을 쓸었다.

"날 보러 왔으면 무슨 말을 해야 할 것 아닌가? 설마 내 얼굴에 반해 좀 더 가까이서 보러 온 건 아닐 테고."

누가 잡힌 사람이고 누가 고문을 가한 사람인지 구별이 안 될 정도로 모진성이 느물거렸다.

"퍽!"

한 사내가 모진성의 가슴을 걷어찼고 모진성이 뒤로 벌렁 넘어졌다.

"네놈 발길질은 나한테 별 소용이 없다는 것을 잘 알 텐데."

다시 일어난 모진성이 히죽 웃으며 자신을 걷어찬 사내에게 빈정거렸다.

"이 자식이!"

사내가 더운 김을 내뿜으며 또 한 번의 발길질을 하려는 순간 담우개가 사내를 저지시켰다.

"감옥 생활이 체질에 맞는 모양이군."
"안 맞는다면 내보내 줄 텐가?"
모진성이 한마디도 지지 않고 대꾸했다.
"어린 놈이 말버릇이 고약하구나, 처음부터 끝까지 반말이라니."
담우개가 혀를 찼다.
온갖 고문과 심리적 괴롭힘을 당했는데도 이놈은 결코 기가 꺾이지 않는다. 타고난 독종이든지 아니면 이전에 이러한 고통을 수없이 겪어서 면역이 된 것 같았다. 육체적인 고통이야 또 그렇다 치더라도 죽음을 암시하는 심리적 고통에도 이놈은 꿈쩍하지 않았다. 뭔가 단단히 믿는 구석이 있는 놈 같았고 때리다가 지친다는 말이 이럴 때 쓰이는 말이구나 하는 심정이 절로 들게 만드는 놈이었다.
"남자들의 세계에서는 친구 아니면 적, 두 가지 관계만이 존재하지. 연장자니 선후배니 하는 부차적인 관계는 친구라는 관계가 형성된 후에 파생되는 것이고. 그렇다면 지금 당신이 내 친구인가?"
모진성이 눈을 들어 담우개를 쳐다보았다.
"건방진 놈."
담우개의 눈빛이 사나워졌다.
"그럴수록 네 명이 재촉된다는 걸 생각 못하는 모양이지?"
"후후, 생각이야 많이 해보았지. 이렇게 꼼짝 못하고 묶여 있으면서 할 수 있는 일이 생각밖에 더 있겠나?"
모진성이 비릿한 미소를 배어 물었다.
"생각해 보니 네놈들은 날 죽일 마음이 없는 놈들이더군. 다시 말해 날 인질로 잡아 뭔가를 해볼 모양인 것 같은데… 내 말이 틀렸나?"
모진성이 담우개의 눈을 뚫어져라 쳐다보았다.

'흐음!'

담우개가 신음성을 삼켰다.

한 문파를 대표하는 후기지수들이란 명칭이 괜한 것이 아니었다. 무공뿐만 아니라 두뇌 회전 또한 보통 사람을 능가하는 것이다.

"그래, 지금까지는 다 맞혔다. 그럼 또 다른 생각들도 한번 펼쳐 보시지."

"결국은 우리 두령이 목표인가?"

"놀랍군, 거기까지 추리해 내다니. 정말 놀라워. 네놈 말대로 넌 지옥마도 장천호란 놈을 잡기 위한 미끼가 되는 것이지."

담우개가 모진성과 마주한 후 처음으로 득의에 찬 표정을 지었다.

"네놈들 정체가 밝혀지고 난 후 우리 쪽에서도 수많은 정보를 모으고 분석해 보았지. 그래서 네놈들 열네 명의 신상은 상세히 파악되었는데 네놈들 두령이란 놈은 도저히 오리무중이더군. 출생도, 사문도, 내력도 단 한 가지도 알려진 게 없고 어느 날 갑자기 하늘에서 뚝 떨어진 것 같단 말이야."

담우개의 표정이 답답해져 있었다.

"최근에 와서 알려진 바로는 제왕성주 단리운극에게 부모를 잃고 복수하기 위해 나타났다고 하는데 그것도 어쩐지 설득력이 부족해 보이고. 너희들 같은 노른자만 쏙 빼내어 자신의 무공을 전수하고 녹림을 손에 넣었다면 필시 다른 목적이 있다고 봐야지. 난 그걸 알고 싶은 것이다."

"상상력이 풍부하군. 하긴 그렇게 생각하는 것도 무리가 아니지. 애초부터 가슴속에 야망을 품고 칼을 들었다면 그렇게 생각할 수밖에 없겠지."

모진성이 고개를 끄덕였다.

"하지만 그것은 당신 상상일 뿐이고 우리 두령은 칼 자체를 혐오하는 사람이다. 무림정복이니 군림천하니 하는 것은 애당초 거리가 먼 얘기지. 믿든지 말든지 마음대로 생각해라. 그리고 두령의 사문이나 내력에 관해서는 때려죽인다 해도 아는 게 없다. 시키는 대로 훈련을 받았고, 그래서 이름도 모르는 단 일 초의 도법을 전해 받았다. 그러니 괜한 시간 낭비 않는 것이 좋다."

모진성이 굳게 입을 다물었다.

"좀 더 맛을 봐야 되겠는데요."

담우개와 함께 모진성을 쳐다보던 사내 하나가 인상을 쓰며 으르렁거렸다.

"후후! 네놈들 고문이 아무리 혹독하다 해도 이 년 동안 두령에게 훈련받던 것에 비하면 조족지혈이다. 그러니 애초에 포기하는 것이 좋을 것이야."

모진성이 고문에 대한 두려움은커녕 오히려 가소롭다는 표정을 지었다. 그런 표정을 본 사내가 당장이라도 쳐 죽일 듯이 모진성을 쳐다보았지만 모진성의 기세는 조금도 꺾이지 않았다.

"소용없는 짓이야."

담우개가 고개를 흔들었다.

"저놈은 살아 있어야 가치가 있다. 죽어버리면 오히려 놈들에게 짐을 덜게 하고 전의만 불러일으키게 된다. 바라는 정보는 얻지 못했지만 저놈을 미끼로 지옥마도란 놈을 잡으면 되는 것이다."

담우개가 모진성을 쳐다보며 고개를 설레설레 흔들었다. 도대체 어떤 수련을 받았기에 저토록 지독한 인간이 되었단 말인가? 아니, 지독하다 못해 소름이 끼친다. 저런 놈들과 맞서게 된다면 어떤 인간들이든 싸워보기도 전에 벌써 반은 꺾이고 들어가게 된다. 아직 열세 명이 고스란히 남아 있고 그놈들을 가르친 지옥마도란 놈이 남아 있으니 말할 수 없이 큰 부담이 된다.

제왕성이 봉문을 하고 큰 짐을 하나 덜었는데 저놈들의 등장으로 인해 훨씬 더 큰 짐을 다시 얻게 된 것이다. 어쨌든 넘어야 할 산이고 그러기 위해서는 이놈을 이용해 지옥마도란 놈을 잡는 것이 지상의 과제이다. 저놈을 잡을 때처럼 치밀한 계획과 함께 수십 번도 더 사전 연습을 해야 할 것이다. 담우개의 눈빛이 깊이 가라앉았다.

"자승자박(自繩自縛)이란 말 아시오?"

생각에 잠긴 담우개의 귓전으로 모진성의 음성이 흘러들었다.

"이런 경우에는 여우가 제 꾀에 넘어간다는 말과도 상통하지."

모진성의 입꼬리가 말려 올라갔다.

"당신들은 날 잡아옴으로 해서 유리한 고지를 점령한 줄 알겠지만 내가 볼 땐 최악의 패를 고른 것 같소."

"무슨 소리냐?"

담우개의 눈빛이 번쩍 빛났다.

"우리 두령은 천성적으로 칼을 싫어하는 사람이오. 단지 자기 가슴속에 응어리를 풀겠다는 일념으로 칼을 들었지만 제왕성이 무너진 지금 모든 것이 부질없음을 느끼고 아리따운 아가씨 둘과 함께 자신이 태어났던 곳으로 떠나려 하고 있었지."

모진성의 눈빛이 젖어들었다.

"어쩌다 인연을 맺게 된 우리들 때문에 차일피일 미루고 있었는데 당신들이 날 잡아옴으로 해서 산속으로 들어가던 호랑이를 다시 마을로 끝어내린 형국이 될 것이오, 틀림없이."

모진성이 단호하게 말을 맺었다.

"그건 더 두고 보아야 알 일이지."

담우개의 표정에서는 모진성의 말을 단 한 마디도 수용하는 빛이 보이지 않았다.

"그런 칼을 가진 인간이 아무런 야망도 없다는 말은 믿을 수가 없다. 네놈 눈에 그렇게 보였다면 그자는 네놈마저 철저히 속인 것이다."

"후후, 도저히 말이 통하지 않는군."

모진성이 천천히 고개를 흔들며 뒤로 벌렁 드러누웠다.

칼을 갈았으면 반드시 무엇인가를 베어야 하고 그 베어진 깊이만큼 대접을 받아야 하는 것이 무림인의 사고방식이다. 그러한 생각들이 끊임없는 대결과 반목을 불러일으키고 때로는 엄청난 피를 부른다. 그렇게 흘린 피는 또 다른 피를 부르고…… 그것이 무림의 역사이다.

마교와 정파의 대결이니, 백도와 흑도의 대결이니 하는 얘기들은 자신들이 갈고닦은 칼을 시험하기 위해 그럴듯한 이름 하에 서로 누가 먼저랄 것 없이 칼을 휘두른 비무일 뿐이었다.

그것을 깨우쳐 준 사람이 두령이었고 그런 두령의 진면목을 알지 못하는 담우개는 자신의 말을 이해하지 못하는 것이 당연한 일일 것이다.

"으윽— 빌어먹을."

담우개 앞에서는 호기를 부렸지만 담우개가 나간 후 만신창이가 된 몸 구석구석에서 느껴지는 지독한 통증들로 인해 모진성이 이를 악물며 눈을 감았다.

"지독한 놈!"

밖으로 나온 담우개는 다시 한 번 설레설레 머리를 흔들었다.

생긴 걸로 봐서는 능글맞고 싱겁게 보였지만 지독하기 짝이 없는 놈이었다. 천성적으로는 그렇게 지독한 모습을 보일 놈이 아니었는데 저런 지독함이 몸에 배어 있다는 것은 지옥마도란 놈에게서 처절한 훈련을 받았기 때문이란 생각이 들었다.

그런 지독한 훈련을 받았기에 단기간에 그런 엄청난 칼을 익힐 수 있었을 것이다. 그렇다면 이런 놈들을 가르친 자는 대체 얼마만큼 지독한 칼을 소유하고 있단 말인가?

자연히 모든 신경이 그쪽으로 쏠리는 것은 어쩔 수 없는 일이다.

"고집불통 영감쟁이."

담우개가 인상을 찌푸리며 중얼거렸다.

천신만고 끝에 지옥마도 놈의 부하 중 한 놈을 생포했고 그놈을 미끼로 제일 먼저 지옥마도란 놈을 잡고 다음으로 무림맹을 치자고 아무리 설득을 해보아도 나백상의 행동은 변함이 없었다.

인질이나 붙잡아 뒤통수를 치는 싸움은 무인의 할 도리가 아니라는 이유로 일언지하에 거절한 나백상은 정면대결을 통해 일거에 적을 무너뜨릴 전략을 고집하고 있는 것이다.

"무인의 도리? 푸하하하!"

담우개가 억눌린 웃음을 터뜨렸다.

"무인의 도리가 무엇인가? 이기는 것이 도리가 아닌가? 그럼 수단과 방법을 가리지 말고 이긴 후에 도리를 논해야 할 것이 아니던가?"

담우개가 지극히 당연하다는 표정으로 중얼거렸다.

"어쨌든 제거할 수밖에 없는 영감쟁이야."

자신의 처소로 돌아온 뒤 한동안 생각에 잠겼다가 밖을 향해 고함을 쳤다.

"영운(迎云)! 거기에 있느냐?"

"부르셨습니까, 채주."

담우개의 부름을 받은 사내 하나가 담우개 앞에 시립했다.

"철궁(鐵弓)은 어떻게 되었느냐?"

"모두 오십 개를 완성했습니다. 보시면 마음에 드실 겁니다."

사내가 자신감있는 표정으로 답했다.

"좋아! 어디 한번 실험을 해보자."

담우개의 말에 시립했던 사내가 고개를 숙이고는 담우개를 인도하며 밖으로 나갔다.

"생긴 것은 그럴듯하군."

담우개가 커다란 철궁 오십 개가 일렬로 정렬해져 있는 실내에서 유심히 철궁들을 살피며 말했다.

"외양보다 성능은 더 마음에 드실 겁니다."

영운이란 사내가 제일 앞에 있는 철궁을 쓰다듬으며 말했다. 그가 자신만만한 표정을 지으며 쓰다듬고 있는 철궁은 얼마 전에 담우개의 명령으로 밤을 새워 만든 것이다. 강철을 주조하여 만든 강철 대궁(大弓)으로 장정 두 사람이 달려들어야 겨우 들어 올릴 만큼 크고 튼튼한 모양새였다.

화살 역시 갓난아이 손목만큼이나 굵고 충분히 길었다. 그리고 화살촉은 끝 부분이 뾰족하게 날이 서, 부딪치는 것은 무엇이든 꿰뚫어 버릴 것 같은 예기를 뿌리고 있었다. 또 끝 조금 아랫부분에는 낚싯바늘처럼 비늘이 하나씩 서 있어 무엇이든 뚫고 들어간 후에 좀처럼 빠지지 않게 만들어져 있었다.

"흐흠!"

담우개가 화살을 들어 찬찬히 살펴보았다.

거무튀튀한 묵광을 발하는 화살은 얼핏 보기에도 그 강도가 보통의 강철을 훨씬 능가해 보였다.

"그런대로 잘 만들었군."

특히 화살촉 부분을 유심히 살펴보던 담우개가 이번에는 화살의 꼬리 부분을 살펴보았다. 화살의 꼬리 부분 역시 일반 화살과는 많이 다르게 만들어져 있었다.

일반 화살은 꼬리 부분에 새의 깃털을 붙여 화살이 일직선으로 흔들리지 않고 날아가게 만들어져 있었지만 담우개가 들고 있는 화살은 깃털은 없고 대신 동그란 고리 하나가 화살 끝 부분에 만들어져 있었다. 그리고 그곳에 활시위를 걸게끔 홈이 파여 있었다.

"사거리(射距離)는 얼마나 되나?"

화살을 내려놓은 담우개가 영운이란 사내를 보고 물었다.

"그냥 화살만 발사한다면 수백 장은 능히 날아가고도 남음이 있습니다. 밧줄을 걸어 발사한다고 해도 백오십 장은 충분히 날아갑니다."

사내의 말에 담우개가 고개를 끄덕였다.

"우리가 필요한 거리는 대략 사십 장 정도이다. 나머지 거리로 날아갈 힘은 고스란히 바위틈을 뚫고 들어가는 데 가해질 것이고. 나가서 직접 실험을 한번 해보자."

담우개가 밖으로 나가자 영운이 밖에 있는 부하를 불렀고 세 명의 부하가 뛰어들어 활과 화살을 들고 담우개를 따랐다.

장강의 한쪽 벼랑 위에 도착한 담우개와 네 명의 사내들은 적당한 자리에 철궁을 놓고 말뚝을 박아 철궁을 단단히 고정시켰다. 그리고 화살의 뒷부분에 있는 고리에 미리 준비한 밧줄을 걸어 단단히 묶었다. 일반 화살과 달리 뒷부분에 있는 고리는 지금처럼 밧줄을 묶기 위한 곳이었다.

"됐다. 이젠 시위를 당겨 화살을 시위에 걸어라."

영운이란 사내의 명령에 따라 사내 둘이 활시위에 긴 막대기를 대고는 조금씩 움직여 시위를 팽팽히 당기기 시작했다. 워낙 강하고 큰 활이다 보니 시위를 당기는 것도 두 사람의 장한이 긴 막대기를 지렛대처럼 이용해야 가능했다.

팅—

활시위가 당겨져 원하는 위치에 고정되었다. 고정 장치 역시 말뚝에 매인 짧은 밧줄로 고정되어 밧줄을 끊음과 동시에 화살이 발사되도록 만들어져 있었다.

"저쪽 벼랑까지면 족히 오십 장은 될 터이니 약간 아래쪽을 향해서 쏘아보게."

"알겠습니다."

사내 하나가 꼬리에 밧줄이 묶인 화살을 시위에 걸고 손도끼를 준비했다.

"발사하게."

명령과 함께 사내가 손도끼로 밧줄을 내려쳤고 '탕' 하는 육중한 소리와 함께 굵은 화살이 반대쪽 절벽을 향해 무시무시한 속도로 날아갔다.

휘리릭—

화살이 날아감과 함께 돌돌 말려져 있던 밧줄이 똬리를 틀어 올리며 화살을 쫓아 허공으로 날아올랐다.

쉬이익— 퍽!

긴 꼬리를 달고 날아가던 화살이 반대쪽 벽에 꽂혔다.

"줄을 이리 줘보게."

밧줄을 건네받은 담우개가 힘을 주어 밧줄을 당겨보았다.

핑— 핑—

밧줄 끝에서 전해져 오는 느낌이 육중한 바위를 매단 것처럼 탄탄하게 느껴졌다. 필시 반대 편 절벽 틈에 화살이 깊이 박혔음이 틀림없었다.

"자, 이젠 저곳까지 건너갈 일만 남았다. 그것도 확실히 준비되어 있겠지?"

"물론입니다."

담우개의 질문에 확신에 찬 목소리로 답한 사내 하나가 쇠갈고리를 밧줄에 걸고 손잡이를 양손으로 잡았다.

"출발하라!"

신호와 함께 갈고리를 잡은 사내가 바위를 박찼다. 밧줄 위에서 서서히 미끄러지기 시작한 갈고리가 속도를 내자 쏜살같이 건너편을 향해 사내의 신형이 멀어져 갔다. 사내의 무게를 지탱하고도 밧줄은 조금도 이상이 없었고 마침내 사내는 반대쪽 절벽에 도착했다.

"한꺼번에 몇 명이나 동시에 보낼 수 있느냐?"

"세 명까지는 끄떡없습니다."

"오십 개의 줄에 세 명이면 한 번에 백오십 명이군."

담우개가 건너편을 쳐다보며 셈을 했다.

"열 개 정도는 화살이 튕겨 나와 실패한다고 예상해야 합니다."

사내가 만일의 경우에 대비해 약간의 여유를 두었다.

"그렇다손 치더라도 한 번에 백이십 명은 충분하겠군. 그 정도면 충분하네. 수고가 많았다."

담우개가 드물게 만족스런 웃음을 지었다. 어떤 상황에서도 감정 표현을 하지 않던 그였기에 그런 만족스런 웃음마저도 웃음이라기보다는 오히려 섬뜩한 느낌을 주는 괴상한 표정이었다. 그러나 어쨌든 웃음을 지으며 치사하는 그를 보고 사내들은 안도의 한숨을 지었다. 무엇을 하려고 이런 것을 만들게 했는지 이유는 몰랐지만 밤을 새워 만든 철궁이 제대로 성능을 발휘하지 못했다면 자신들의 앞날이 어찌 될지 몰랐다.

비록 섬뜩하고 괴상한 표정의 미소였지만 그것은 자신들의 안전이 보장된 신호였다.

"가, 감사합니다, 총채주!"

사내들이 일제히 고개를 숙였다.

"화살은 그대로 두고 줄을 끊어라!"

영운이란 사내가 반대 편을 향해 소리치자 밧줄을 타고 건너갔던 사내가 줄을 끊었다. 그 줄을 끌어당겨 회수한 후 담우개와 사내들이 벼랑 위에서 사라졌다.

"저놈들일까?"

담우개 일행이 사라진 절벽 저쪽 수풀 속에서 세 명의 인영이 은밀하게 움직이며 연신 주변을 살폈다.

"틀림없어. 모용 군사의 지시에 따르면 후기지수 중 곤륜파의 모진성 공자가 놈들 손에 납치되었고 이 부근까지 탐문하여 흔적을 쫓았다니 이 부근에 놈들의 근거지가 있음이 틀림없어. 그리고 저놈들이 그들일 가능성이 높아. 아까 하는 짓을 보지 않았나? 그게 어디 보통 사람들이 할 일인가? 아주 잘 훈련된 무리들이나 할 일이지."

"그렇긴 한데… 이 근처 어디에 그런 대규모 기지가 있을까? 여기선 아무리 둘러보아도 그런 곳은 발견할 수가 없는데."

"그건 좀 이상하군. 하지만 아까 그놈들이 사라진 방향으로 따라가다 보면 뭔가 발견할 수 있겠지."

세 사람은 이런저런 논의를 한 후 조심스럽게 걸음을 옮겼다.

"아니, 갑자기 어디로 사라졌지?"

담우개 일행을 은밀히 미행하던 세 사내들은 작은 모퉁이 하나를 돌아 갑자기 그들의 흔적이 사라져 버리자 주춤 자리에 서서 주변을 살폈다.

모진성이 누군가에 의해 납치되고 난 후 그 소문은 무림맹에도 감지되었고 무림맹에서는 즉시 추적과 경공에 능한 세 사람을 뽑아 그들의 행적을 찾아 나서게 한 것이다.

최초 모진성이 납치된 장소에서부터 다양한 경로로 탐문을 한 결과 이곳 장강 지류 한쪽까지 흔적을 쫓았던 것이다.

마침 이곳에서 담우개 일행이 철궁을 시험하는 장면을 목격하였고, 그들은 심중을 굳혀 최대한의 주위를 기울이며 미행해 온 것이다.

"뭔가 이상해. 이곳은 갑자기 사라질 만한 공간이 없는데 어찌 된 일이지?"

세 사람은 서로를 바라보며 고개를 갸웃거렸다.

비스듬한 경사면을 밟고 옆으로 돌아간 곳은 제대로 된 길도 아니었고, 또 그 길이 끝나는 곳은 바로 수풀 더미와 바위가 튀어나온 벼랑이었는데 그들의 모습이 갑자기 사라져 버린 것이다.

"비밀 통로가 있는 것일까?"

한 사내가 사방을 두리번거리며 말했다.

"흐흐, 비밀 통로가 있긴 한데 네놈들은 그걸 견식할 기회가 없을 것이다."

뒤쪽에서 들리는 음침한 목소리에 무림맹의 세 사내들은 기겁을 하고 돌아섰다.

은신잠행에 있어서는 타의 추종을 불허하는 자신들이었는데 그런 자신들의 이목을 속이고 바로 뒤에서 불쑥 나타나다니? 모두 귀신에 홀린 것 같은 눈으로 나타난 사람들을 쳐다보았다. 좀 전에 철궁으로 무슨 짓인가를 하고 사라졌던 그들이었다.

"대체 어떻게……?"

무림맹의 젊은이들 중 한 사람이 불신 가득한 눈으로 신음성을 흘렸다.

앞이 절벽으로 가로막힌 벼랑에서 자신들 뒤로 나타나려면 가파른 절벽 끝까지 뛰어오르지 않고는 불가능한 것이다. 그건 날개가 달린 새들이나 가능할 것이다. 그렇다면 이들은 땅속으로 파고들어 저 뒤쪽에서 다시 뚫고 나와야 하는데 그것 역시 말이 안 되는 것이다.

"후후, 네놈들 눈엔 저 절벽이 단순한 절벽으로만 보이겠지?"

담우개가 비릿한 목소리로 중얼거렸다. 그와 함께 옆에 서 있는 사내들에게 눈짓을 하였다.

쨍—

칼을 빼 든 사내들이 천천히 무림맹에서 온 청년들을 향해 좁혀들었다.

"한 명이라도 살아서 돌아가야 하오. 위지(慰遲) 형의 경공이 제일 빠르니 모든 걸 부탁하겠소. 우리가 동시에 저놈들을 쓸어가는 동안 도망가시오!"

한 청년이 전음으로 다른 청년 둘에게 각각 뜻을 전하고는 고개로 신호를 하였다.

"하앗—"

"차아!"

두 명의 청년이 다가오는 사내들을 향해 갑작스럽게 달려들었다.

"웃—"

너무 갑작스럽게 죽기 살기로 달려드는 두 청년을 피해 사내들이 움찔 몸을 움직이는 순간 한 명의 청년이 비호처럼 앞으로 치고 나갔다. 전음을 날린 청년의 말대로 그 청년의 경공은 가히 화살을 방불케 했고, 잠시 주춤하는 순간 어느새 저만치 까마득히 멀어져 갔다.

"가소로운 놈!"

담우개가 콧방귀를 뀌고는 몸을 날렸다.

휘익—

바람 소리와 함께 흐릿하게 사라진 담우개의 신형이 어느새 청년을 쫓아 멀어져 갔다. 먼저 도주한 청년의 속도가 화살에 비유한다면 담우개의 경공은 빛살과도 같았다. 흐릿하게 움직인 것 같았는데 어느새 공간을 접으며 저만치서 쏘아져 가고 있었다.

멧돼지같이 뚱뚱한 몸이 어찌 저런 경공을 펼칠 수 있을까 믿기지 않는 속도에 벼랑 위에 남은 사람들이 모두 찰나지간 동작을 멈추고 담우개의 모습만 바라보았다.

"차앗!"

다시 제정신을 차린 청년이 폭풍처럼 칼을 휘둘렀고 장강수로채의 사내들이 가소로운 표정을 지으며 그들의 칼을 막았다.
휘리릭―
괴이무쌍한 사내들의 칼이 어지럽게 흔들렸다.
"으윽!"
청년 중 하나가 손목을 감싸 쥐었다.
"천 형!"
손목에서 허연 뼈가 드러나며 피를 쏟아내는 청년을 보고 다른 청년이 비명을 질렀다. 칼을 쥔 손목에 엄중한 상처를 입은 청년은 겨우 칼을 들고 있긴 했지만 금세라도 떨어뜨릴 듯한 위태로운 모습이었다.
"네놈 걱정이나 해라!"
다른 한 명의 청년을 향해 장강수로채의 한 사내가 무지막지하게 칼을 찍어 내렸다.
쨍!
머리 위로 떨어지는 칼을 혼신의 힘을 다해 막은 청년의 신형이 비틀 흔들렸다.
"하앗!"
흔들리는 청년의 옆구리로 다른 한 사내의 칼이 곧장 찔러들었다.
무지막지하게 떨어지는 칼을 혼신의 힘을 다해 막고 계속 칼을 들어 그 여력을 막고 있는 청년의 허리가 무방비 상태로 다른 사내의 칼에 노출되었다.
"크윽!"
장강수로채 사내의 칼이 거의 반이나 청년의 허리에 박혀들었다.

애초에 상대가 되지 않는 자들이었다.

자신들의 은밀한 미행을 귀신같이 알아채고 순식간에 자신들의 뒤로 돌아 퇴로를 차단한 실력이나 먼저 도주한 위지종현이란 동료를 따르던 멧돼지 같은 자의 경공이나 모두 자신들과는 너무나 차이가 나는 것이다.

허리를 찔린 청년이 손에 힘이 빠진 듯 천천히 칼을 떨어뜨렸다. 그리고는 무릎을 꿇고 앞으로 쓰러졌다.

"죽일 놈들!"

손목을 다친 청년이 눈에 불을 켜며 양손으로 칼을 움켜쥐고 동료를 죽인 자에게로 달려들었다.

쉬익—

바람을 가르는 소리와 함께 양쪽 옆에서 동시에 달려든 사내들이 청년의 심장과 목에 칼을 들이댔다. 목으로 날아온 칼을 쳐 올리던 청년의 심장으로 다른 한 사내의 칼이 관통했다.

"쿨럭—"

청년의 눈썹이 피르르 떨렸다.

'위지 형! 제발 무사히 도망쳐 이놈들의 위치를 알려……'

쿵!

생각이 끝까지 이어지지도 못한 청년이 고목처럼 옆으로 쓰러졌다.

"하룻강아지 같은 놈들! 염라국을 숨어드는 것이 낫지 감히 이곳을 숨어들다니."

사내들이 칼에 묻은 피를 닦으며 중얼거렸다.

"채주님은 안 도와드려도 괜찮겠지?"

사내 하나가 슬쩍 고개를 돌리며 중얼거렸다.
"자네가 채주를 돕는다는 건 개미가 코끼리를 돕는 격일세. 그러니 그런 가당찮은 생각은 아예 하지도 말게."
한 사내가 면박을 주고는 키득거렸다.
"예끼! 이 사람아. 아무리 그래도 코끼리와 개미가 뭔가."
"너무 심했나? 그럼 코끼리와 지렁이 정도로 해두지."
"그만두게, 그만. 네놈에게서 좋은 말을 바란 내가 잘못이지. 어서 이놈들 시체를 표시나지 않게 처리하고 돌아가세."
사내들이 주검이 된 두 청년을 끌고 바위 벼랑 뒤쪽으로 사라졌다.

"허억!"
위지종현(慰遲鍾鉉)은 대경을 하며 신형을 멈추었다.
혼신의 힘을 다해 직선으로 경공을 펼쳐 왔건만 멧돼지 같은 중년인이 저만치 앞에서 여유롭게 뒷짐을 지고 서 있었다. 죽어라고 일직선으로 달려왔기에 지름길이 있을 수 없었다. 그런데 저자가 앞에서 나타났다는 것은 자신보다 몇 배는 더 빠른 경공술로 빙 둘러와 자신의 진로를 가로막고 있다는 얘기였다.
도대체 믿을 수 없는 상황이었다.
경공과는 거리가 멀어 보이는 저 멧돼지 같은 인간이 어떻게 자신을 앞지를 수 있단 말인가? 하지만 그런 것을 길게 의심할 상황이 아니었다. 어떻게든 자신은 이곳을 벗어나 무림맹에 사실을 보고해야 했다.
무림맹의 군사 모용상아!
그녀가 그에게 한 부탁은 납치된 모진성 공자의 행방을 꼭 찾아달라는 것이었다. 애절한 눈빛으로 그의 손을 꼭 붙잡으며 하는 부탁이었기에 그는 목숨을 다해서라도 행방을 찾으려 했는데… 거의 성공 단계에서 붙잡혀 한을 남기고 싶지 않았다.
 경공 실력으로 본다면 저자는 자신과는 비교가 안 되는 정도의 무공을 지녔을 것이다. 그렇다면 이곳을 빠져나갈 수 있는 방법은?
 장강 한복판으로 뛰어들어 천운에 맡기는 방법밖에는 없을 것 같다.
 "뛰어내린다고 살 것 같나?"
 위지종현의 심중을 짐작한 담우개가 까마득한 강물 아래를 쳐다보며 말했다.
 "교활한 돼지새끼!"
 위지종현이 이빨을 갈며 소리쳤다.
 "강물 속에 뛰어든다고 해도 우린 끝까지 추적할 것이다. 네놈 시체를 찾을 때까지 말이야. 그리고 강에서는 우리가 훨씬 유리하지. 우리에겐 자네가 상상도 할 수 없는 수공(水功)을 익힌 사람들도 많으니까 말이야. 그러니 그런 어리석은 생각은 버리고 한바탕 싸우기라도 해보고 기회가 있으면 도망하는 게 어떻겠나? 혹여 아나? 자네 무공이 내 무공의 상극이 되어 기적이 일어날지도."
 담우개가 교묘히 위지종현의 비위를 긁었다. 사실 이 높은 곳에서 강물로 뛰어들어 살아난다는 보장은 없었다. 그리고 강물 역시 잔잔히 흐르는 곳이라 물 밖으로 머리를 내미는 즉시 그들에게 발각될 것이다. 그 상태에서 수공을 익힌 놈들이 달려든다면 오히려 지금 이 상황보다 살아날 확률이 훨씬 적을 수 있었다.
 '여기서 결판을 낸다!'
 위지종현이 칼을 빼 들었다.

"그렇지, 그래야 사내답지. 싸워보지도 않고 꽁지 빠진 강아지처럼 도망만 간대서야 어디 명문정파의 제자라 할 수 있겠나."

휘잉—

담우개의 말을 더 듣고 있을 수 없다는 듯 위지종현이 칼을 휘둘렀다.

"좋은 솜씨!"

담우개가 슬쩍 옆으로 움직이며 위지종현의 칼을 피했다. 아주 단순하고 간단한 움직임이었지만 위지종현의 칼은 담우개의 옷깃 하나 건드리지 못하고 허공만을 난도질했다.

'역시 내 상대가 아니다, 이자는!'

위지종현의 표정이 굳어져 갔다.

칼을 피하는 것은 웬만한 무공만 갖추면 누구나 할 수 있는 일이다. 그러나 이렇게 최소한의 움직임만으로 상대의 칼을 흘린다는 것은 절정의 실력이 아니고서는 힘든 것이다. 상대의 공격을 피하는 동작이 작으면 작을수록 반격의 기회는 커지고 그만큼 우위를 점할 수 있다.

'길게 끌수록 불리하다. 단 일 검에 모든 힘을 퍼부어 쓰러지든지 쓰러뜨리든지 해야 한다!'

위지종현이 최대한의 내공을 끌어올렸다.

파앗—

자신의 안위는 완전히 도외시한 채 위지종현의 칼이 담우개의 허리를 쓸어갔다.

휘익—

땡강!

담우개의 손가락에 잡힌 위지종현의 칼이 너무 쉽게 부러져 나갔다.

"크윽!"

위지종현의 칼을 부러뜨린 담우개의 손이 이번에는 위지종현의 목을 거머쥐었다.

"애송이! 호랑이 굴로 숨어들려면 좀 더 조심스럽게 행동을 해야지 그런 허술한 움직임으로 우리의 이목을 속일 수 있을 것 같았느냐? 그리고 생각을 했으면 바로 장강으로 뛰어들어야지. 난 혹시라도 네놈이 절벽을 뛰어내려 죽어버리면 어떡하나 걱정했지. 그럼 아무것도 알아내지 못하니까 말이야. 이젠 내 손에 잡혔으니 슬슬 시작해 볼까."

담우개가 목을 잡은 손에 힘을 조금 더 가했다.

"크으윽—"

위지종현의 목에서 더욱 괴로운 신음성이 흘러나왔다.

"말하라. 누가 보내서 이리로 왔느냐? 또 여기로 온 목적은 무엇이냐?"

"모, 모른… 크으윽!"

위지종현이 괴로운 표정으로 몇 마디 내뱉고는 다시 가래가 끓는 듯한 신음성을 흘렸다. 목줄기를 쥔 담우개의 손이 벌겋게 달아올랐고 그에 따라 위지종현의 표정에는 죽음의 공포가 어렸다.

"무, 무림맹……."

마침내 고통을 이기지 못한 위지종현이 담우개의 물음에 답을 했다.

"그럴 줄 알았다. 그럼 여기로 온 목적은?"

"그, 그건… 크으윽!"

대답을 주저하던 위지종현이 다시 처절한 비명을 질렀다. 목을 쥔 담우개의 손끝에서 파고드는 고통이 온몸 구석구석 세혈까지 밀려드는 듯했다. 대답을 하지 않기 위해 혀를 깨물거나 심맥을 끊고 싶었지만 점혈당한 상태에서는 자신의 의지대로 할 수 있는 것은 하나도 없었다.

처절한 육체적 고통.

온통 이성이 마비되는 듯한 고통 속에서 위지종현의 머리 속에는 단 한 가지 생각밖에 남아 있지 않았다.

'어서 이 고통에서 해방되고 싶다!'

담우개의 공력이 조금 더 전해지자 위지종현의 하얗게 탈색된 이성은 자신도 모르게 모든 비밀을 토해냈다.

"당신들이 납치한 모진성 공자의 행방을 추적하기 위해 무림맹의 모용 군사가 우리를 보냈소!"

"그렇군. 조금 더 일찍 말했으면 고통도 그만큼 적게 받았을 것을. 이제 그만 고통없는 세상에서 영원히 쉬거라."

담우개가 위지종현의 사혈을 찍었고 눈을 새하얗게 까뒤집으며 위지종현이 바닥에 무너졌다.

"이놈들이 제법이군. 지옥마도의 졸개 놈을 납치한 게 우리들이라는 것을 알아채고 이곳까지 접근하다니… 역시 지옥마도 그놈은 무림맹이 조종하는 놈이 확실해. 단리운극에게 복수를 하러 칼을 익혔느니 하고 헛소리들을 하지만 그런 칼을 지닌 이상 그만한 보상을 받으려 할 것이고 결국은 자신의 세상을 건설하고자 할 것이다."

담우개가 스산하게 중얼거리고는 생명의 기운이 빠져나간 위지종현의 신형을 번쩍 들어 까마득한 절벽 아래로 집어 던졌다.

까맣게 한 점이 된 시신이 장강 속으로 빨려드는 것을 확인한 담우개가 천천히 등을 돌렸다.

"이 철궁들은 나백상 그 영감에게 모두 보내고 사용법을 확실히 가르쳐라."

거처로 돌아온 담우개가 오십 개의 철궁을 꼼꼼히 살핀 후 부하들에게 명령을 내렸다.

"우리가 쓸 물건이 아니었습니까?"

부하들이 의외라는 표정으로 담우개를 쳐다보았다.

"우리보다 더 잘 어울리는 사람들에게 주어야지. 우리는 잘 가르쳐서 익숙하게 사용하도록 해주면 할 일은 끝나는 것이다. 그리고 신나게 재주를 부리는 장면을 느긋이 구경하면 되는 것이고. 후후."

담우개가 의미심장한 미소를 흘렸다.

"그리고 이곳은 백 명의 인원만 남기고 모두 철수한다. 모두들 상선으로 옮길 준비를 해라."

"승선은 보름 후에나 하기로 하였지 않습니까?"

"그랬다. 하지만 놈들이 여기까지 냄새를 맡은 이상 안심할 수가 없는 일이다. 물론 쥐새끼들은 모두 처치했지만 그놈들이 이곳까지 찾아왔다는 것은 어느 정도 우리의 행로를 눈치 챘다는 것이다. 설사 그렇지 않다고 해도 난 완벽한 것이 아니면 절대로 수용하지 않는다. 어서 준비해라."

담우개가 단호히 말하자 사내들이 어쩔 수 없다는 듯 대답하며 부산히 움직이기 시작했다. 그들이 아는 한 담우개는 잔인할 정도로 철저하고 병적인 완벽주의자였다. 어쩌면 그런 성격이 지금의 그를 만들었을 것이다.

"특히 지옥마도의 졸개 놈은 단단히 결박하여 가장 은밀한 곳에 숨겨라."

담우개가 다시 한 번 당부하고는 자신의 숙소로 신형을 옮겼다.

　　　　　　*　　　*　　　*

"여긴 모양이오."

남궁우현과 함께 천호가 장강 줄기 한곳에서 작은 배를 띄우고 전방을 응시했다. 남궁우현 역시 눈빛을 빛내며 고개를 끄덕였다.

넓은 장강 줄기가 두 사람이 탄 배 앞에서 두 갈래로 갈라지며 수백 수천 개의 지류(支流)들 중 또 하나의 지류를 만들고 있었다.

무림맹에서 보내온 정보에 의하면 모진성을 납치한 것으로 보이는 무리들의 마지막 흔적을 발견한 곳이 이곳이었다. 이곳에서 마지막 연락을 해온 후로는 종적을 놓쳐 버렸다는 것이다. 그렇다면 놈들은 이 지류 어느 곳에 근거지를 두고 숨어 있을 것이다. 그것도 이 갈라진 물길에서 멀지 않은 곳에.

남궁우현이 천천히 지류 쪽으로 물길을 잡고 노를 저었다. 서툰 솜씨였지만 물길을 잡고 이동하는 데는 큰 지장이 없었다.

넓은 본류와는 달리 무산삼협(巫山三峽)이 가까워지는 이곳에는 강 양쪽으로 깎아지른 벼랑이 형성되었고 중간중간에 어둠을 머금은 동굴들도 많았다. 저 동굴 어느 곳에서 놈들이 웅크리고 있을 수도 있었고, 아니면 그 동굴들이 놈들의 창고 역할을 할 수도 있었다. 하지만 두 사람이 찾는 곳은 그런 협소한 곳이 아니었다. 최소한 수백 명의 인원이 숨어 있을 수 있는 곳이어야 하고 그런 곳이면 강의 한쪽 면은 어느 정도의 공간을 포함하고 있어야 했다.

반 시진쯤 더 물길을 타고 가던 두 사람은 비슷한 장소를 찾아낼 수 있었다. 강 한쪽 면은 절벽이었지만 다른 쪽 면은 밋밋한 사면이 있었고 그 뒤로 다시 절벽이 형성되어 있었다. 그리고 사면 쪽 절벽을 자세히 살펴보니 위장의 흔적들이 보였다.

"멋진 곳이군."

남궁우현이 혼잣소리로 중얼거렸다.

강 양쪽이 절벽으로 되어 물길이 아니고는 접근할 수 없는 곳이었다. 그 절벽 한쪽으로 공간이 있어 그곳이면 수적들의 근거지가 충분히 될 수가 있었다. 또한 그곳을 위협할 만한 무리들이 접근한다면 이곳까지 도착하기 전에 미리 양쪽 절벽에서 공격하여 차단할 수 있을 것이다. 남궁우현과 천호가 탄 조각배는 지나가는 낚싯배 정도로 아무런 위험 요소가 없었기에 방관하고 있었을 것이다.

"배를 물가에 댑시다."

천호가 말하자 남궁우현이 긴장한 모습으로 고개를 끄덕였다.

"역시!"

물가에 배를 묶어놓고 내려서는 순간 기다렸다는 듯이 열서너 명 정도의 건장한 사내들이 뛰어나왔다.

아무런 경고도 망설임도 없이 곧장 다가오는 모습에서 침입자를 즉각 척살하고 말겠다는 의지가 엿보였다.

툭.

남궁우현이 도갑에 묶인 끈을 풀었다.

휘익—

저만치서 다가오던 한 사내가 비조처럼 날아올라 남궁우현을 덮쳤다. 일체의 예비 동작도 없이 곧바로 날아오르며 공격하는 사내의 솜씨는 이미 일정 수준 이상의 경지에 도달한 모습이었다.

쉬이익—

사내의 칼이 위에서 아래로 무섭게 떨어져 내리며 남궁우현의 몸을 반쪽 내려는 순간 남궁우현의 도가 번쩍 하고 빛을 뿌렸다.

"크아악!"

날아오른 사내의 몸이 공중에서 피를 뿌리며 동강나 떨어졌다.

귀찮은 침입자를 얼른 처치하고 흔적을 지운 후 다시 은신처로 돌아가려 생각했던 사내들이 뜻밖의 사태에 주춤 제자리에 멈춰 섰다.

애초에 저런 애송이 둘쯤은 혼자서도 처치할 수 있지만 도망치는 데 일가견이 있는 자들이라면 포위를 해서 완벽하게 처리하고 또 혹시라도 다른 일행이 있을지 몰라 충분한 숫자로 달려온 것인데 순식간에 자신들 동료의 몸을 베어버린 저놈들은 재수없이 자신들의 은신처에 흘러들어 영문도 모르고 목숨을 빼앗길 자들이 아니었다.

쌔애액—

사태 파악이 제대로 끝나기도 전에 또 한 명 침입자의 칼이 허공을 갈랐다.

"위험하다!"

뒤에 있던 사내가 고함을 질렀지만 저만치서 칼을 빼던 다른 한 명의 침입자는 동료들 곁을 지나 어느새 자신의 옆을 유령처럼 스쳐 지나가고 있었다.

"이, 이럴 수가?!"

불에 데인 듯한 화끈한 느낌 하나가 가슴과 허리 어림을 지나갔을 뿐 다른 어떤 소리도 들리지 않았는데 자신들은 이미 산 사람들이 아니었다.

"악마……!"

거의 동시에 바닥으로 무너져 내리는 시내들 중 한 명이 힘겹게 부르짖었다.

"최대한 빨리 저들을 제압해야 모 공자를 구할 수 있소."

넋을 잃고 서 있는 남궁우현의 귓가로 천호의 음성이 울렸다.

퍼뜩 정신을 차린 남궁우현의 눈에 벌써 사면 끝 절벽에 다다르고 있는 천호의 모습이 조그맣게 비쳐 왔다.

휘익―

칼을 다잡은 남궁우현 역시 최대한의 공력을 돋우어 마환보를 시전했다.

"크윽―"

"아악!"

"왼쪽을 조심하라!"

장강수로연맹의 한 분타인 구당협(瞿塘峽) 분타는 대낮에 찾아든 사신들로 인해 아수라 지옥도가 펼쳐졌다.

너무나 갑작스럽고 악마적인 공격을 받은 대다수의 사람들은 채 칼을 손에 쥐어보기도 전에 처참하게 피를 뿌리며 고혼이 되어갔다.

최초의 비명이 들리고 일 식경도 되기 전에 분타 인원 백 명 중 팔할이 베어넘겨졌다.

"으으……."

남은 스무 명 남짓의 인원들은 더 이상 반항할 의지를 상실한 채 분타의 제일 구석진 절벽 한쪽으로 몰리며 공포에 질렸다.

밖에서 보기에는 바위와 잡나무가 무성한 평범한 절벽이었다. 하지만 바위들은 튼튼한 목책 위에 인공으로 조성되어 있었고 그 주위로 흙을 깔고 실제로 나무를 심어 가상의 절벽을 하나 만들어 바깥쪽에 세운 그 안의 넓은 공간은 수적들의 소굴이었다.

"우두머리가 누구냐?"

온통 피를 뒤집어쓴 천호가 야수 같은 눈을 번뜩이며 제일 앞에 있는 사내에게 질문을 던졌다.

"모, 모른……."

쌔액―

천호의 칼이 거침없이 사내의 한 팔을 잘랐다.

"크아악!"

사내가 비명을 지르며 팔이 잘려진 어깨를 다른 한 손으로 감쌌다.

"다시 한 번 묻겠다. 우두머리가 누구냐?"

고통에 일그러진 얼굴을 한 사내가 이빨을 딱딱 부딪치며 고개를 돌리며 한 사내를 쳐다보았다.

"현재는 내, 내가 책임자요."

"그렇다면 원래 이곳 우두머리는 없단 말이냐?"

"그렇소. 며칠 전 이곳 병력의 대부분을 싣고 봉절현으로 떠났소."

"그랬군. 어쩐지 규모에 비해 인원이 적다 싶었지."

남궁우현이 잇새로 중얼거렸다.

"다른 질문을 하겠다. 쌍봉채(雙峰寨)를 습격하여 곤륜의 모진성 공자를 납치한 게 너희들이냐?"

천호가 칼끝으로 사내를 가리키며 나직이 질문했다.

"그렇다면 당신은 지옥마도……."

사내가 덜덜 떨면서 반문했다.
"묻는 말에만 답해라."
천호의 칼이 사내의 목 앞에서 시퍼렇게 빛을 뿜었다.
"우리가 한 짓은 아니지만 그 사람은 며칠 전까지 이곳에 갇혀 있었소."
"그럼 지금은 여기 없다는 말이냐?"
"……."
"지금은 어디 있냐고 물었다."
"같이 떠났소."
사내의 눈빛이 절망으로 물들어갔다.
털썩.
모진성이 여기 없다는 것을 안 천호가 한동안 아무 말 없이 남은 수적들을 노려보았고 그 눈빛을 대한 수적들 몇 명이 뱀 앞의 개구리처럼 경련하며 자리에서 무너졌다.
"살아 있었느냐?"
한참 말을 멈추고 있던 천호가 다시 사내에게 질문을 던졌다.
식은땀을 흘리며 떨고 있던 사내가 막혔던 숨을 토하며 입을 열었다.
"그때까진 살아 있었소."
사내의 말에 천호의 눈빛이 최초로 수적들에게서 벗어나 딴 곳을 향했다.
숨도 제대로 쉬지 못하던 수적들이 비로소 긴 한숨을 쉬며 온몸을 조여오는 살기에서 해방되었다.
"그가 갇혀 있었던 곳으로 안내해라."
천호가 나직이 명령하고 몇 명의 수적들이 급히 몸을 일으켜 비틀거리는 걸음걸이로 동굴 속으로 향했다.

〈두령!
오실 줄 알았소.
술이 원수요. 술을 너무 많이 마셔서 두령이 가르쳐 준 도법을 제대로 펼쳐 보지도 못하고 잡혀 버렸소.
아무리 그래도 그렇지… 제대로 가르친 게 맞는 거요?
그동안 이곳에서 한 발짝도 밖으로 나가지 않고 저놈들을 감시하느라 고생 좀 했소.
덕분에 몇 가지 알아낸 게 있는데…… 우선 저놈들의 두목은 담우개라는 자로, 심계가 깊고 치밀한 자요. 자기들끼리 말할 땐 혈영의 영주 나백상마저도 그 영감쟁이라고 하는 걸로 봐서 뭔가 다른 숨겨둔 세력이 있는 것 같소. 나백상마저도 두려워하지 않을 만큼.
그 세력으로 담우개는 나백상의 공격 후 실질적으로 무림을 공격할 것 같소. 그러기에 우리가 훈련시켰던 녹림의 인원들은 담우개의 대규모 공격이 있기 전에는 절대로 투입하지 마시오. 나백상의 공격은 전적으로 무림맹에서 막도록 하는 게 좋을 것 같소.
또 이자는 두령을 몹시 겁내고 있는 것 같았소. 제왕성보다 더 말이오. 그래서 나를 미끼로 두령을 잡을 모양이오. 그러고 보니 두령 참 많이 큰 것 같소.
두령!
두령은 칼밖에 모르는 사람이지만 단순한 계산도 모르지는 않을 거라 생각하오. 하나를 위해 열셋을 희생하는 것과 열셋을 위해 하나를 희생하는 선택이 있다면 어느 것을 택해야 할 것 같소? 부디 하나 때문에 열셋을 희생시키는 바보 짓은 하지 마시오.

더 이상은 손이 미치지 않아 쓰지 못하겠소.〕

"망할 자식! 다 죽어가는 놈이 끝까지 느물거리는군."
 남궁우현이 감옥 바닥에 적힌 모진성의 글을 보고 눈물을 감추며 고함을 질렀다.
 수적들의 안내로 모진성이 갇혀 있던 감옥으로 들어온 남궁우현과 천호는 이곳저곳을 유심히 살피다가 바닥 한 부분에 유난히 먼지가 두껍게 뒤덮인 부분을 발견했다. 먼지들을 쓸어보니 핏자국이 얼룩진 바닥에 모진성이 어렵사리 적어놓은 글을 발견할 수 있었다.
 "담우개라……."
 감옥 밖으로 나온 천호가 지옥 불바다 속에서도 잊지 않겠다는 듯이 담우개란 이름 석 자를 중얼거렸다. 그리고 통나무 벽 한쪽에 등을 기대고 깊은 생각에 잠겼다. 그사이 남궁우현은 남은 수적들을 심문하여 이것저것 알아내야 할 것들을 물어보며 머리 속에 정리했다.
 수적들은 저승사자 앞에서 조금이라도 더 목숨을 부지하려고 묻지 않은 것까지 자진해서 대답했지만 쓸 만한 정보들은 없었다. 그만큼 담우개란 자의 조직 관리가 철저한 것 같았다.
 "결국 봉절현으로 가야 할 것 같소."
 생각에 잠겼던 천호가 몸을 일으키며 말했다.
 남궁우현도 같은 생각인지라 말없이 고개만 끄덕거렸다.
 "사, 살려주십시오. 제발……."
 두 사람이 칼을 들고 떠날 채비를 하자 남아 있던 수적들이 새파랗게 질린 채 부들부들 떨었다.
 "지금 당장은 네놈들을 죽일 이유는 없다. 하지만 내가 찾는 사람이 잘못된다면 혈영의 전체 인원을 몰살시키겠다. 그때는 너희들도 그 속에 포함될 것이다."
 천호가 잠시 걸음을 멈추고 으르렁거린 후 몸을 날렸다.

제39장

낙혼애(落魂崖)의 전운(戰雲)

 사천성 봉절현에는 일찍이 볼 수 없었던 수많은 사람들의 유입으로 온 고을이 북새통을 이루었다. 처음에는 갑작스럽게 불어나는 손님들로 인하여 여러 객점과 주루들이 제 기능을 잃고 마비가 된 듯했지만 장사 수완을 발휘한 주인들이 임시로 천막을 치고 나무들을 잘라와 탁자와 의자를 급조하여 밀려드는 손님들에 대처해 나갔다.
 한 집 두 집 그렇게 하다 보니 어느새 모든 주루와 객점이 임시로 시설들을 확장하고 대로변의 민가에서도 점포를 개설하니 그야말로 문전성시를 이루게 되었다.

 때아닌 성황으로 객점과 주루의 주인들은 입이 함지박만하게 벌어졌지만 봉절현의 현령 소연부(蘇淵釜)는 은밀히 사람들을 풀어 갑작스런 인파의 유입을 조사했다. 속속 전해진 정보들에 의해 무림 역사상

공전절후의 대결전이 있을 것이라는 사실이 확인된 후 소연부의 낯빛은 흑색이 되었다.

꼬박 하룻밤을 고민한 소연부는 사천성 성주가 있는 성도(省都)로 급히 파발을 띄워 봉절현의 상황과 차후 대책을 물었다.

며칠 후 파발꾼에 의해 날아온 답서는 '하수불범정수(河水不犯井水)'의 여섯 글자뿐이었다.

'우물물은 강물을 침범하지 않는다'는 뜻으로 이른바 무림의 일에는 관이 개입하지 말라는 엄중한 경고였다. 그리고 덧붙여 '올해의 세금은 특별히 이 할 더 증액한다'는 말을 포졸의 입으로 전해왔다.

"죽일 놈들!"

소연부가 탁자를 내려치며 분통을 터뜨렸다.

무림대전이 발생하면 그 여파가 죄없는 현민들에게도 미칠 수 있거늘 그것에 대한 대책은 일절 강구하지 않고 그들의 유입으로 얻어진 수익만 고스란히 챙겨가겠다는 것이었다.

그것도 정식 공문이 아닌 구전으로 통보해 왔으니 그 돈이 어디에 사용될 것인지는 삼척동자도 짐작이 가는 일이었다.

"차라리 연락이나 말 것을… 에라, 이 도적놈들!"

다시 한 번 분통을 터뜨린 소연부가 아전을 불러 각 객점과 주루의 올해 세금은 작년의 한 배 반으로 증액할 것을 미리 통보하라 지시했다. 눈치 빠른 주인들은 내막을 짐작하고 일찌감치 술값, 밥값, 방값을 올려 받아 주머니를 불릴 것이다.

"네놈들이 이리로 몰려와 생긴 일이니 네놈들 주머니를 털어 해결하는 것이 당연한 것이고, 싸움이 일어나 현에까지 여파가 미치지는 말아야 할 것인데……"

소연부가 다시 한 번 보고서를 훑어보았다.

다행히 무림인들이 집결한 장소는 현민들이 밀집하여 살고 있는 곳에서 이틀여 거리 떨어진 낙혼애(落魂崖)평원이었다.

백제성터의 외곽 지역인 낙혼애평원은 비스듬한 분지 지역으로 넓은 초지가 완만하게 형성되어 있었고 서쪽 사면 한곳은 예전에 큰 지진이라도 있었는지 땅이 쩍 갈라져 천길 낭떠러지를 이루고 있었다. 그곳은 떨어지면 혼백마저 건질 수 없다고 하여 낙혼애라 부르는 절벽이었다.

"그나마 다행이군."

무림인들의 싸움터가 현에서 많이 떨어진 황무지임을 안 소연부가 작은 한숨을 쉬었다.

"이 인간들은 도대체 알 수가 없어. 누가 조금 세면 뭘 하고 또 누가 조금 좋은 칼을 들고 있으면 무슨 대수라고 죽자 살자 대를 물려가며 싸우는지… 쯧쯧, 도대체 언제나 철이 들려나……."

소연부의 얼굴에서 비웃음이 흘렀다.

            *   *   *

"이놈들은 대체 무슨 꿍꿍이인가?"

"글쎄요, 벌써 열흘째 이렇게 감감무소식이군요."

무림맹이 집결한 낙혼애평원에서는 구파일방의 연합군 일천여 명이 우선 집결하여 혈영의 침공에 대비하고 있었다.

맹이 조직됨과 동시에 각 파의 제자들을 동원하여 낙혼애평원에서 자리를 잡고 혈영의 진군을 기다렸지만 벌써 열흘이 지나도록 혈영의 모습은 눈썹도 보이지 않았다.
"우리가 아무래도 엉뚱한 곳에서 진을 친 게 아닐까요? 여기서 진을 치고 있는 사이 놈들은 다른 곳으로 진군할지도……."
주해 대사를 중심으로 구파일방의 명숙들이 한쪽을 걷어 올려 앞쪽이 훤히 트여진 천막 안에서 의견들을 나누고 있었다.
"그렇지는 않을 겁니다. 그들이 굳이 이곳 사천성 봉절현을 선택한 것은 장강의 북쪽에 위치하고 무산삼협(巫山三峽) 중 구당협(瞿塘峽)의 서쪽 입구와 가까워 장강과 무산삼협 구석구석에 숨겨둔 자신들의 세력을 투입하기 용이해서이지 결코 이 황무지가 탐이 나서는 아닐 것입니다. 설사 그들이 다른 곳에 있더라도 우리가 이곳에 있다면 이리로 달려올 것입니다. 그들의 목적은 전 무림을 발 아래에 두는 것이지 결코 어느 한곳의 땅이 필요한 것이 아니니까요."
모용상아의 논리정연한 말에 모두들 고개를 끄덕였다.
그들이 보내온 무림첩의 내용대로 변방의 척박한 땅을 벗어나 오직 중원의 한곳 땅이 필요한 것이라면 백제성터가 아니라 그 열 배의 땅이라도 내어줄 수 있는 것이지만 그것은 어디까지나 싸움을 위한 표면적인 구실에 지나지 않았다. 이곳에서 결전을 치르고 힘의 우열을 가려 중원무림을 지배하겠다는 것이 나백상의 의중일 것이다.
"그런데 왜 아직 코빼기도 보이지 않는 것일까요?"
"그렇게 급할 것도 없겠지요. 어쩌면 우리 쪽에서 충분히 준비하라는 시간을 주는 것일 수도 있고."
무당의 방제금이 평원 끝을 쳐다보며 암울한 눈빛을 빛냈다.
여러 경로를 통한 분석으로 혈영은 가공스러울 만큼 강했다. 지하 깊은 곳에서 자라나 힘을 키운 마도의 무리라면 속성으로 익힌 패도적인 절기들이 처음 한동안은 백도의 무인들을 쓰러뜨리겠지만 곧 상극의 무공이 밝혀지고 속성으로 익힌 무공의 약점이 드러나기 시작하면 승기는 서서히 백도 쪽으로 넘어오는 것이다.
 그러나 지금 기다리고 있는 혈영은 백도의 중심에 있던 제왕성에서 독버섯처럼 자라나 백도의 무공을 총망라하고 잠마혈경이라는 악마의 무공까지 섞어서 만든 사이한 무공을 지니고 있는 것이다. 지금까지 몇 번 겪어본 그들의 칼은 실로 무서웠고 소름이 끼쳤다. 그런 칼로 무장한 무리들이기에 조금도 서두르지 않고 이쪽에 충분한 시간을 주고 있는 것인지도 모를 일이다. 준비할 테면 얼마든지 준비해 보라는 듯이.
 "그건 그렇고 장천호 공자에게서 칼을 배운 아이들은 아직 다 도착하지 않았는지요?"
 주해 대사가 모용상아를 바라보며 초조한 표정을 지었다.
 "지금 현재 정휴 시주, 풍림방의 영호성 공자, 무당의 이가송 공자, 개방의 화천옥 공자 등 네 명은 이미 맹에 합류해 있습니다. 며칠 전 보내온 전갈에 의하면 점창의 유자추, 공동의 형일비, 철가장의 철도정, 그리고 종남의 임무열 공자 등 네 사람은 오늘이나 내일쯤 이곳에 합류하리라 생각됩니다."
 모용상아의 말에 주해 대사가 적이 안심이 된다는 표정이었지만 눈빛 한구석에는 아쉬움이 지워지지 않았다.
 "그렇다면 늦어도 내일이면 여덟 명이 합류하게 되는구려?"
 "그렇습니다, 맹주님."
 모용상아가 확신에 찬 어조로 대답했다.
 "그런데 장 공자는… 결국 오지 않는가 보오?"

주해 대사가 쓸쓸히 낙혼애평원 먼 곳으로 시선을 던졌다.

고승의 허망한 눈빛에 주위에 있던 사람들이 모두 입을 닫고 침묵을 지켰다.

"모두가 제 불찰입니다, 맹주님. 제 오만방자한 태도가 그 공자님의 심기를 건드렸고 믿음을 잃게 만들었습니다."

모용상아가 고개를 들지 못하고 회의에 젖어들었다.

"아니오, 아니오. 결코 군사의 잘못이 아니라오."

주해 대사가 손사래를 쳤다.

"빈승이 갔다 하더라도 그 공자를 데려오긴 힘들었을 것이오. 당신들의 피는 붉은색이고 당신들이 상대하고자 하는 사람들의 피는 검은색이냐고 했다던 그 공자의 말이 아직 가슴을 찌르는구려. 아미타불."

주해 대사가 눈을 감으며 염주알을 굴렸다.

"그 공자에게는 무림맹이나 혈영이 별다를 게 없는 사람들이었을 것이오. 무슨 대가를 받고 어느 편에 서거나 같은 편이라는 이유만으로 상대편에게 칼을 휘두를 사람이 아니었소. 오직 자기의 갈 길을 위해 칼을 들었을 것이고 그 길을 막는다면 누구에게든 똑같은 힘으로 칼을 휘두를 것이오."

주해 대사가 긴 한숨을 내쉬었다.

"너무 상심 마십시오, 맹주님. 우리 맹에서도 만반의 준비를 했고 세외무림을 비롯한 그 어느 때보다 막강한 힘이 모여 있으니 그들도 함부로 하지 못할 것입니다."

"그렇습니다, 맹주님!"

이곳저곳에서 구파일방의 젊은 제자들이 혈기왕성하게 외치자 노안 가득 미소를 띤 주해 대사가 고개를 끄덕거렸다.

"맹주님!"

주해 대사가 천천히 천막 안쪽으로 걸음을 옮기는 순간 젊은 청년 하나가 급히 뛰어 들어왔다.

"무슨 일이더냐?"

명숙들 중 한 사람이 청년을 보고 물었다.

"아직 합류하지 않았던 네 명의 공자들이 도착했답니다."

"누구 말이더냐? 장 공자와 함께 있던 제자들 말이더냐?"

주해 대사의 음성이 크게 울렸다.

"그렇습니다, 맹주님!"

"오오! 이제야 도착했구나. 어서어서 가보도록 하자. 지금 그들은 어디 있느냐?"

"지금쯤 군진 입구에 도착했을 것입니다."

"그래, 어서 가보자꾸나."

주해 대사가 말도 떨어지기 전에 서둘러 걸음을 옮겼다. 그와 함께 여러 명숙들도 주해 대사를 따라 맹주의 천막을 빠져나갔다.

"젠장! 누구는 버선발로 마중하고 누구는 천막도 하나 배정받지 못해 이슬을 맞고 노숙을 하고……."

명숙들이 빠져나간 맹주 천막 옆 세외무림의 한곳인 천산파의 제자들이 분통을 터뜨리다 곁에 섰던 소림승들의 엄한 눈빛을 받고는 입을 다물었다.

천막들이 진을 이루고 배치된 무림맹의 군진 입구에는 흑수채에서 굳이 동행을 고집한 낙섬검 우진수를 비롯한 십여 명의 흑수채 산적들과 함께 말을 달려온 임무열, 유자추, 형일비, 철도정이 먼 길을 쉬지 않고 달려온 듯 온몸에 땀과 먼지가 뒤덮인 채 물을 한 바가지씩 마시고 있었다.

"어서들 오게. 먼 길을 오느라 수고가 많았겠구나."

각 파의 명숙들이 임무열 등에게로 달려오며 환대를 하였고 맹주를 비롯한 여러 명숙들의 왕림에 영문을 모르고 우르르 따라나온 각 파의 제자들이 임무열, 유자추, 형일비 등을 알아보고 반색을 했다. 그들의 얼굴을 몰라 아직도 어리둥절한 젊은이들도 시간이 지남에 따라 하나 둘 고개를 끄덕이기 시작했다.

"이놈! 이 불효막심한 놈!"

한마디 고함 소리가 울려 퍼지며 구레나룻 중년인이 헐레벌떡 뛰어왔다.

"아이고, 아버님!"

철도정이 얼른 중년인 앞에 무릎을 꿇고 부복했다.

"이놈, 이 천둥벌거숭이 같은 놈! 이렇게 멀쩡히 살아 있으면서 사년이 다 되어가는 기간 동안 소식이라고는 서신 한 장이 전부란 말이냐! 네 정녕 부자 간의 연을 끊을 작정이었단 말이더냐!"

철가장의 장주 철사홍(鐵思弘)이 몇 년 만에 만나는 아들이 반갑고도 어이가 없어 고래고래 고함을 질렀다.

"아이고, 아버님! 거 무슨 천부당만부당하신 말씀이십니까? 소자, 아버님이 보고 싶어 뜬눈으로 지샌 밤이 새털같이 많습니다. 하지만 무림의 소용돌이에 휩쓸려 몸을 빼지 못하고 이제야 뵙게 되었습니다. 불효 자식을 용서하십시오."

"말은 청산유수로구나, 이 날건달 같은 놈!"

눈을 부라리며 당장 몽둥이 찜질이라도 할 듯 철사홍이 노발대발하였지만, 사 년의 세월 동안 훌쩍 자라 버린 아들은 일어서고 보니 신장은 오히려 자신을 한 뼘이나 능가했고 떡 벌어진 어깨와 자신을 닮아 거뭇한 구레나룻으로 뒤덮인 얼굴은 강인함이 넘쳐흘러 웬만한 장정 열 명이 달려들어 밀쳐도 꿈쩍하지 않을 무게감이 느껴졌다.

"이, 이놈!"

잠시 말문이 막혔던 철사홍이 마침내 아들 철도정을 와락 끌어안았다.

"아버님!"

철도정 역시 어린애로 돌아가 철사홍의 가슴에서 오열을 터뜨리고 말았다.

"허허! 부자 간이 애꿎은 생이별을 했던 게로고."

마중 나온 명숙들이 저마다 한마디씩 했고 유자추와 형일비 또한 자파의 장로와 사부 앞에 부목하며 긴 이별의 회포를 풀었다.

"부두령!"

무림맹의 사람들과 임무열 일행의 인사가 끝나가고 한참 동안의 웅성거림이 잦아들 즈음 이곳저곳에서 몰려 나와 빙 둘러선 젊은이들 속에서 한마디 외침이 울렸다.

임무열이 얼른 고개를 돌려 목소리가 난 곳을 쳐다보았다.

"두령은? 그리고 모진성은?"

한없이 걱정스런 표정으로 다가온 이가송이 혹시라도 두령과 모진성의 얼굴이 보일까 사방을 두리번거렸다. 이가송의 뒤를 따라 정휴, 화천옥, 영호성도 굳은 표정으로 나타났다.

"같이 오지 못했소."

반가움의 인사도 나누지 못한 채 임무열이 무겁게 고개를 흔들었다.

"지옥 끝까지라도 추적하겠다는 말을 남기고 남궁 공자와 함께 놈들의 흔적을 추적 중이오. 하지만 아직은 아무 연락이 없었소."

임무열의 표정이 어두워졌다. 그와 함께 주변에서 그들을 바라보던 사람들의 웅성거림이 서서히 사라지고 어느 순간 단 한 점의 소리도 들리지 않았다.

무슨 일들인지는 몰랐지만 심각한 표정으로 몇 마디 나눈 후 임무열 일행에게서 서서히 피어나는 살기가 사방을 감쌌다. 여덟 명의 몸에서 피어 오른 숨 막히는 살기가 어둠의 장막이 드리워지듯 사방으로 퍼져 나갔다.

"부두령이 왔으니 난 두령과 합류해 모진성을 찾겠소."

이가송이 이빨을 악물며 들고 있던 칼을 등에 단단히 동여맸다.

칼을 동여맨 이가송이 금방이라도 달려갈 듯 고개를 들어 임무열을 쳐다보았다.

"내키는 대로 한다면 우리 역시 당장 그러고 싶소."

임무열이 핏발 선 눈으로 이가송의 눈을 바라보았다.

이가송 역시 절대로 자기 뜻을 굽히지 않겠다는 듯 임무열의 시선을 마주했다.

"더 이상은 절대로 흩어지지 말라는 두령의 명령이오."

임무열이 무겁게 내뱉자 이가송이 눈을 질끈 감았다.

하나보다는 둘이, 그리고 일곱보다는 여덟이 더 안전할 것이다. 두령이 없는 지금 당장의 심정을 억누르고 서로가 서로를 지켜주어야 할 입장이다. 두령의 명령이 그것이었다.

눈을 질끈 감았던 이가송이 천천히 눈을 떴다.

"부두령의 자리는 일찌감치 잡아두었소. 우선 세수부터 좀 하시구려. 영락없는 산적이오."

이가송이 천천히 등을 돌려 앞장을 섰다.

"유 공자님."

임무열 일행이 여장을 풀고 있는 천막으로 한 여인이 물항아리를 들고 들어왔고, 그 여인을 본 유자추와 철도정이 놀라 입을 다물지 못했다.

"아니, 넌 백여우!"

철도정이 동생 철효민을 보고 소리를 질렀다.

"네가… 대체 네가 여기 웬일이냐?"

"사람 있는 곳에 사람이 왔는데 웬 호들갑이야?"

철효민이 샐쭉하게 답하고는 유자추를 보고 미소를 지었다.

"그동안 잘 지내셨나요, 유 공자님?"

"정말 뜻밖이군요, 철 소저. 철 소저도 잘 지내셨는지요?"

유자추도 철효민에게 인사하며 미소를 지었다.

"이거 어디 서러워서 살겠나. 철 소저 눈에는 유자추밖에 보이지 않는 모양이구려?"

형일비가 볼멘소리로 중얼거리자 철효민이 깜짝 놀라며 형일비와 임무열에게도 인사를 차렸다.

"안녕하셨어요, 형 공자님, 그리고 부두령님도."

"이거야 원 찔러서 절받기군."

형일비가 여전히 뚱한 표정으로 투덜거렸다.

"아무렴, 이놈아! 그냥 오다가나 몇 번 얼굴 마주친 놈하고 뜨겁게 품에 안긴 분하고 대접이 같을 수가 있느냐!"

"까아악!"

철도정의 말에 철효민이 비명을 지르며 철도정에게 발길질을 해댔다. 놀란 철도정이 철효민에게 쫓겨 천막 밖으로 도망쳤다.

"휴~ 저놈은 언제쯤 철이 들려나?"

두 남매가 천막 밖으로 나간 후 형일비가 고개를 설레설레 흔들었다.

"아이고, 저놈의 기집애! 성질머리는 네 살 때나 지금이나 변한 게 없어."

잠시 후 철도정이 동생의 발길질에 몇 군데 채였는지 정강이 쪽을 주무르며 혼이 난 표정으로 다시 천막 안으로 들어왔다.

"야, 이 자식아! 여긴 산적 소굴이 아니니 제발 좀 채신있게 행동해라."

형일비가 눈살을 찌푸리며 철도정을 바라보았다.

"아무래도 그렇지? 우리를 우러러보는 눈들이 한둘이 아닌데 좀 더 무게있게 처신해야겠지?"

"착각도 유만부득이군."

형일비가 혀를 찼다.

"이것 좀 받아주세요."

여장을 풀고 세수를 한 조금 뒤 다시 철효민이 몇 명의 여자들과 함께 담요와 임시로 숙식을 하는 데 필요한 물건들을 들고 들어왔다.

"고생이 많습니다, 철 소저."

유자추가 얼른 담요를 받아 들었다.

"그런데 철 소저는 이 험한 곳에 어쩐 일이시오?"

유자추가 철효민을 보고 걱정스런 표정을 지었다.
"여자의 도움 없이 남자들이 제대로 할 수 있는 일이 몇 개나 되겠어요? 전쟁 역시 마찬가지지요. 최후의 결전에서는 남자의 힘이 우선하겠지만 그때까지의 모든 준비 단계는 여자의 힘이 꼭 필요하지요."
철효민이 말을 하면서도 부지런히 담요와 집기들을 정리했다.
"아무리 그래도 이 험한 곳에 겁도 없이……."
철도정이 눈을 치떴다.
"각 문파마다 일정한 수의 여제자들이 할당되었고 우리 가문에서도 예외는 아니야. 그리고 싸움이 시작되면 여자들은 신속히 후방으로 돌아가게 되어 있으니 불곰 오라버니께선 걱정 마셔."
철효민이 지지 않고 빈정거리자 철효민과 같이 온 여자들이 입에 손을 가리고 킥킥거렸다.
그녀들이 보기에도 수북한 구레나룻과 큰 덩치의 철도정은 정말 불곰 같아 보였다.
"끄응~"
철도정이 신음 소리를 내며 입을 다물었다. 더 이상 씨워뫄야 이거 낼 재간도 없었고, 또 아까처럼 발길질이라도 당해 꼴사납게 쫓겨 다닌다면 동생과 같이 온 각 파의 여제자들 앞에서도 체면이 말이 아니게 될 것이었다.
그런 생각과 함께 철도정은 슬그머니 철효민과 같이 물건 정리를 하고 있는 그녀들을 훔쳐봤다.
그녀들은 얼핏 보기에도 결코 이런 시중이나 들 사람들이 아닌 명문정파의 제자들이 분명했다.
철효민이야 자신의 동생이니 그렇다 치더라도 그녀들까지 손수 이런 허드렛일을 하는 것이 의아스러웠다.
 다시 힐끔 그녀들을 쳐다본 철도정이 어렴풋이 그 이유를 짐작할 수 있었다.
 이것저것 열심히 정리하는 철효민과는 달리 그녀들은 건성으로 손을 움직이며 시선들은 연신 자신들 일행의 모습들을 훔쳐보기에 여념이 없었다.
 아마도 이들은 자신들이 도착했다는 소식을 듣고 촉각을 곤두세우고 있다가 철효민이 이곳으로 오자 돕는다는 핑계로 발벗고 따라나섰을 것이다. 그런 꿍꿍이속이 없었다면 콧대 높은 그녀들이 결코 이런 일은 하지 않을 것이다. 설사 무릎을 꿇고 부탁을 한다고 해도 콧방귀나 뀌면서 일언지하에 거절했을 여자들이다.
 '철딱서니없는 것들!'
 철도정이 내심 혀를 찼다. 지금 당장이라도 혈영의 무리들이 기습을 한다면 이곳은 순식간에 아수라장이 될 것인데 그런 상황들은 도외시한 채 제사보다는 젯밥에 더 관심을 보이고 있었다. 철효민 역시 부지런히 짐을 정리하면서도 때때로 유자추의 모습에 눈길을 주는 것을 잊지 않았다.
 "휴우~"
 철도정이 천천히 자기 가슴을 두드렸다.
 그동안 십오 년이 넘게 무림은 싸움다운 싸움 한 번 일어나지 않았으니 피보라가 일고 잘린 육편들이 펄떡펄떡 뛰는 참혹한 광경을 그녀들이 상상이나 하겠는가? 들고 있는 칼마저도 뭇 사내들 앞에서 아름다운 춤사위를 펼치기 위한 도구쯤으로 여길 터이니 이곳 백제성터는 많은 사내들과 함께 지낼 수 있는 멋진 놀이터 정도로 생각할 것이다.

혈영의 무리들이 나타나 싸움이 일어난다 치더라도 우선 우두머리들끼리 정중히 인사하고 정정당당히 비무를 하여 패자가 많은 쪽이 물러나는 정도로 생각할 것이다. 그런 중에 기회가 닿으면 자신들도 한 번쯤 참가하여 그동안 익힌 우아한 칼 솜씨를 자랑해 보고 많은 시선들을 한꺼번에 받으면, 그래서 강호의 사내들에게 이름이라도 퍼지게 되면 더없이 좋은 일일 것이다.

"이건 어디다 놓을까요, 공자님?"

생각에 잠겼던 철도정이 옆에서 들리는 목소리에 흠칫 고개를 돌렸다.

'저건 또 웬 구미호인가?'

싸움터에 온 건지 유람터에 온 건지 구별이 안 가게 차려입은 소녀 하나가 물어볼 필요도 없는 물건을 들고는 유자추에게 질문을 던졌다.

"네, 그건 이곳에 두는 게 좋겠군요. 이렇게 도와주셔서 감사합니다, 소저."

질문을 받은 유자추가 깍듯이 인사하며 답하자 들고 있던 물건을 내려놓은 소녀가 볼을 붉게 물들이며 최대한 예쁘게 보이는 표정으로 유자추를 바라보며 다시 질문을 던졌다.

"여기 말인가요, 공자님?"

"네, 거기다 두십시오, 소저."

유자추가 다시 한 번 깍듯이 대답하고 미소를 짓자 그 미소를 대한 소녀가 마치 꿈속을 거니는 듯한 표정을 지었다.

'저놈이?'

철도정의 눈꼬리가 치켜 올라갔다.

동생 철효민을 곁에 두고 감히 딴 계집에게 눈길을 돌린단 말인가?

낙혼애(落魂崖)의 전운(戰雲)　175

매서운 눈초리로 유자추를 쳐다보던 철도정이 입맛을 다셨다.
가만히 보니 자신이 이렇게 흥분할 일이 아니었다. 저놈은 누구에게나 저렇게 깍듯이 대했고 그런 몸에 밴 예절이 철도정 자신에게나 대책없이 멋없는 놈으로 보였지 다른 사람들에게까지 그렇지는 않을 것이다. 특히 여자들은 저놈의 그런 모습에 넋을 잃는 것이다.
생김새로 따진다 하더라도 신도기문 그 기생오라비 같은 놈만 빼면 자신들 중에서 이놈이 제일 나을 것이니 더 이상 말해 무엇하랴.
"흐음!"
헛기침을 한 철도정이 스윽 한 걸음 나섰다.
불곰 같은 사내의 움직임에 소녀들이 주춤 뒤로 물러섰다.
유자추에게 은근히 추파를 던지던 소녀를 보고 사나운 표정이 되어가던 철효민도 철도정의 덩치에 부딪치지 않으려 몸을 움직였다.
"자, 이건 여기다 놓고, 또 이건 여기… 그리고 이건 여기 두고, 대충 다 됐군."
철도정이 순식간에 물건들을 치우고는 손을 툭툭 털었다.
"어이, 매제! 넌 동생하고 같이 가 서서 술 몇 병 구해와! 온몸이 쑤시는 게 한잔하고 푹 자야겠다!"
철도정이 천막 안이 울리도록 고함을 지르자 유자추 곁에서 얼쩡거리던 소녀가 놀란 눈으로 유자추와 철효민을 바라보았다.
"이 자식이 또 무슨 실없는 소리야."
유자추가 이젠 지쳤다는 표정으로 철도정을 보고 이맛살을 찌푸렸다. 철효민도 잡아먹을 듯한 표정으로 철도정을 쳐다보았지만 아까처럼 발길질을 하거나 악을 쓰지는 않았다.
'백여우, 싫지는 않은 모양이군.'

내심 고소를 지은 철도정이 다시 고함을 질렀다.
"뭐 하는 거야, 자식아! 손위 처남이 시키면 냉큼 일어날 것이지! 그리고 백여우, 너도 같이 가서 술안주 좀 챙겨와!"
철도정이 보기 드물게 근엄한 표정으로 고함을 지르자 끙 하고 신음을 흘린 유자추가 몸을 일으켰다. 이런 상황에서 맞서봐야 더한 날벼락만 맞게 된다는 것이 이제까지의 경험에서 얻은 결론이었다. 철효민 또한 잠시 아미를 찌푸리며 철도정을 쏘아보았지만 철도정이 눈을 마주쳐 오자 얼른 눈을 내리깔고 도망치듯 천막 밖으로 나갔다.
'백여우, 네가 아무리 이 오라비를 깔고 앉으려 해도 형만한 아우 없는 법이다.'
철도정이 구레나룻을 스윽 쓰다듬으며 임시로 마련된 침상에 털썩 주저앉았다.
"아이구! 팔다리 허리야."
모른 척 너스레를 떨며 철도정이 닭 쫓던 개 꼴이 되어버린 소녀를 지나가는 눈길로 슬쩍 쳐다보았다. 옥용이 발갛게 물든 소녀가 잠시 주춤거렸지만 이내 아무 일도 없었다는 척 잠시 더 손을 움직이다 일을 마친 다른 소녀들과 함께 천막을 빠져나갔다.
"난생처음 오빠 노릇 한번 한 것 같구나, 이 불곰 놈아."
형일비가 쿡쿡거리며 철도정을 쳐다보았다.
"시끄러, 자식아! 저런 젖비린내 나는 애들과 노닥거리려 여기 온 것 아니니까 어서 정리하고 좀 쉬어둬. 내가 보기엔 이곳에 모인 인간들 중 제대로 싸울 인간은 손가락 안에 들 정도니까."
철도정이 고함을 지르고는 벌러덩 드러누웠다.
낙혼애평원에 진을 친 무림맹은 네 명의 후기지수들이 더 가세함으로 해서 분위기가 한층 더 고무되어 갔다.

"오빠!"
철효민이 아침 일찍부터 철도정 일행이 묵고 있는 천막 앞에서 철도정을 불렀다.
"어이구~ 저놈의 백여우."
늦잠을 즐기려던 철도정이 오만상을 쓰고는 침상에서 돌아누웠다.
이곳 백제성터에 도착한 지 삼 일이 지났고 그 삼 일 동안 아침이면 매일 겪게 되는 일이었다.
아침 일찍부터 철효민이 오빠의 게으른 버릇을 고친다는 이유로 이곳을 찾았다. 그러나 그것은 핑계일 뿐 한시라도 유자추를 빨리 보고 싶고 또한 다른 여인들의 관심을 차단하기 위함이 그녀의 본심인 것이다.
"도저히 못 참겠다! 오늘부터 자추, 네놈은 다른 천막을 써라."
철도정이 벌떡 일어나며 유자추를 노려보았다.
"이 자식이, 왜 또 괜한 사람 탓이야."
영호성이 빙글거리며 고개를 철도정 쪽으로 돌렸다.
"저놈이 여기 있으니 저 백여우가 하루에도 수십 번씩 드나드는 것 아니냐? 그러니 제발 넌 좀 다른 곳으로 옮겨라."
"야, 이 자식아! 동생이 오라버니 하나 있는 거 사람 만들겠다고 저렇게 지극 정성인데 도와주지는 못할망정 쪽박을 깨뜨리란 말이냐?"
이번에는 화천옥이 정색을 하고 철도정의 말을 막았다.
철효민이 오빠 핑계를 대고 수시로 이곳을 드나들며 이것저것 챙겨 왔고 또 철효민을 돕는다는 구실로 다른 소저들도 따라왔다. 그렇게 대접을 받았으니 이쪽에서도 차 한잔을 대접하며 자연스레 정담이 이루어지고 영호성과 화천옥의 재치있는 말솜씨에 그녀들은 웃음을 참지 못했다. 그래서 그들 여덟 명이 함께 쓰는 천막 안은 언제나 맑은 웃음소리가 넘쳐흘렀다. 그러니 그런 즐거움을 화천옥과 영호성이 자진해서 던져 버릴 이유가 없었다.

"이놈들이 싸우러 온 건가 놀러 온 건가?"

철도정이 눈을 흘기며 투덜댔다.

"뭐 하는 거야, 오빠? 아직도 안 일어난 거야?"

다시 한 번 천막 밖에서 앙칼진 고함 소리가 들리자 유자추가 천막을 걷었다.

"어서 오시오, 철 소저. 철 소저의 노력 덕분으로 저 불곰도 조금씩 나아지기 시작했습니다."

유자추의 안내로 철효민이 천막 안으로 들어와 아직도 침상에서 뭉기적거리는 철도정을 보며 도끼눈을 했다.

"새벽 댓바람부터 또 웬 난리냐, 백여우?"

철도정이 시큰둥하게 동생을 쳐다보았다.

"새벽은 무슨 새벽이야. 햇살 돌고 이슬이 다 걷혀가는데!"

철효민이 날카롭게 외치고는 임무열을 바라보았다.

"우선 밖에 준비된 식사부터 하시고 난 후 맹주님께서 여기 계신 분 모두 보자고 하십니다."

"우리 모두 말씀이십니까?"

임무열이 궁금하다는 표정으로 철효민을 바라보았다.

"네, 부두령님을 비롯한 다른 일곱 분 모두 다요."

철효민이 야무지게 대답하자 임무열이 쓴웃음을 지었다.

"철 소저까지 부두령이오?"
"오빠가 그렇게 부르는데 동생이 따라야지 어쩌겠어요. 뭐, 나중에 여유있으면 산채 하나 넘겨주시던지요."
"쿡쿡."
철효민의 대답에 형일비와 이가송이 실소를 터뜨렸다. 그들 역시 철가장의 위명은 여자들로부터라는 말을 서서히 실감하고 있었다.
"휴우~ 철 공자가 왜 그렇게 집으로 안 가려는지 이해가…… 자자, 어서들 식사하러 갑시다. 그리고 나서 맹주님을 만나뵙고."
임무열이 철효민의 눈빛을 피하며 쫓기듯이 밖으로 나갔다.

"내 여러분들을 부른 것은 다름이 아니라……."
주해 대사가 대회의장으로 쓰이는 지붕만 있는 넓고 큰 천막 밑에서 각 파의 여러 명숙들과 또 각 파 제자들의 대표로 모인 많은 젊은이들을 둘러보며 말을 꺼냈다.
"보름이 다 되도록 혈영의 모습이 보이지 않았는데 군사께서 분석한 정보에 의하면 어제 몇몇 곳에서 의심스런 움직임이 있다고 하오."
주해 대사의 말에 잠시 술렁거림이 일었다가 쥐 죽은 듯이 조용해지며 긴장감이 넘쳐흘렀다. 그동안 천막 속에서의 생활이 지루했지만 막상 대전이 임박했다고 생각하니 어쩔 수 없이 긴장이 뒤덮어왔다.
"그래서 말인데 이젠 마음을 가다듬고 실제 싸움에 대비한 전열을 편성해야 하지 않을까 생각하오."
주해 대사가 임무열 일행 여덟 명과 각 파의 젊은이들을 둘러보았다.
"무슨 말씀이신지요? 이곳의 전열은 처음부터 전투 대형으로 짜여진 것이 아니었는지요?"

명숙 중 한 사람이 의아스런 표정으로 주해 대사를 바라보았다.

"그랬었지요."

주해 대사가 고개를 끄덕였다.

"그러나 지금은 장 공자에게서 칼을 익힌 제자들이 합류하였소. 그리고 혈영이 이렇게 여유를 가지고 움직이는 것으로 보아 처음부터 맹공으로 나올 확률이 크오. 그들의 강한 예봉을 차단하려면 여기 있는 여덟 제자의 힘이 우선적으로 필요하오. 그래서 내 생각으로는 여기 있는 여덟 제자를 선봉으로 세운 전열의 재편성이 필요하다고 보오."

주해 대사의 말이 끝나자 비로소 맹주의 뜻이 무엇인지 알겠다는 듯 몇몇 명숙들이 고개를 끄덕였고 여기저기서도 작은 웅성거림이 일었다.

"천산파의 제자 묵소륵(默紹勒)이 한말씀드리겠습니다!"

한 젊은이가 일어서며 흥분된 목소리로 말했다.

"맹주님께서 하신 말씀은 저들 여덟 명의 제자들 외 다른 제자들은 도저히 믿을 수 없다는 말씀이신가요?"

"흐음—"

명숙들 중 몇 명이 찔끔하며 헛기침을 하였다. 그러나 듣기에 따라서는 그렇게 오해할 수도 있는 일인지라 즉각적인 제재를 가하지 못하고 맹주와 묵소륵의 얼굴만 번갈아 쳐다보았다.

"내 어찌 그런 생각을 하겠는가. 그것은 젊은이의 곡해일세."

주해 대사가 인자한 표정으로 일어선 젊은이를 쳐다보았다.

"그렇다면 어째서 미리 짜여진 호흡을 맞춘 조직을 재편성하려는 건가요? 저 공자들의 칼이 아무리 뛰어나다고 해도 이제 와서 조직을 재편성하는 것은 박힌 돌을 빼내고 굴러온 돌을 억지로 그곳에 끼워 맞추는 것 같은 결과를 초래한다고 생각합니다."

천산파 묵소륵의 말이 끝나자 이곳저곳에서 그 말에 동조한다는 많은 젊은이들의 목소리가 흘러나왔다.

요 며칠 동안 여덟 명의 제자들에 쏠리는 맹주를 비롯한 각 파 원로들의 관심에 혈기왕성한 다른 젊은이들은 소외감을 느꼈고, 특히 천산파는 임무열 일행이 묵는 천막 근처에 자리하였기에 자신들에게는 눈길 한 번 주지 않고 철효민을 따라 수시로 임무열 일행의 천막으로 들락거리는 각 파의 여제자들을 바라보며 내심 분개했었다.

그러한 분위기는 비단 천산파뿐만이 아니었다. 구팡일방과 사대세가는 자파의 제일제자였던 사람들이니 별 반감이 없었지만 그 외 다른 많은 세도가들의 젊은 제자들은 묵소륵의 말에 전적으로 동조하는 움직임을 보였다.

"허어—"

예상치 못한 젊은이들의 반응에 주해 대사가 탄식을 터뜨렸다.

단 한 번 겪어보았지만 혈영의 무리들은 이제껏 보지 못했던 사이한 검술을 구사했고 그 칼들은 오직 상대의 명줄을 노리는 악랄함만이 실려 있었다. 포부를 품고 정심한 칼을 익힌 백도의 제자들이 그런 칼을 갑작스레 맞닥뜨린다면 과연 적절히 대응할 수 있을까? 그들의 사특함을 뼈저리게 느끼고 마음을 다잡은 다음이라면 백도의 제자들 또한 그렇게 대처하여 막아낼 수도 있겠지만 그때는 이미 엄청난 피해를 입은 후일 것이다.

그런 참혹한 상황이 머리에서 떠나지 않은 주해 대사는 그런 칼의 피해를 최소한으로 하면서도 무서움을 똑똑히 견식시킬 수 있는 방법으로 장천호에게서 칼을 익힌 제자를 전면에 내세울 수밖에 없다는 결론을 내렸다. 각 파의 명숙들이야 소림에서 회동하면서 이미 정휴의 칼을 보았고 혈영의 무서움을 전해 들은 터라 큰 문제가 없었지만, 자존심을 꺾이느니 죽음을 택하는 게 낫다고 생각하는 젊은이들이 문제였다. 어쩌면 그들은 혈영의 무서움을 안다고 하더라도 태도를 바꾸려 하지 않을 것이다. 그것이 주해 대사가 가장 우려하는 점이면서도 또한 백도무림의 영원한 힘이었다.

'아미타불!'

주해 대사의 노안에 고뇌가 어렸다.

"묵소륵 공자님의 말이 백 번 옳습니다."

곤혹스러워하는 주해 대사를 바라보던 임무열이 낮은 음성으로 말문을 열었다.

웅성거리며 자신들의 뜻을 주장하던 젊은이들이 모든 움직임을 멈추고 임무열에게로 시선을 던졌다.

"칼만 날카롭다고 싸움에서 이기는 건 아닙니다. 서로 간의 신뢰와 잘 짜여진 조직력은 날카로운 칼보다 훨씬 더 큰 힘이지요. 우리들의 가세로 인해 서로의 신뢰에 금이 가고 조직력이 흐트러진다면 결과는 싸워보나마나 한 것이지요. 맹주님의 뜻은 잘 알겠지만 우리들의 칼은 그 모든 것을 감수할 만큼 날카롭지도 않고 오히려 짐만 될지도 모릅니다. 그러니 이번 일은 없었던 걸로 해주십시오."

임무열이 포권을 하며 주해 대사에게 고개를 숙였다.

"그렇지만······."

"그게 우리들도 편합니다."

못내 아쉬움을 나타내는 주해 대사를 보며 단호하게 말을 맺은 임무열이 천천히 몸을 돌려 자신들의 천막 쪽으로 사라졌다.
"젠장, 저 아저씨도 점점 두령을 닮아가는군."
투덜거린 이가송이 임무열을 따라 걸음을 옮기자 나머지 사람들도 자신들을 멍하니 바라보는 눈을 뒤로한 채 임무열을 따라 사라졌다.

"에이! 눈꼴시런 놈들!"
천막으로 돌아온 철도정이 천막 기둥을 걷어차며 화풀이를 했다.
"야, 이 자식아! 천막 무너지겠다."
형일비가 얼른 흔들리는 기둥을 잡으며 눈을 흘겼다.
"왜? 한자리 차지 할 줄 알았는데 무산되니 분통이 터지는 거냐?"
형일비가 철도정을 보며 빈정거렸다.
"시끄러, 이놈아! 그런 거추장스런 자리는 줘도 안 받겠지만 어떻게든 희생을 줄여보려는 늙은 고승 앞에서 새파란 놈이 고개를 발딱 들고… 썩어 빠진 정파의 자존심."
철도정이 씩씩거리며 술병을 찾아 들이켰다.
"부두령, 그만 산채로 돌아갑시다. 하루 이틀에 끝날 싸움도 아닌데 처음부터 여기 있을 이유는 없지 않소?"
울적한 마음에 잠시 동안 침묵이 이어지다 술기운이 오른 철도정이 다시 고함을 질렀다.
"두령이 처음부터 지금까지 우리를 어떻게 대했소?"
철도정의 고함 소리를 들은 임무열이 조용히 대답했다.
"무슨 소리요, 그건?"
철도정이 술병을 내려놓고 임무열을 바라보았다.
"처음 만났을 때부터 지금까지 두령은 우리를 구해주고 칼을 가르치고 돌보면서 무슨 대가를 바란 적이 있었소?"

"대가라니, 무슨 대가 말이오?"

아직도 이해가 가지 않는 철도정이 재차 반문했다.

"자신을 기다리는 진 소저를 애타게 그리워하면서도 두령은 어쩌다 인연을 맺은 우리들을 뿌리치지 못하고 끝까지 돌보아주지 않았소? 그리고 우리들이 지옥참마도법 한 초식을 다 익히고 척마단의 마수에서 한 몸 지킬 정도가 되었을 때 두령은 아무런 미련 없이 우리들을 떠나보내려 하지 않았소? 사지(死地)가 될지도 모르는 자신의 길에 우리들을 끌어들이지 않으려고."

임무열의 말을 듣는 다른 사람들의 얼굴에 그리움이 번지고 있었다.

"길다면 긴 그 기간 동안 두령이 우리들에게 단 한 번이라도 뭘 바란 적이 있었소?"

뭔가 감이 오는지 철도정도 아무 말이 없었다.

"그런 사람만이 진정한 우두머리의 자격이 있는 것이오."

"……."

"결코 우리는 여기 모인 젊은 청년들의 우두머리가 되고자 이리 온 건 아니오. 하지만 싸움이 시작되면 주해 대사님의 걱정대로 저들은 추풍낙엽이 될 것이오. 그땐 자연히 우리가 전면에 나서서 저들을 이끌어야 하오. 저들이 우리를 따를지 안 따를지는 우리 하기에 달린 것이오. 우리를 따라 저들이 하나가 된다면 혈영의 마수를 막아낼 수가 있겠지만 그러지 못한다면 우리도 여기서 전멸하게 될 것이오."

잠시 동안의 침묵이 흘렀다.

"아무것도 바라지 마시오! 그리고 이젠 여러분 자신들이 스스로 우두머리가 되시오! 두령이 우리에게 그랬듯이."

임무열이 천천히 칼을 들어 손질하기 시작했다.

"젠장! 왜 이렇게 더운 거야?"

다 때려치우고 산채로 돌아가자고 했던 자신의 행동이 무안했던지 철도정이 괜히 손부채질을 하면서 천막 밖으로 나갔다.

"어라? 백여우, 넌 언제부터 여기 있었던 거야?"

천막 밖으로 나가던 철도정이 눈물을 머금고 천막 밖에서 묵상처럼 서 있는 철효민과 몇몇 소저들을 보고 놀란 표정을 지었다.

"어쩐 일이냐니까?"

"들어가도 돼?"

철효민이 천막 안으로 시선을 던지자 철도정이 천막을 걷어주었다.

"우린 오늘 저녁 여길 떠나요."

철효민이 같이 온 여자들과 찻잔을 들고 말을 꺼냈다.

"그동안 고생 많았소. 소저들 덕분에 우린 이곳에서 아무 불편 없이 잘 지냈소."

임무열이 철효민과 그동안 낯이 익은 몇몇 소저들에게 고마움을 표했다.

"몸조심하세요, 부두령님. 그리고 여러분들 모두."

"하북팽가의 팽소려(彭素麗)가 안타까운 눈빛으로 임무열을 바라보며 안녕을 빌었다.

"이젠 팽 소저까지 부두령이오? 이러다 도저히 산적질 그만두지 못하겠소."

"그럼 저도 산적하지요."

"어머, 언니! 너무 노골적인 거 아니야?"

철효민이 얼굴을 붉히며 팽소려를 쳐다보았다.

"그래도 너보단 나아."
"어머머! 언닌 정말……."
철효민이 화들짝 놀라며 유지추를 쳐다보았다.
"그런다고 곧장 유 공자님을 쳐다보면 어쩌자는 거니?"
팽소려가 짓궂게 몰아붙이자 철효민이 팽소려의 어깨를 때리며 얼굴을 파묻었다.
천막 밖에서 임무열의 얘기를 모두 듣고 마음을 온통 빼앗긴 하북팽가의 장녀 팽소려는 그동안의 소극적인 자세를 버리고 임무열을 병아리 채듯 채서 밖으로 나갔고, 철효민도 유지추와 함께 평원 뒤쪽 작은 언덕 위에 자리를 잡았다.

"주 소저를 생각하시나 봐요?"
한동안 아무 말 없이 앉아 있던 철효민이 생각에 잠긴 채 멍하니 아래를 바라보고 있는 유지추를 보고 말했다.
"두령 생각을 했소."
유지추가 고개를 흔들며 답했다.
"그분은 왜 안 오죠?"
"올 거요, 언제나 그랬듯이."
"그럼 안심이네요. 그분이 온다면 모두들 훨씬 더 안전해지겠죠?"
"물론이오."
"……"
"주 소저는……."
"또 이런 생각도 했었소."
유지추가 철효민의 말을 잘랐다.

"이번 대전에서 만약 내가 죽게 된다면 나를 위해서 제일 많이 울어 줄 여자는 누구일까 하는……."

철효민이 숨소리조차 내지 않고 굳어졌다.

"철 소저, 당신일 것 같소."

"유 공자님!"

철효민의 목이 메어왔다.

"말은 하지 않았지만 그동안 나를 향한 철 소저의 눈빛이 나에겐 큰 힘이었소. 이번 대전에서 살아남는다면 당신을 내 아내로 맞이하고 싶소."

유자추의 손이 철효민의 손을 잡았고 온 얼굴에 눈물이 가득한 철효민이 무너지듯 유자추의 품에 안겼다.

제40장

은갑기마대(銀甲騎馬隊)

"웬 표물들이오?"
"아직 연락받지 못하였소?"
"무슨 연락 말이오?"
"석가장에서 무림맹에 보내는 표물이오. 여기 증서도 있소."

전운을 감지한 무림맹에서 이제껏 일을 돕던 각 파의 여제자들을 후방으로 보낸 다음날 오전, 무림맹이 진을 친 장소에서 산 하나를 돌아선 곳에 사해표국(四海鏢局)의 깃발을 단 표물 수송 마차 열 대가 도착했다.

산 중턱에서 보초를 서던 화산파의 제자들이 그들을 막아서며 신분을 확인하였으나 증명서와 그 외 모든 것이 완벽하였다. 마차 안을 조사해 보고 마차마다 가득한 쌀 가마니 외에는 별다른 것이 없음을 확인하고는 사해표국의 표물 수송 마차를 통과시켰다.

같은 시각!

반대쪽 산모퉁이에서도 똑같은 상황이 벌어지고 있었다. 그곳은 점창파의 제자들이 보초를 서고 있었다. 그들 역시 수시로 보급되는 쌀가마니인지라 별 의심 없이 통과시켰다.

열 대의 마차에 쟁자수(爭子手) 한 명과 표사 한 명씩 하여 스무 명의 사내들이 산모퉁이를 완전히 돌아 초록이 우거진 숲 근처에 도착했을 때 마차는 신속히 숲 속으로 스며들었고, 그중 다섯 대의 마차 안 쌀가마니 속에 숨어 있던 서른 명의 건장한 사내들이 가마니를 칼로 찢고 마치 알주머니에서 거미 새끼들이 기어나오듯 쏟아져 나왔다.

마차에서 내리자마자 그들은 신속히 마차를 끌던 사십 필의 말을 마차에서 풀어냈고 다른 마차 다섯 대의 쌀 자루 속에서는 은색 갑주들을 꺼내어 말에 착용시켰다. 마차에서 풀어낸 사십 마리의 말과 호위무사가 타고 온 열 마리의 말이 합하여 말은 정확히 오십 마리였고 그 말에 갑주를 채우는 사내들도 정확히 오십 명이었다.

신속히 말에 갑주를 채운 사내들은 자신들도 은색의 갑주를 착용하기 시작했다.

채 일 다경도 되기 전에 완전 무장을 끝낸 사내들은 마차 바닥에 길게 뉘어진 장창을 꺼내 들었다. 그리고 허리에는 무거운 도를 찼다.

처음부터 끝까지 일체의 소리도 내지 않고 톱니바퀴가 맞물리듯 정확하게 움직이는 그들의 모습에서는 오싹한 귀기마저 흘러내렸다.

"등마(登馬)."

우두머리인 듯한 한 사내의 짤막한 명령이 있자 갑주로 무장한 사내들이 일제히 말에 올랐다. 무거운 갑주를 몸에 걸쳤지만 사내들의 움직임은 깃털처럼 가벼워 보였다.

모두 말에 오르고 진군 준비가 완벽하게 끝나자 제일 앞에 선 사내가 고개를 들어 해의 높이를 가늠했다. 잠시 그렇게 해를 쳐다보던 사내가 활을 들고 있던 사내를 보고 손짓을 했다.

피이잉—

대초명적(大哨鳴鏑) 한 대가 긴 울음을 물고 하늘로 쏘아져 올랐다. 지칠 줄 모르고 치솟는 화살은 끝내 허공을 뚫고 시야에서 사라졌다.

피이잉—

화답이라도 하듯 반대 편 야산 모퉁이에서도 똑같은 울음을 흘리는 화살이 날아올랐다.

그것을 본 사내들의 눈빛이 투구 속에서 번쩍 하고 빛났다.

"거창(擧槍)."

사내의 구령에 따라 오십 개의 장창들이 똑같은 각도로 들어 올려졌다.

"전속 진군(全速進軍)!"

사내가 박차를 가하며 고함을 지르자 이미 흥분하여 콧김을 내뿜고 있던 말들이 긴 울음소리를 내지르며 미친 듯이 질주하기 시작했다.

"뭔가, 저건?"

두 개의 대초명적이 섬뜩한 곡성을 울리며 사라지자 무림맹 곳곳에서는 의문을 내포한 눈빛들이 허공을 향했다.

"어떤 놈들이 심심해서 활 쏘기 내기라도 하는 것인가?"

한참 더 화살의 궤적을 쫓던 사람들은 따가운 햇살에 더 이상 견디지 못하고 눈을 감은 채 양손으로 눈을 비볐다.

두두두두―

과도한 태양 광에 노출됐던 망막이 제 기능을 잃었다가 서서히 사물을 인식할 때쯤 요란한 말발굽 소리와 함께 그들의 눈에는 마치 환영처럼 은갑기마대가 진군해 오고 있었다.

"적이다!"

아직도 허상과 실상의 구분이 덜 된 몇몇 사람들 옆에서 다급한 외침들이 터져 나왔고 적의 침공을 알리는 북소리가 미친 듯이 울려 퍼졌다.

아침을 먹고 포만감에 젖어 잠시 긴장이 늦추어진 무림맹의 한가운데로 은갑기마대가 순식간에 치달아왔다.

"막아라!"

"전열을 형성하라!"

누군가의 입에서 우렁찬 외침이 흘러나왔지만 상상도 못한 방식의 기습에 그 목소리는 공허한 메아리가 되어 흩어졌다.

"크악!"

제일 앞에서 칼을 휘두르던 중년인 한 명이 장창에 심장이 꿰뚫려 비명을 질렀다. 그것을 신호로 여기저기서 처절한 비명들이 울렸다. 은갑기마대가 최초로 모습을 드러내고 촌각도 지나지 않아 무림맹 한복판에선 수십 명의 사람들이 목숨을 잃었고 진영은 그야말로 쑥대밭이 되었다.

온몸의 공력을 끌어올려 충분히 운기하고 두 발을 군건히 땅에 붙인 채 장풍을 날리든지 권격을 내지르든지 하는 무림인들의 공격은 전신을 갑주로 무장하고 장창으로 먼 거리에서 무차별적으로 휘두르는 은갑기마대의 공격에는 속수무책이었다. 그렇게 우왕좌왕하는 사이 무림맹의 피해는 급속하게 늘어났다.

"모두 물러서라!"

큰 고함 소리와 함께 비교적 중앙에서 떨어진 곳에 진을 치고 있던 무당의 명숙들이 제자들과 함께 은갑기마대의 왼쪽 측면에서 쇄도해 들어왔다. 동시에 오른쪽 측면에서도 군소방파의 연합 세력들이 은갑기마대를 향하여 칼을 휘두르며 달려들었다.

파죽지세로 무림맹 깊숙이 유린하여 들어온 은갑기마대가 양 옆에서 쇄도하는 무림맹의 인원들을 보며 전진을 멈추고 상황을 살폈다. 그 틈을 노려 일방적으로 몰리던 무림맹의 인원들이 후퇴할 시간을 벌게 되었고 은갑기마대의 공격권 밖으로 신속히 후퇴하였다.

"삼각진을 형성하라!"

양쪽에서 수백 명의 무림맹 인원들이 공격해 오자 은갑기마대의 어느 곳에서 한줄기 목소리가 울려 퍼졌고 잠시 움직임을 멈추었던 기마대가 신속히 이동을 했다. 그리고는 순식간에 삼각 깃발 모양의 배치를 하고 장창을 길게 앞으로 내밀었다.

무림맹 역시 비록 기습을 당해 순식간에 기마대의 숫자만큼인 근 백명의 사상자를 냈지만 일단 숨 돌릴 틈을 찾고 난 후부터는 서서히 전열을 정비하면서 기마대를 에워쌌다. 수적으로 따진다면 무림맹은 기마대보다 열 배 이상의 인원이었으므로 완전히 기마대 주위를 둘러싸 물샐틈없는 포위망을 구축하였다.

"이놈들!"

무당의 현청 진인(鉉靑眞人)의 눈에서 불길이 뿜어져 나왔다.

아무리 철갑으로 무장을 하였지만 단 백 기의 기마대로 무림맹 한가운데로 뛰어들어 무차별 공격을 시도하다니! 이놈들은 백도 무림맹을 허깨비로 안단 말인가?

안정을 찾은 다른 무림맹 고수들의 눈에서도 서서히 살기가 일었다.

"한 놈도 살려 보내지 않겠다!"

현청 진인이 칼을 높이 쳐들었다.

"타앗!"

땅을 박찬 현청 진인의 신형이 허공으로 솟구쳤다.

비조같이 날아오른 현청 진인의 몸놀림에 삼각진의 모서리에 서 있던 철갑기수가 미처 장창을 움직이지 못하고 고스란히 현청 진인의 검세에 노출되었다.

까강!

불똥이 튀면서 둔중한 쇳소리가 온 벌판에 울려 퍼졌다.

"우욱!"

현청 진인이 손아귀가 찢어진 채 덜덜 떨리는 손으로 칼을 떨어뜨리지 않으려 안간힘을 쓰며 겨우 들고 있었다. 반면 현청 진인의 공격을 받은 철갑기수는 상체 크게 흔들리며 말에서 떨어지기 일보 직전에 장창을 이용하여 땅을 짚고는 가까스로 중심을 잡았다.

"이놈들은?"

무당파와 함께 철갑기마대의 반대쪽 옆구리를 공격하고 나왔던 천산파의 장로 한 사람이 도저히 믿을 수 없다는 표정으로 칼을 다잡았다. 무당 고수의 수십 년 공력이 실린 칼이라면 아름드리 나무 둥치도 무 자르듯 자를 수 있다. 그런데 저놈들이 입고 있는 갑옷은 무당파 현청 진인의 칼을 퉁겨내고 손아귀를 찢어지게 만들었다. 그리고 말에서 떨어질 듯 휘청거리긴 했지만 결국은 마상에서 건재했다.

뭇단처럼 싹둑 잘리지 않아도 칼에 부딪친 충격으로 큰 내상을 입고 피를 토하며 날아가야 말이 되는 것이다. 그런데도 저렇게 멀쩡한 모습이라면 저놈들은 외문기공을 익힌 놈들이다. 외문기공을 익혀 강철처럼 단단한 신체에 다시 가공할 만한 재질의 갑주를 몸에 걸쳤으니 가히 금강불괴와도 맞먹을 수 있을 법하다.

맹주가 그렇게 노심초사하며 혈영의 무서움을 피력할 때는 그러려니 했는데 실제로 눈앞에서 접하고 보니 이제야 그 말이 가슴 깊이 전해진다.

"하앗!"

천산파의 고수가 가까이에 있는 기수를 향해 쇄도해 들었다.

"위험하오!"

누군가 옆에서 고함을 질렀으나 천산파의 고수는 곧장 허공을 뛰어올랐다.

슈욱─

쉭─

다섯 개의 창이 동시에 허공으로 뛰어오른 천산파의 고수를 향해 뻗어 나왔다. 이미 무당파 현청 진인의 공격을 한 번 받은 후 대비를 하고 있던 기마대는 이번에는 반사적인 합격술로 대응했다.

"크악!"

허공에서 신형을 멈추지 못하고 다섯 개의 장창에 몸이 꿰뚫린 천산파 고수가 피를 뿜으며 비명을 토했다.

권법이나 장법, 검이나 도 등을 사용하는 무림인으로서는 군인들이나 사용하는 이런 장창의 위력을 실감하지 못했다. 장병기일수록 움직임이 둔하고 허점이 많았다. 하지만 이런 식으로 몇 명이 한 조가 되어 합격술로 대응한다면 그 허점은 깨끗이 지워지고 대신 무시무시한 장점만이 남게 된다.

그 무서운 장창의 위력 앞에서 그것을 간과하고 달려들던 천산파의 고수 한 사람이 절명하고 말았다.

휘익—

다섯 개의 창이 하나라도 된 듯 똑같이 움직이며 창끝에 몸이 꿰뚫려 아직도 허공에 떠 있는 천산파의 고수를 멀리 내동댕이쳤다. 천산파의 고수가 끈 떨어진 연처럼 십여 장을 날아가 바닥에 굴렀다.

"사부님!"

"사숙!"

천산파의 제자들이 시신이 떨어진 곳으로 비명을 지르며 달려갔다.

"이, 이놈들!"

절명한 자파의 고수를 본 천산파의 제자들은 눈이 뒤집혔다.

"산개(散開)!"

아랑곳하지 않은 은갑기마대의 한쪽에서 한마디 명령이 떨어졌다.

두두두—

말들이 발굽을 높이 들며 앞으로 달려나가기 시작했다.

움츠렸던 삼각형의 전열이 그대로 확대되는 듯 늘어나며 창끝을 앞으로 쭉 뻗은 기마대가 장창을 이용해 마음껏 무림맹을 유린하였다.

빠르게 산개하며 세 방향으로 퍼져 나갔지만 애초의 삼각형 전열은 그대로 유지한 채 삼각형의 크기만을 키워갔다. 그런 식으로 전열을 유지함으로써 배후의 공격은 신경 쓰지 않고 오로지 전방의 목표만을 찔러갈 수 있었다. 어쩌다 기마대 사이를 통과해 삼각진 안으로 뛰어들라 치면 어김없이 두 명의 기수가 양쪽에서 창을 찔러와 치명상을 입게 되었다.

"크악!"

"으윽!"

순식간에 이곳저곳에서 다시 비명들이 울렸다.

"우우우우―"

은갑기마대의 공격으로 재차 아수라장이 되어가고 있는 무림맹 인원들 속에서 긴 사자후가 울려 퍼졌다.

고막을 찢을 듯한 사자후에 무림맹의 무사들이 바로 뒤에서 혈영의 은갑기마대가 쫓아오는 사실도 잊은 채 양 손으로 귀를 막았다. 은갑기마대 역시 귓속을 파고드는 사자후는 갑주로도 막을 수 없었는지 주춤거리며 공격을 멈추었다.

"모두 물러서시오!"

사자후가 멈추고 난 후 사방에서 큰 소리의 외침이 울렸다.

영문을 알아챌 틈도 없이 무림맹의 무사들이 신속히 뒤로 물러서자 넓은 삼각진을 형성하고 있는 은갑기마대 주위로 여덟 명의 젊은이가 넓은 도를 비스듬히 늘어뜨리고 서 있었다.

'저들은?'

지독한 살기를 뿌리며 팔방에서 기마대를 포위하고 서 있는 **여덟 명**의 젊은이들은 지옥마도 장천호에게서 칼을 배운 백도무림의 제자들이었다.

"우우―"

그들 여덟 명 개개인에게서 뿜어져 나오는 암흑의 살기가 마치 긴 띠를 연결한 것처럼 원을 이루어 기마대를 에워싸며 옥죄어갔다.

숨 막힐 듯 조여오는 살기에 은갑기마대원들이 자신도 모르게 뒷걸음질치며 커다란 삼각진의 간격을 서서히 좁혔다.

그와 함께 암흑류의 기운을 최대한 끌어올린 젊은이들이 흡사 강시처럼 천천히 앞으로 움직였다.

"타아—"

기마대의 삼각진이 더 이상 좁혀질 수 없을 만큼 좁혀졌을 때 한줄기 기합성이 울리며 동시에 여덟 명의 청년들이 바람처럼 기마대를 향해 덮쳐들었다.

깡!

까강!

따땅!

"크윽—"

"으윽!"

놀랍게도 금강불괴와 같았던 기마대의 갑주가 잘려져 그 파편이 허공으로 떠오르고 있었다. 무시무시한 장창의 합격술도 그들의 넓은 도 앞에서는 연한 죽순에 불과했다.

수적인 우세로 한 명의 젊은이를 향해 열 개의 장창이 쏟아져 내렸지만 여덟 명의 젊은이가 휘두르는 가공할 중검은 차례로 그 장창들을 잘라 버렸다.

장창의 위협을 무력화시킨 젊은이들은 결코 무림맹의 고수들처럼 몸을 허공으로 날리거나 하지 않고 발을 굳건히 땅에 붙인 채 무거운 도로 갑주를 둘러쓴 말의 머리통을 후려쳤다.

갑주가 찢어지며 말의 머리가 잘리거나 혹여 그렇지 않다손 치더라도 내상을 입은 말들은 피를 토하며 털썩털썩 바닥에 쓰러졌다.

말에서 떨어지거나 쓰러지는 말에서 뛰어내린 갑주기수들 역시 굳건히 땅에 발을 붙인 여덟 명의 청년들이 휘두른 천근추 같은 도에 팔이 잘리거나 목이 잘리기 시작했다.

"하마(下馬)!"

기수들 속에서 다시 한줄기 구령이 울렸다.

말을 탄 자세가 유리할 것이 없고 오히려 위험하다고 판단한 그들은 신속히 말에서 내려 허리에 차고 있던 도를 빼 들었다.

스무 명 정도의 기수들이 죽거나 쓰러졌지만 아직도 그들은 팔십여 명이 남아 있었고 후기지수 한 사람 당 각각 열 명이 에워쌌다.

"쳐라!"

은갑의 기수들이 일제히 여덟 명의 백도 후기지수들을 향해 칼을 휘둘렀다.

쨍!

쨍!

은갑에 반사된 햇빛이 번쩍거리며 온 들판에 흩뿌려졌고 또한 그들이 휘두르는 칼에서도 은빛 광채가 난무했다.

쨍강—

"크악!"

포위망에 둘러싸인 후기지수들의 무지막지한 중검이 은갑인들의 몸을 무지막지하게 후려쳤고 은갑이 찢어지거나 안으로 푹 꺼지며 치명상을 입은 사람들의 입에서 비명이 터져 나왔다.

'숫자가 너무 많다!'

임무열이 어지럽게 쏟아지는 은갑인들의 칼을 막으며 숨을 몰아쉬었다. 암흑류의 패도적인 내력으로 여러 개의 갑주를 찢고 혈영의 무리들을 베었지만 무섭도록 튼튼한 재질의 은갑은 생각보다 몇 배의 내력을 요구했고 어느 순간부터는 도가 퉁겨져 나오기 시작했다.
 '젠장! 그때 두령이 시켰던 훈련을 배 아프단 꾀병으로 빼먹지만 않았어도……!'
 화천옥도 이빨을 갈며 은갑인들의 칼을 막기에 여념이 없었다.
 "죽일 놈들! 이제 우리 차례다!"
 그때 후기지수들의 투혼에 온몸 가득 더운피가 솟아오르는 듯한 기분을 느낀 백도의 젊은이들이 이젠 죽음 따윈 아랑곳 않는다는 모습으로 후기지수들의 뒤를 따랐다.
 해남검문의 백중호가 광기 어린 눈빛으로 정휴가 포위되어 있는 은갑인들에게로 뛰어들었다.
 그것을 신호로 이제껏 일방적으로 몰리며 힘 한번 제대로 쓰지 못했던 무림맹의 젊은이들이 함성을 지르며 은갑인들을 향해 뛰어들었다.
 "중놈! 아직 살아 있느냐?"
 백중호가 파랑검을 펼치며 정휴를 포위한 은갑인들에게 칼을 휘둘렀다.
 마상에서 장창을 휘두르는 공격에는 속수무책이었지만 땅에서 칼로 하는 싸움에는 더 이상 불리할 것이 없는 무림인들이 은갑기마대를 에워쌌다.
 포위망을 형성하여 한 사람을 공격하던 은갑인들이 순식간에 포위망을 풀고, 대여섯 명씩 한 조가 되어 서로의 등을 맞대고 원진을 구성하며 자신들을 포위한 무림맹의 사람들을 상대했다. 그 틈에 여덟 명의 후기지수들은 죽음의 포위망에서 벗어나 가쁜 숨을 고를 수 있게 되었다.

"이젠 좀 쉬시오! 지금부터는 우리가 상대하겠소!"

무림맹의 청년들이 각각 임무열 등을 부축하며 그들의 상태를 살폈다. 과도한 내력 운용으로 검붉게 변한 얼굴색과 여러 군데 상처를 입은 후기지수들은 금방이라도 쓰러질 듯 휘청거렸다.

"당신들 상대가 아니오."

유자추가 도를 땅에 짚고 무릎을 꿇으며 울컥 한 모금 선혈을 토해 냈다.

"알고 있네. 하지만 사위가 될지도 모르는 놈을 죽음의 진 속에 더 이상 놓아둘 수는 없는 일이지."

유자추가 얼른 얼굴을 들었다.

구레나룻 가득한 중년인의 얼굴에서 철도정의 얼굴이 겹쳐져 왔다.

"철 대협!"

"그래, 이젠 좀 쉬게."

철사홍이 고개를 끄덕거렸다.

"일주천(一周天)… 일주천 운기할 시간 동안만 부탁드리겠습니다."

유자추가 신속히 몸을 날려 멀찍이 떨어진 천막 안으로 들어가 운기를 시작했다.

"너희들은 호법을 서라!"

철사홍이 명령을 내리자 몇 명의 젊은이들이 천막으로 달려가 호법을 섰다.

포위망에서 빠져나온 후기지수 여덟 명이 운기하는 동안 무림맹은 다시 은갑인들을 포위하며 대치했다. 후기지수들이 죽음 직전에 이를 정도로 활약한 덕에 장창을 들고 마상에 있던 백 명의 은갑인들이 이제는 수적으로도 반 정도로 줄어들었고, 창을 버리고 마상에서 내려 똑같이 칼을 들고 있는 형상이 되었다. 그것만으로도 천양지차였다. 갑주로 무장을 하였지만 같은 칼이라면 충분히 상대할 수가 있는 강호인들이었다.

"섣불리 공격하지 마라!"

각 파의 명숙들이 콧김을 뿜어내는 자파 제자들을 진정시켰다.

"네놈들의 그 두꺼운 껍질을 내 직접 견식해 보리라."

모산파의 장로 궁노진(宮爐陳)이 이빨을 드러내며 으스스한 웃음을 흘렸다.

우우웅—

궁노진의 손바닥에서 푸르스름한 빛이 둥글게 뭉쳐졌다.

세외 신비문파로 괴이무쌍한 무공을 많이 선보인 모산파의 절기가 궁노진의 손에서 펼쳐지는 순간이었다.

슈욱—

궁노진이 쌍장을 쭉 뻗었고 쌍장에 뭉쳐 있던 푸른 빛덩어리가 너풀너풀 춤을 추며 앞에 있는 은갑인에게 날아갔다.

"귀화장(鬼火掌)!"

무림인들의 뇌리에서 오래전에 잊혀졌던 기억들이 되살아났다.

몇십 년 전 모산파의 고수에게서 펼쳐졌던 귀신의 불꽃인 귀화장이었다. 한번 펼쳐지면 목표물을 다 태우기 전에는 물로도 흙으로도 결코 끌 수 없는 지옥의 불꽃이 은갑인의 갑주에 달라붙었다.

화르르—

은갑 한곳에서 일어나기 시작한 화염은 삽시간에 은갑인의 전신으로 퍼져 나갔다.

"으흑!"

이글거리는 화염에 의해 점점 뜨거워짐을 느낀 은갑인이 놀라 비명을 질렀다.

"으아악!"

마침내 은갑인이 더 이상 참지 못하고 바닥에 굴렀지만 귀화장의 불길은 조금도 누그러지지 않았다.

철컹!

은갑인이 매미가 껍질을 벗듯 은갑을 벗어 던지고 맨몸으로 빠져나왔다.

휘이잉—

은갑을 벗어 던진 사내는 보복이라도 하듯 무거운 도를 사방으로 휘두르며 앞에 있는 무림인들에게 쇄도해 들었다. 웬만한 칼은 퉁겨낼 정도의 외공을 익힌 사내의 무공은 은갑이 없어도 고수의 수준이었다.

"으악!"

사내의 칼에 걸린 무림맹의 젊은이 하나가 비명을 지르며 무너져 내렸다.

"쳐라!"

외침과 함께 사방에서 포위망 안에 든 은갑인을 공격하였고 여러 차례의 공격 끝에 은갑을 벗어 던진 사내의 목이 허공에 떠올랐다. 하지만 그 외의 은갑인들은 여전히 무사한 채 칼을 휘둘렀고 마상에서 장창을 휘두를 때만큼은 아니더라도 무림맹의 청년들이 속속 쓰러지기 시작했다.

"저놈들은 정말 무적인가? 모두 물러서라!"

소림의 공공 대사가 젊은이들을 물리며 앞으로 나섰고 그와 함께 각파의 명숙들이 전면으로 나서게 되었다. 제자들의 내력으로는 결코 저놈들을 물리칠 수 없었음이다.

핑—

공공 대사의 탄지신통이 은갑인 한 명의 눈을 가격했고 눈에 피를 쏟은 그 은갑인이 괴성을 지르며 땅바닥을 굴렀다. 그와 함께 모든 명숙들이 깊은 내력을 쏟아 부은 내가중수법으로 은갑인들을 상대했고 한 명 두 명씩 은갑인들이 무릎을 꿇었다.

"후퇴!!"

위기를 느낀 은갑인들이 퇴각 명령에 따라 자신들이 타고 왔던 말들이 있는 곳으로 퇴로를 뚫으며 필사의 탈출을 전개했다.

깡! 까강!

수십 명의 은갑인들이 한곳을 향해 집중적으로 공격하며 쏘아져 나가자 그쪽을 막고 있던 무림맹의 포위망이 무너졌고 퇴로를 확보한 은갑인들이 갑주로 무장된 말들에 오르기 시작했다.

"어림없다!"

그 순간 운기를 끝낸 화천옥이 훌쩍 날아오르며 도를 내려쳤고 은갑과 함께 어깨가 잘린 사내가 경악스런 눈을 뜨고 말 아래로 무너졌다.

"네놈은 내가 상대한다!"

철도정 역시 말의 다리를 후려치며 무너져 내리는 은갑 기수의 목을 날렸고 이곳저곳에서 운기를 끝내고 다시 나타난 여덟 명의 후기지수들이 퇴각하려는 은갑인들을 상대하기 시작했다.

쨍! 쩌정—

도검불침의 금강불괴 같던 은갑들이 후기지수들의 악마적인 중검 앞에서 갈라지고 찢겨지기 시작했다.

"으으… 인간들이 아니다!"

은갑인들과 싸우는 후기지수들을 지켜보는 무림맹의 사람들이 신음을 흘렸다.

자욱한 살기를 흩뿌리며 미친 듯이 칼을 휘두르고 후려치는 후기지수들의 모습은 정녕 지옥의 야차들이었다. 한번에 내려쳐서 치명상을 입히지 못한 상대에게는 두 번, 세 번을 가격해서 결국 은갑을 찢고 상대를 도륙하고야 마는 그들의 모습은 정녕 소름이 끼쳤다.

"대체 어떤 수련을 받았기에 저 정도란 말인가?"

저건 무슨 무공을 익혔느냐 이전에 어떤 수련을 받았는가 하는 데서 오는 무서운 투지였다. 저런 투지 앞에서는 그 어떤 고수라도 기가 질리게 마련이다.

무지막지한 중검과 쾌속 무비한 쾌검이 쉴 새 없이 이어지며 악귀처럼 상대를 공격하는 후기지수들의 공격에 마침내 마지막 은갑인이 쓰러지고 여덟 명의 후기지수들은 헐떡거리며 뒤로 물러났다.

"야, 걸개! 나 지금 살아 있는 거냐?"

피를 한 사발이나 쏟은 이가송이 화천옥을 바라보며 비틀 바닥에 쓰러졌다.

"그러게 이놈아, 두령이 뛰라고 할 때 꾀부리지 말고 뛰었으면 이런 일은 없었을 거 아니냐?"

화천옥도 이가송 옆에 쓰러지며 창자가 뒤틀린 듯 창자 속의 모든 것을 토해냈다.

단 한 사람도 남김없이 여덟 명이 모두 바닥에 드러누워 숨을 헐떡거렸지만 무림맹의 누구 한 사람도 쉽게 그들 곁에 접근하지 못했다. 그들 여덟 명에게서 풍겨지는 살기와 좀 전까지 그들이 휘두르던 악마적인 칼에 승리의 기쁨도 인식하지 못하고 모두 얼어붙어 있었다.

"크흑―"

기혈이 뒤틀린 형일비가 결국 피를 토하며 혼절하였고 그제야 무림맹의 젊은이들이 우르르 몰려와 상세를 살폈을 때 놀랍게도 그들 여덟은 모두 빈사 상태에 빠져들어 있었다.

처절한 접전이 있은 후 무림맹은 아수라장이 된 낙혼애평원을 정리하고 부상자와 전사자를 파악했다.

사망 백이십여 명에 부상은 싸울 수 없을 정도로 심각한 사람만 따져도 이백이 넘었다. 단 한 번의 습격으로 엄청난 피해를 입었지만 지옥마도 장천호에게서 칼을 익힌 여덟 명의 후기지수들이 있었기에 그 정도로 그쳤지 그렇지 않았다면 전멸하고 말았을 것이라는 생각에 오히려 다행이라 여기고 있었다.

무림맹의 사람들이 후기지수들에게 고마움을 표하고 그들의 상태를 살피고자 모여들었지만 그들은 똑같이 혼수상태에 빠져 의식을 놓고 있었다. 무림맹 일천이 달려들어도 감당할 수 없었던 은갑기마대 일백기를 단 여덟 명이서 상대한 싸움이었으니 얼마나 엄청난 내력을 쏟아 부었을 것이며, 그런 후의 몸 상태가 어떠할 것인지는 오히려 짐작조차 가지 않는 일이었다. 인간으로서는 도저히 불가능한 극한의 칼을 휘두르는 그들이기에 그 칼들을 직접 보고도 믿어지지가 않았다.

"상태가 어떻소?"

무림맹주 주해 대사가 근심 어린 얼굴로 그들을 살피고 온 여러 방파의 명숙들에게 질문을 던졌다.

"글쎄요, 지금 여기서 무어라 말씀드리기 힘들군요."

각 파의 명숙들이 어두운 얼굴로 말을 꺼렸다.

"왜 그러시오? 뭐가 잘못되기라도 한 것이오?"

주해 대사의 목소리가 높아졌다.

"여기서 말씀드리기는 무엇하니 주위를 물리고 다른 곳으로 가시지요."

어두운 얼굴을 한 명숙들을 따라 무림맹의 수뇌부가 맹주 천막으로 자리를 옮겼다.

"그게 무슨 말이오? 암흑의 기운이라니?"

주해 대사와 몇몇 장로들이 놀란 얼굴로 반문했다.

"그렇습니다, 맹주님. 저들의 몸에는 무당이나 소림 등… 그들이 이전에 몸담았던 문파의 공력은 단 한 점도 남아 있지 않습니다. 대신 그들의 몸에 흐르고 있는 진기는 정체를 알 수 없는 지독히 어두운 지옥의 유부와도 같은 암흑의 기운이 흐르고 있습니다."

"그런 말도 안 되는…… 명문정파의 제일제자였던 그 아이들의 몸에 암흑의 기운이라니! 그럼 저 아이들이 마도의 인물이 되었단 말이오?"

점창의 장로 전요담(田堯憺)이 고함을 질렀다가 놀란 눈으로 주위를 두리번거렸다.

"괜찮소. 음파를 차단하고 있으니 지금 하는 얘기는 천막 밖으로 나가지 않습니다."

무당파 현청 진인의 말에 전요담이 안심하는 표정으로 고개를 끄덕였다.

"정말로 저 아이들의 몸에 마의 기운이 흐른단 말입니까?"

"글쎄요, 무엇을 마라 하는지 잘은 모르지만 마 따위는 비교도 할 수 없는 엄청난 기운이지요. 이제까지 한 번도 느껴보지 못했던, 아니, 듣도 보도 못했던 기운이오."

"그, 그렇다면 마의 기운은 아니란 말이군요?"

누군가 안도의 목소리로 외쳤다.

"마도니 백도니 하는 차원을 넘어선 극강의 기운이었소. 그게 마라면 극마(極魔)라 할 것이오."

"어허!"

안도하던 목소리가 다시 걱정스레 다시 탄식했다.

"그냥 마의 기운도 아닌 극마의 기운이라면 정말 큰 문제가 아니오?"

"아미타불!"

주해 대사의 불호가 걱정 가득한 목소리를 지우며 천막 안에 울려 퍼졌다.

촤르륵—

잠시 불호를 외치고 염주알을 굴리던 주해 대사가 가슴속에서 서찰 한 장을 꺼내 펼쳤다.

"여기 그동안 무림맹의 일로 이곳저곳에서 연락하던 서찰 중의 하나요. 잘들 보시오."

고승의 선문답 같은 말에 모두 멀뚱히 서찰만 바라보았다.

"내가 이 서찰을 지금껏 품속에 지니고 있었던 것이 큰 불경을 저지른 일이 아닌지요?"

아직까지 말뜻을 알아차리지 못한 명숙들이 눈만 크게 뜨고 서찰의 내용을 읽었다. 내용은 단순한 정보를 전하는 것이었다.

"무슨 말씀이신지……?"

잠시 더 말이 없던 명숙들 중 누군가 결국 질문을 던졌다.

"이 서찰에 적힌 글을 보시오. 이 글은 세상에서 가장 검은색인 먹을 갈아 쓴 것이오. 그러니 암흑의 기운이 서린 이 물건을 지금껏 가지고 있는 빈승은 반도가 되는 것이 아니오?"

아무 말도, 아무 소리도 없었다.

한참 동안 그렇게 묵상처럼 앉아 있는 사람들 귀에 다시 주해 대사의 음성이 들려왔다.

"흑은 흑일 뿐이고 백은 백일 뿐이오. 암흑이면 무조건 마도이고 양광(陽光)이면 무조건 정도라고 누가 못 박아놓았소? 암흑이 없다면 어찌 광명이 있을 수 있을 것이며, 암흑이 아니면 그 무엇이 지친 생명들에게 포근한 잠자리를 마련할 것이오?"

주해 대사가 다시 염주알을 굴리며 눈을 감고 입술을 달싹거렸다.

"모두 나가보시오. 빈승은 이 서찰을 다시 품속에 간직하겠소."

주해 대사가 펼쳤던 서찰을 조심스럽게 접어 다시 품속에 갈무리하자 우두커니 일어섰던 명숙들이 깊숙이 고개를 숙인 후 맹주 처소를 나섰다.

맹주 처소에서 물러 나온 각 파 명숙들은 한참 더 말이 없었지만 가슴 한곳을 눌러오던 걱정이 고승의 법력으로 깨끗이 소멸되자 한없이 편한 얼굴이 되었다. 잠시 구름에 갇혔던 햇살이 다시 비치자 모두 약속이나 한 듯 하늘을 보며 심호흡을 했다.

"저 아이들이 빨리 쾌차해야 할 텐데……."

"그러게 말이오. 이 판국에 다시 아까 같은 놈들이 쳐들어온다면……."

말을 하던 명숙들 중 한 명의 입이 크게 벌어졌다.

"저, 저게 무엇이오?"

"무엇 말인……!"

"아니! 저곳에 어찌 저 많은 사람들이 나타날 수가 있단 말이오?"

몇 마디 경악성과 함께 명숙들의 시선이 머문 곳은 낙혼애가 있는 절벽 끝이었다.

혼백마저 떨어뜨린다는 절벽인지라 가까이 접근을 금지시킨 곳인데 그곳엔 갈색 복장의 수많은 인영들이 일렬로 늘어서서 다가오고 있었다.

둥둥둥.

적의 침공을 알리는 북소리가 다시 요란하게 울려 퍼졌다.

은갑기마대의 출현으로 수많은 피해를 입고 겨우 숨을 돌리려는 찰나 다시 울리는 북소리에 온 무림맹은 혼비백산하여 천막 밖으로 뛰어나왔다.

"저, 저놈들, 어떻게 저곳에……?"

"가만. 저놈들, 절벽을 건너오고 있다!"

땅이 쩍 갈라져 천 길 만 길 낭떠러지가 형성된 낙혼애는 양쪽 끝 사이가 사십여 장(丈)을 족히 넘어 새가 아니면 건너지 못할 거리였다.

그런데 수풀이 우거진 반대쪽에서 이쪽 끝으로 밧줄을 걸고 갈색 복장의 인영들이 새까맣게 몰려오고 있는 것이다.

"저럴 수가?!"

무림맹의 모든 사람들은 어이가 없어 한동안 멍하니 그들을 바라볼 뿐이었다.

"저건 수적들이 다른 배를 강탈할 때 쓰는 방법입니다."

누군가 자신의 생각을 말했고 그로 인해 저들은 장강수로연맹의 인원들임을 짐작케 했다.

"전열을 정비하고 침착해라! 저놈들은 은갑기마대도 아니니 그렇게 걱정할 것 없다!"

화산의 장문인 성회수가 소리치자 자라를 보고 놀란 가슴 솥뚜껑 보고도 놀라는 식으로 웅성거리던 소란이 잦아들었다.

은갑기마대에게야 속절없이 당했지만 지금 이쪽으로 진군해 오는 인영들은 갑주도 입지 않았고 장창도 들지 않은 자신들과 똑같이 칼 한 자루만을 든 자들이었다. 그렇다면 이제야말로 백도무림의 뜨거운 맛을 보여주어야 할 기회이다.

"각 조장들을 중심으로 사방진을 형성하라!"

"소림은 좌로! 무당은 전진 배치!"

여러 마디의 구령과 함께 무림맹의 진영이 신속히 짜여졌다.

제41장

용쟁호투(龍爭虎鬪)

"안녕하시오, 맹주."

갈색 복장을 한 수백 명의 인영들이 무림맹 진영 전방에서 멈추어 서고 그 속에서 긴 수염을 나부끼며 초로인이 걸어나왔다.

"누구시오, 귀하는?"

주해 대사가 옛 기억을 더듬는 눈빛으로 초로인을 쳐다보았다.

"하하! 소인 혈영의 영주 나백상이라 하오."

나백상의 말이 떨어짐과 동시에 무림맹에서는 큰 동요가 퍼져 나갔다.

철옹성이던 제왕성을 무너뜨리고 무림의 신이었던 제왕성주 단리운 극마저 꺾은 뒤 혈영의 영주가 되어 지금의 혈난을 조장하고 있는 장본인을 이 자리에서 만나게 된 것이다.

"그렇구려. 그러고 보니 이십여 년 전 먼발치에서 본 기억이 나는

구려."

 주해 대사가 회상 어린 눈빛으로 나백상을 바라보았다.

 "그런가요? 하하! 그때는 혈기가 왕성하던 시기였는데 어느새 아침저녁으로 뼈마디가 쑤시는 나이가 되었습니다그려."

 나백상이 흰 이를 드러내며 웃었다.

 "그런데 여긴 어쩐 일이시오?"

 명숙들 중 누군가가 딱딱한 어조로 나백상에게 질문을 던졌다.

 "어쩐 일로 왔느냐?"

 나백상이 미소를 지으며 자신에게 날아온 질문을 되새김질했다.

 "그것이야말로 내가 하고 싶은 질문이오. 내 친서로 온 무림에 고하지 않았소? 이곳 백제성터에 뿌리를 내려 공동의 번영을 구가하겠다고. 그런데 무림맹이 이곳에 먼저 진을 치다니… 그게 정파무림이 할 짓이오?"

 나백상의 눈빛이 날카로워졌다.

 "땅만 필요하다면야 이보다 백배 더 넓은 땅도 내어줄 수 있지. 하지만 혈영은……."

 "그만! 그만 됐소. 손바닥으로 하늘을 가리는 대화는 집어치우고 본론으로 들어갑시다."

 나백상은 의미없는 말싸움 따윈 하고 싶지 않다는 듯 손을 내저었다

 "서로의 본심들이야 너무도 잘 아는 터인데 낯간지러운 그런 말들이 무슨 소용 있겠소?"

 나백상의 눈빛이 번쩍 빛났다.

 "아까 우리가 보낸 은갑기마대의 위력이 어땠소? 조금 위협적이기는 한 것이오?"

나백상이 은갑기마대의 잔해를 찾으려는 듯 주위를 두리번거렸다.
"아주 무서운 전사들이었소. 비록 궤멸시키긴 했지만 적지 않은 손실을 입었소."
주해 대사가 잔잔한 음성으로 대답했다.
"솔직히 무척 놀랐소. 그들 백 기라면 이곳 인원 일천쯤은 초토화시킬 수 있을 것이라 생각했소. 물론 이곳에도 절정의 고수들이 즐비하니 오 할쯤의 손실은 예상했지만 전멸이라니… 그것도 미미한 피해만 입히고."
나백상이 어이없는 표정을 지었다.
"운이 좋았던 것뿐이었소."
"그렇지요. 지옥마도란 놈이 무림에 나타난 것이 천운이었지요."
나백상이 고개를 끄덕였다.
"그래서 말이오, 그놈에게서 칼을 익힌 놈들을 친히 만나볼 생각이오. 그놈들 심장이 어떻게 생겼는지 내 직접 꺼내보기 위해 이곳에 나타난 것이오."
나백상의 눈에서 살기가 퍼져 나갔다.
지금껏 자신들이 벌인 일을 모조리 무위로 돌린 그놈들을 당장 잡아 죽이겠다는 듯 눈빛이 이글거리고 있었다.
"그놈들 여덟만 고스란히 내어주면 다른 사람들은 해치지 않고 돌아가겠소."
나백상이 제의했다.
"미친 소리!"
어디선가 분기탱천한 목소리가 흘러나왔다.
"후후! 아직 기개는 살아 있다 그 말인가? 숨어서 고함이나 지르지 말고 나와보시지, 얼굴 짝이라도 구경하게."

나백상의 말에 한 청년이 칼을 들고 군중 속에서 앞으로 나섰다.

"크하하하! 좋아, 좋아! 젊은이란 자고로 그래야지. 죽어도 기백이 있어야 되지. 하하하!"

나백상이 광소를 터뜨렸다.

"자, 그럼 이제 그 호기만큼 실력이 있나 보여줄 차례인데… 누가 저 젊은이를 상대하겠느냐?"

나백상이 돌아보고 고함을 질렀다.

"소생이 저놈의 아가리를 찢어놓지요."

갈의군중들 속에서 한 중년인이 걸어나왔다.

"초지홍(焦支洪)! 또 자넨가? 자네의 심정은 이해가 가나 그 급한 성질이 항상 문제일세."

나백상이 기가 막힌다는 표정을 지었다.

"저 청년을 보게. 아직 솜털도 다 가시지 않았네. 그런데 수장급 반열의 자네가 나서야 되겠는가?"

나백상이 무림맹의 청년에게 고개를 돌렸다.

"올해 자네 나이가 얼마나 되나?"

"스물둘이오."

청년이 거침없이 답했다.

"들었나? 누구 저 청년과 비슷한 나이로 상대할 사람 나와보게."

나백상의 말과 함께 혈영의 무리들 중에서 한 젊은이가 가볍게 날아나왔다.

"어디 소속인가?"

나백상이 청년을 훑어보았다.

용쟁호투(龍爭虎鬪) 215

"장강수로 흑룡대 소속 사비강(司砒江)이라 합니다."
"자신있나?"
"후후!"
나백상의 물음에 혈영의 청년이 비릿하게 웃었다.
"백도의 칼 솜씨가 어떤가 한번 볼까?"
사비강이 뱀눈을 하고 마주한 청년의 전신을 훑었다.
"차앗!"
그 눈빛이 싫었는지 무림맹의 청년이 쾌속하게 칼을 뽑아 사비강을 찔러갔다.
"우우—"
무림맹에서 청년의 신속한 발검술에 놀람의 외침이 일었다.
그러나 정작 그를 상대하는 혈영의 청년은 비릿한 미소를 배어 물고는 휘익 하고 상체를 뒤로 눕혔다.
뻣뻣하게 뒤로 누운 청년의 몸이 땅바닥 한 자 위에서 움직임을 멈췄다. 그 나이에 어울리지 않는 완벽한 철판교의 수법이었다.
쉬익—
무림맹의 청년이 철판교의 직립(直立)을 허용하지 않겠다는 듯 다시 양손으로 칼을 모아 수직으로 갈라갔다.
휘잉—
철판교의 수법으로 뻣뻣이 누워 있던 청년의 몸이 잠시 흔들리는 듯하더니 이내 그 상태에서 무서운 속도로 회전하기 시작했다.
"어헉!"
무림맹의 청년이 대경하여 몸을 빼냈으나 회전하는 칼날이 순식간에 청년의 양다리를 잘라 버렸다.

"으아악!"

무림맹의 청년이 처절한 비명을 지르며 바닥을 굴렀다.

"저런 괴이한!"

"어찌 저런 수법을……!"

무림맹이 경악성을 질렀다.

생전 듣도 보도 못한 괴이하고 사악한 수법이었다.

철판교라면 피치 못할 상황에서 임기응변으로 쓰는 방어 수법인데 그 자세에서 저런 식으로 상대를 공격해 치명상을 입힐 줄은 몰랐던 것이다.

"빙산의 일각일 뿐이오."

무당산 전투에서 그들의 끔찍함을 몸소 체험한 명숙들 중 누군가가 중얼거렸다.

부상당해 혼절한 청년을 급히 부축하여 응급 처치를 하였지만 그는 이미 두 다리를 잃은 불구의 몸이 되고 말았다.

"이런 악랄한!"

무림맹의 곳곳에서 분노한 음성이 터져 나왔다.

"그렇소. 칼은 악랄한 물건이지요. 그것이 싫다면 당장이라도 버리는 것이 상책이지."

나백상이 무심한 어조로 말했다.

"어떻소? 이젠 지옥마도의 졸개들을 내놓을 수 있겠소? 내 이름을 걸고 맹세하겠는데 그놈들만 내어놓으면 곱게 물러나겠소! 그러지 않는다면 여기 모인 무림맹의 인원들은 한 명도 남김없이 몰살시키겠소!"

나백상이 큰 소리로 외치자 주위가 조용해졌다.

"귀하 같으면 자신만 살자고 부하들을 우리에게 넘길 수 있겠소?"
 조용한 가운데 주해 대사의 목소리가 울려 퍼졌다. 그 목소리를 들은 무림맹의 젊은이들이 하나둘 칼을 위로 들어 올리며 환호하기 시작했다.
 "싸우자!"
 "여기서 죽더라도 백도의 기개를 보여주자!"
 젊은 혈기들이 금방 달아올랐고 그것은 무한한 투지로 타오르기 시작했다.
 "주제를 모르는 멍청한 놈들."
 나백상이 비웃음을 흘렸다.
 "모두 들어라! 오늘 이곳에 있는 정파 나부랭이들은 단 한 놈도 살려 보내지 말아라! 그대들의 칼이면 이곳의 멍청이들은 한 시진 안에 끝낼 수 있을 것이다! 이곳의 승리를 시작으로 우리는 온 중원을 발 아래에 둘 것이다!"
 "와! 와아— 긴 기다림이었다!"
 "피의 향연을 벌이자!"
 나백상의 외침이 있은 후 피에 굶주린 이리 떼처럼 혈영이 광분하기 시작했다.
 순식간에 무림맹과 혈영의 청년들 양쪽 모두 환호하며 전의를 불태웠다. 하지만 그들의 외침은 어딘지 모르게 서로 다르게 느껴졌다.
 무림맹의 청년들이 내지르는 고함 속에서는 신념과 도의를 위해 싸우겠다는 뜨거운 투지가 느껴졌다면 혈영의 환호 속에서는 사냥감을 사냥하며 피 맛을 보겠다는 잔인한 흥분이 느껴졌다.
 "필살대(必殺隊)는 초지홍을 따라 지옥마도의 졸개들을 사냥하라!

나머지 모든 인원들은 이곳에 모인 무림맹을 몰살시켜라!"

나백상이 고함을 지르자 광분한 혈영의 무리들이 미친 듯이 앞으로 달려나왔다.

"필살대 전원 좌측 천막으로!"

초지홍이 고함을 지르며 임무열 등이 의식을 잃고 누워 있는 천막으로 달려가기 시작했고, 천막을 지키던 무림맹의 사람들은 칼을 뽑아 들었다.

콰아앙!

"크아악!"

엄청난 기파 한줄기가 달려가는 초지홍의 전면 땅바닥에 폭사되었고 땅거죽이 펑— 하고 튀어 올랐다. 그와 함께 초지홍의 몸이 기파에 휩쓸려 걸레 조각처럼 너덜해졌다.

"무, 무슨 일이냐?"

무림맹과 혈영이 막 칼을 맞대고 싸우려는 찰나 초지홍을 비롯한 혈영의 필살대에게 떨어진 날벼락으로 두 쪽 모두 움직임을 멈추고 폭음이 들린 곳으로 시선을 돌렸다.

"이 천막으로 접근하는 자는 모조리 죽인다!"

자욱한 흙먼지 속에서 넓은 도를 든 사내 하나가 눈빛을 번뜩이고 있었다.

"장 공자!"

주해 대사가 환희에 찬 얼굴로 장천호를 쳐다보았다.

"장 공자라면… 지옥마도 장천호 말인가?"

"암흑대제!"

이곳저곳에서 외침이 들렸다.

"다가오지 말라고 했을 텐데?"

천막을 호위하고 있던 무림맹의 청년 하나가 흙먼지 속에서 나와 천막으로 향하자 장천호의 칼이 청년의 목을 겨누었다.

"나, 난 무림맹의……."

"무림맹이든 혈영이든 이곳으로 다가오는 자는 모조리 죽인다."

천호의 칼이 시퍼렇게 빛을 내뿜자 대경한 청년이 급히 뒤로 물러났다.

"두령!"

남궁우현과 도진화가 신법을 전개하며 천호 곁으로 날아 내렸다.

"늦지는 않았군요."

남궁우현이 긴 한숨을 내쉬며 주변을 둘러보았다.

"상태들을 살펴보시오."

천호가 남궁우현에게 지시를 내리자 남궁우현과 도진화가 함께 천막 안으로 들어갔다. 그러는 중에도 천호는 단 한 발짝도 움직이지 않고 칼을 든 채 앞을 응시했다.

"저놈인가?"

멀찍이서 나백상이 천호를 응시했다.

제왕성이 봉문을 한 지금 자신의 유일한 적수이자 무림 정복의 최대 걸림돌인 지옥마도란 놈이 저놈이다.

'정말 오랜만에 맛보는 기분이군!'

최대의 호적수를 만났을 때 느껴지는 뿌듯한 흥분과 들끓는 혈기를 느낀 나백상이 가슴을 쭉 폈다.

"정말 좋아. 이런 기분을 맛보려고 지금껏 달려온 거야."

나백상이 손마디를 우두둑 꺾었다.
"칼을 이리 주게."
나백상이 옆에 서 있는 무사에게 손을 내밀었다.
"영주!"
사내가 망설이며 나백상을 바라보았다.
"아직은 저놈과 상대할 때가 아닙니다."
"무슨 말이냐? 상대가 앞에 있으면 즉시 싸우는 것이지 무슨 때가 따로 있단 말이냐?"
나백상이 사내를 돌아보며 눈가를 좁혔다.
"솔직히 전 담우개 그자를 믿을 수 없습니다."
사내가 여전히 칼을 든 채 나백상의 시선을 마주했다.
"상관없다. 머리로만 싸우려는 놈은 백 번을 싸워도 진정한 승리는 쟁취할 수 없는 법. 저놈은 언젠가 내가 꺾어야 할 상대다. 난 지금 저놈을 잡겠다."
나백상이 빼앗듯이 칼을 받아 들고 천천히 앞으로 나섰다.

"두령, 전원이 의식 불명입니다."
천막 안으로 들어가 여덟 명의 상태를 살피고 나온 남궁우현이 걱정스런 얼굴로 천호를 바라보았다.
"들은 것보다 상태가 훨씬 심각합니다."
남궁우현이 몇 마디 설명을 하다 얼른 고개를 들어 천호를 바라보았다. 자신의 설명에 한마디 대꾸도 없는 천호의 눈빛이 어느 한곳에 고정되어 무섭게 빛나고 있었다.
"두령, 왜……?"

남궁우현이 고개를 돌려 천호의 시선을 쫓다가 흠칫 신형을 굳혔다.
긴 수염을 휘날리며 칼 한 자루를 들고 천천히 걸어오는 초로인의 몸에서 뿜어져 나오는 기세가 심장을 파열시킬 듯 무섭게 요동 쳐왔다.
'엄청난 고수? 나백상이다!'
남궁우현이 자신도 모르게 주춤 뒤로 물러서며 칼자루에 손을 갖다 댔다.
"무슨 일이 있더라도 두 사람은 이 천막에서 한 발짝도 떨어지지 마시오. 알겠소?"
천호가 긴장한 어조로 남궁우현에게 명령을 내렸다.
"두령, 나도……"
"대답하시오, 어서!"
천호가 다그치며 고함에 가까운 소리를 지르자 남궁우현이 고개를 끄덕이며 입술을 깨물었다.
두령은 이번 싸움에서 목숨을 걸 생각이다. 혹시라도 싸움에 져 죽음을 맞이한다 하더라도 자신과 도진화는 나서지 말라는 뜻이다. 자신은 동귀어진하더라도 나백상을 막을 것이고, 두 사람이 나서지 말고 천막을 지키는 이상 천막 안의 사람들은 안전할 것이다.
"두령, 제발……"
나백상을 향하여 천천히 걸어가는 천호의 뒤에서 남궁우현과 도진화가 간절한 눈빛으로 천호를 바라보았다.

"네놈이 지옥마도 장천호인가?"
나백상이 미소를 띠며 천호를 바라보았지만 천호의 눈빛은 아무런 생각이 담겨져 있지 않았다. 삭막하다 못해 메말라 버린 듯한 그 눈빛이 어떤 추측도 불가능하게 했다.
 '놈! 수백 번도 더 죽었다 다시 깨어날 정도로 처절한 수련을 쌓았 군.'
 나백상의 가슴이 서늘해져 왔다.
 "노인이 질문을 했으면 대답 정도는 해야 하는 게 아니냐?"
 나백상이 다시 한 번 고함을 질렀다.
 "가까이 오지 말라고 했을 텐데."
 천호의 입에서 냉막한 목소리가 흘러나왔다.
 "하하! 이런! 이런! 저승의 동반자가 될지도 모르는데 그렇게 냉정해 서야……"
 나백상이 고개를 저었다.
 "그럼 내가 저 천막 가까이만 가지 않는다면 어떤 짓을 해도 괜찮단 말인가? 저들을 모두 죽여도?"
 나백상이 무림맹을 가리켰다.
 "상관없소."
 천호가 스스럼없이 답했다.
 "어이없는 놈이군. 네놈이 그렇게 보살피던 놈들이 저들 무림맹의 제자들이다. 그런데 내가 저들은 모두 죽여도 상관없고 저 천막에 있 는 놈들은 죽여서는 안 된다 그 말인가?"
 나백상이 어처구니없다는 표정을 지었다.
 "같이 칼을 들었다면 누가 누굴 죽이든 그건 내가 상관할 바 아니오. 난 단지 나를 따르던 사람들은 내가 보호하고자 할 뿐이오."
 천호가 굳게 입을 다물었다.
 "크하하하! 정말 멋있군. 그래, 그렇지. 나도 한때는 그런 적이 있었지."

나백상의 얼굴에 언뜻 회한이 떠올랐다 사라졌다.
"끝까지 저 천막으로 가야 한다면?"
"당신을 벨 수밖에."
"그럼 얘기는 끝났군."
쨍! 스르륵—
나백상과 천호가 동시에 칼을 뽑아 들었다.
절대고수 두 사람이 칼을 뽑아 들고 대치하자 주변은 삽시간에 엄청난 기운으로 뒤덮였고 두 사람의 기운이 상충되는 곳에서는 작은 먼지들이 피어 올라 물결처럼 일렁거렸다.
그 엄청난 기운으로 인해 싸움 직전의 무림맹과 혈영은 자신들도 의식하지 못하는 사이에 물이 갈라지듯 서로 까마득히 먼 거리까지 물러나 초강자들의 대결을 지켜보는 형상이 되었다.
"받아보게."
미동도 않고 대치하던 나백상이 슬쩍 칼끝을 움직여 천호의 심장을 가리켰다.
우웅—
나백상의 검끝에서 일어난 검기가 섬전처럼 천호의 심장을 향해 파고들었다.
쌔액—
천호의 도가 슬쩍 흔들리며 나백상이 만든 검기를 지워 버렸고 연이어 위에서 아래로 주욱 그어 내렸다.
"우욱!"
째째쨍!

나백상이 대경하여 어지럽게 검을 휘두르며 세 발짝이나 물러나 겨우 신형을 멈춰 세웠다.

'뭔가, 이건?'

나백상의 눈이 빛을 발했다.

처음 자신의 검기를 쳐내던 칼은 현란하기 짝이 없는 환검이었는데 연이어 자신을 공격하던 검은 지독한 쾌검과 함께 무겁기 짝이 없는 중검이 같이 펼쳐진 것이었다.

'이런 칼이 있을 수 있단 말인가?'

나백상이 천호가 들고 있는 칼을 예의 주시했다.

아무리 봐도 두껍고 폭이 넓은 도였다. 그런데 저런 중병기를 어떻게 연검보다 더 현란하게 움직이며 연이은 방어와 공격을 할 수 있단 말인가?

만약 자신이 처음 느낀 대로 계속해서 저렇게 움직이는 칼이라면 그것은 칼의 오의(奧義)가 아니라 극의(極義)를 깨우친 자이리라.

'한 번 더 부딪쳐 보면 확실해지겠지.'

나백상이 왼발을 슬쩍 옆으로 비켜 디뎠다.

"타앗!"

발끝에 힘을 준 나백상의 신형이 허공으로 치솟으며 눈에 보이지 않을 정도로 빠르게 칼을 휘둘렀다.

형과 틀이 없는 검식.

언젠가 단리장영을 구해간 젊은 놈에게서 그 시초를 보았고 지금껏 흑유부의 음습한 계곡 속에서 율자춘이 준 잠마혈경의 주해본과 자신이 이제껏 익혔던 검을 총망라하여 만든 무형검(無形劍).

그 무형검이 천호를 향해 쉴 새 없이 펼쳐졌다.

깡! 까강!

챙!

따다당—

펑!

수백 번인지 수천 번이지 모를 금속성과 폭음이 빛무리와 함께 낙혼애평원 위에 난무했다.

일진일퇴를 거듭하며 공격과 수비를 하는 두 절대강자의 싸움은 너무나 엄청나 태초의 혼돈을 보는 듯한 착각에 사로잡히게 만들었다.

검기와 도기가 충돌하고 폭음과 함께 주변의 작은 돌멩이들과 잡풀들이 사방에 비산하는 근 반 시진에 걸친 용쟁호투의 대결이 어느 한 순간 막을 내리고 두 마리의 용이 땅에 내려섰다.

울컥.

천호가 한 모금의 핏물을 토해냈다.

근 칠십 평생의 대부분을 수련한 나백상의 내공이 천호의 내장을 뒤흔들었던 것이다.

"놈! 대체 어디서 그런 칼을 익혔느냐? 형과 틀이 없는 내 칼을 단 한 가닥도 남김없이 모두 끊어내다니… 후후. 하지만 이젠 부러워해도 소용없겠지."

나백상이 허탈한 눈빛으로 잘려 나간 오른팔을 쳐다보았다.

아직도 칼을 굳게 쥔 채 펄떡거리고 있는 자신의 육신 한 부분이 낙혼애평원에 나뒹굴고 있었다.

"이젠 후회도 미련도 없다. 어서 베어라."

나백상이 텅 빈 시선으로 천호를 바라보았다.

"가까이 오지 않으면 벨 이유가 없소."

천호가 입가에 흐른 선혈을 닦으며 중얼거렸다. 비록 적이기는 하지만 정사청을 살려서 보내준 거인을 베고 싶지는 않았다.
"그럼 가까이 가야겠군."
나백상이 비틀거리며 천호에게로 다가갔다.
휘익—
좀 전 대결이 시작되기 전까지 나백상의 칼을 들고 있었던 갈의사내가 천호 앞으로 다가가고 있는 나백상을 낚아채서 옆으로 몸을 날렸다.
"영주, 아직은 모든 것을 포기할 때가 아닙니다."
나백상을 구해가던 사내가 분루를 흘리며 나백상에게 말했다.
"후후, 칼을 잃은 내가 더 이상 살아갈 이유가 있을까?"
나백상이 모든 것을 포기한 채 눈을 감았다.
"와아—"
나백상의 패배로 인해 혈영이 전의를 상실하자 무림맹의 인원들이 질풍처럼 혈영을 향해 달려갔다.
"후퇴하라!"
혈영은 그들이 왔던 닉혼애 쪽으로 신속히 이동했다.
"줄이 끊겼다!"
누군가의 외침 소리가 들렸고 벼랑 쪽으로 달려가던 혈영의 인원들이 우뚝 자리에 멈춰 섰다.
"담우개 이놈!"
나백상을 안고 가던 사내가 고함을 질렀다.
절벽 저쪽에서 담우개가 그들이 타고 온 줄을 잘랐던 것이다.
처음부터 뱃속에 구렁이 수십 마리가 든 것처럼 속을 알 수 없었던 그놈이 결국에는 마각을 드러낸 것이다.

"이젠 죽기 아니면 살기다! 모두 배수진을 쳐라!"

나백상을 내려놓고 지혈시킨 사내가 핏발 선 눈으로 칼을 휘두르며 후퇴하던 부하들을 독려했다.

사내의 명령에 따라 퇴로가 막힌 혈영의 무리들이 천천히 뒤돌아서 칼을 들었다.

이제 그들이 선택할 길은 싸움 아니면 죽음뿐이었다.

배수의 진을 친 그들의 눈빛에서 흘러나오는 살기는 보는 사람으로 하여금 소름이 돋게 만들었다.

"섣불리 공격하지 말아라!"

무림맹의 선두에선 명숙들이 흥분한 제자들을 만류했다.

궁지에 몰린 쥐는 고양이도 물어뜯는 법이다.

수장을 잃어 저하된 사기가 동료에게 배반당한 울분과 함께 다시 들끓어 오른다면 오히려 더 위험한 것이다.

이럴 때일수록 퇴로를 한곳 열어놓고 천천히 몰아가야 하는 것이다.

"전원 좌측을 공격하여 퇴로를 뚫어라!"

급하게 쫓아오던 무림맹이 전열을 정비하며 서서히 포위망을 좁히자 혈영의 무리들 속에서 한줄기 외침이 터져 나왔다.

그 외침과 동시에 모든 혈영의 무리들이 무림맹의 제일 좌측 군소방파의 연합 세력이 모인 곳으로 쏟아져 갔다.

구파일방의 짜임새있는 배치와는 달리 군소방파의 연합 진영은 아무래도 그 조직이 엉성하였고, 그것을 간파한 혈영의 퇴로를 그쪽으로 정한 것이다.

"막아라!"

순식간에 좌측으로 진로를 바꿔 필사의 탈출을 감행하는 혈영과 포위한 적을 섬멸하려는 무림맹이 치열하게 싸움을 벌였다.

아침을 먹은 직후부터 시작된 싸움은 점심도 거르고 계속되어 땅거미가 질 즈음 그 끝을 맺었다.

피아간에 수많은 사상자를 남긴 싸움에서 무림맹은 결국 혈영의 무리들을 모두 섬멸했지만 제일 전방에서 기습적으로 퇴로를 뚫고 도망간 몇 명은 놓치고 말았다.

"얼마나 살아남았는가?"

주해 대사가 떨리는 입술로 제자들을 바라보았다.

"최초의 인원 일천여 명에서 남은 인원은 육백여 명입니다."

"아미타불! 이 업보를 어이할꼬."

주해 대사의 염주를 잡은 손이 부들부들 떨려왔다.

"고정하십시오, 맹주님. 그래도 반 이상이 살아남지 않았습니까? 장 공자와 그를 따르던 제자들이 없었다면 여기 모였던 일천 명은 몇 번도 더 전멸하였을 것입니다. 그놈들, 예상보다 몇 배는 더 강한 놈들이 었습니다."

"그렇지요, 그렇지요. 그들이 아니었더라면 일천이 아니라 오천이 있더라도 전멸을 면치 못했을 것이지요."

사기가 떨어져 도망가는 혈영의 무리들을 막는 데도 엄청난 출혈이 있었고 결국은 천막을 지키던 남궁우현과 도진화마저 가세하였을 때쯤에 우위를 점할 수 있었다.

그럼에도 불구하고 제일 전방에서 기습적으로 퇴로를 뚫고 도망간 몇 명의 수장들과 혈영의 영주 나백상은 놓치고 말았다.

"무서운 자들이었소. 정녕코 무서운……. 제왕성마저 우습게 보고 온 중원을 발 아래 두고자 할 만한 충분한 힘을 가진 자들이었소."

화산의 장문이 성회수가 침중한 음성으로 중얼거렸다.

"그만 들어가시지요. 아직 혈영이 다 무너진 것이 아니니 내일이라도 당장 어떻게 될지 모르지요. 내가 무림에 몸을 담은 후 제일 긴 하루였소. 그리고 오늘 밤 역시 가장 어둡고 긴 밤이 될 것 같구려."

성회수가 목숨을 잃은 제자들의 시신을 바라보며 눈시울을 붉혔다.

제42장
지는 해, 뜨는 해

"아직도 추격이 멈추지 않은 것이냐?"

나백상이 퇴로를 뚫고 탈출한 후 같이 탈출한 수장들과 밤새 한시도 쉬지 못하고 달렸지만 일단의 추적자들은 집요하게 그들을 쫓고 있었다.

"지독한 놈들!"

나백상이 이를 갈았다.

"더 이상 도주는 무리다. 죽든 살든 여기서 마무리를 짓자."

"맹주! 하지만……."

"어차피 이 상태로 도주해 봐야 절대 뿌리칠 수 없다."

잘려진 팔에서 전해오는 고통이 이성을 마비시킬 정도였고 제대로 응급조치조차 못한 상태라 지혈을 시켰지만 가느다란 혈흔이 이어지고 있었다.

그 혈흔은 추적자들에게 이정표나 마찬가지였다.
"모두 칼을 뽑아라. 여기서 사생결단을 낸다."
한 사내의 명령에 따라 대여섯 명의 다른 사내들이 결연한 표정으로 고개를 끄덕이곤 칼을 뽑아 들었다.
서서히 밝아오는 여명에 비친 사내들의 얼굴에는 죽음을 각오한 결의가 엿보였다.
"대단한 놈들이다. 촌각도 늦추지 않고 따라오다니. 백도에도 저런 놈들이 있었던가?"
사내들 중 한 명이 혀를 찼다.
백도의 무공이란 광명정대함을 주로 했다. 그러기에 패배를 인정하고 도망가는 자는 굳이 쫓지 않았고, 따라서 저런 집요한 추적술은 익히지 않았다.
그런데 저놈들은 치가 떨릴 만큼 집요하게 자신들을 추적해 왔다.
"백도무림이 아닙니다."
옆에서 전방을 응시하던 다른 사내가 나직이 중얼거렸다.
"담우개, 이 죽일 놈!"
사내가 울부짖듯 외쳤다.
밤새도록 자신들을 끈질기게 추적한 놈들은 뜻밖에도 담우개였던 것이다. 그들은 자신들을 배신하고 죽음의 구렁텅이로 몰아넣은 것도 부족해 이젠 마지막 생존자까지 확실히 없애고자 추적한 것이다.
"오냐. 바라던 바다!"
사내들이 칼자루를 굳게 잡으며 이를 앙다물었다.
휘익—
휘익—

대여섯 명의 추적자들이 순식간에 나백상 일행이 있는 곳으로 내렸다.

"그런 몸으로 정말 잘 달리시는구려, 영주."

담우개가 호흡을 가다듬으며 나백상을 바라보았다.

"네놈인 줄 알았다면 도주할 필요도 없이 일찌감치 마주쳐 도륙을 냈을 텐데 헛고생을 했군."

나백상의 옆에 선 사내가 당장이라도 쳐 죽이겠다는 듯 담우개를 노려보았다.

"후후, 그럴 줄 알았으면 내가 고함이라도 쳐 부를 걸 그랬나? 난 네놈들이 내 목소리를 들으면 죽을힘을 다해 더 멀리 도망칠 줄 알고 소리없이 추적만 했지."

담우개가 음침한 미소를 흘리며 빈정거렸다.

"왜 이런 것이냐?"

나백상이 나직이 질문을 던졌다.

"당신 방식이 마음에 들지 않았기 때문이오."

담우개가 망설임없이 나백상의 질문에 답했다.

"방식이라……?"

"그렇소. 싸움은 승리하기 위함이지 결코 멋을 부리기 위해 하는 것이 아니오. 어떤 수단을 쓰더라도 이겨야 싸움의 의미가 있는 것이오."

담우개의 눈빛이 싸늘해졌다.

"내 말대로 생포한 졸개 놈 하나를 이용해 지옥마도 그놈을 먼저 잡고 나서 은갑기마대를 투입하고 그 다음 우리가 나섰다면 무림맹은 지금쯤 괴멸되고 우리는 승리를 확인할 일만 남았을 것이오. 한데 당신은 오직 정정당당한 승리, 그것을 너무 강조했소. 그런 식으로라면 영웅 소리는 들을 수 있을지 몰라도 승자는 될 수 없소."

"그래서 동고동락한 동지들의 생명줄을 모두 잘랐느냐?"

나백상이 잇새로 말했다.

"동고동락이야 당신이 했지 난 아니오. 나와 동고동락한 사람들은 아직 모습을 드러내지 않았소. 그들이야말로 실질적인 혈영의 힘이지."

담우개가 비릿하게 미소 지었다.

"흉물스런 놈, 악착같이 모든 것을 숨기고 있었군."

"후후, 그렇소. 십 년도 넘게 걸려 이룩한 장강수로연맹을 갑자기 나타난 당신에게 단지 영주라는 영패 하나만 보고 모두 넘길 줄 알았소? 그건 머저리들이나 하는 짓이오."

담우개가 도저히 그럴 수 없다는 듯 고개를 좌우로 흔들었다.

"그리고 이번에 몰살당한 인원들은 흑유부 내에서도 당신을 철저히 따르던 사람들이었소. 그 외 인원들은 이미 내 수중에 들어온 사람들이오. 그들은 절벽 저쪽에서 느긋하게 싸움 구경을 하고 있었소. 이젠 당신들도 그만 사라지시오. 지금부터 혈영은 승리를 위한 싸움을 벌일 것이오."

담우개가 손짓을 하자 옆에 있던 사내들이 천천히 칼을 뽑아 들었다.

"오냐, 이 여우 같은 놈. 내 비록 한 팔은 잃었지만 네놈 정도는 저 승길의 길동무로 삼겠다."

나백상이 남은 왼팔로 칼을 들었다.

"쳐라!"

신호와 함께 칼을 든 사내들이 일제히 어우러져 서로의 목을 노리며 칼을 휘두르기 시작했다.

"영감의 상대는 여기 있소."

나백상이 왼손에 든 검을 휘두르며 담우개에게로 달려가려 하자 두 명의 사내가 나백상의 앞을 막아섰다.

"이놈들!"

나백상이 앞을 막은 두 사내를 향해 칼을 휘둘렀다.

사내들이 신속히 뒤로 물러나며 칼을 피했다가 다시 어지러운 검초를 펼치며 나백상을 찔러왔다.

"이런 개 같은!"

나백상이 불 같은 분노를 터뜨렸다.

오른팔을 잃고 왼팔로 검을 휘두르는 상태에서는 변화무쌍하고 현란한 검초는 펼칠 수가 없었다. 그러므로 나백상이 휘두르는 칼은 자연히 내력을 가득 실은 중검에 의지했고 그것을 간파한 두 명의 사내들은 나백상의 검과는 마주치지 않고 빠르고 복잡한 초식을 전개해 왔다.

오른팔이 있었다면 채 삼초지적도 되지 못했을 놈들이지만 지금의 상태로는 그들의 칼을 막아내기에도 힘에 부쳤다. 그리고 내력을 격발시킴에 따라 잘린 팔의 상처에서 피가 흘러나왔다.

"으윽!"

결국 허벅지에 상처를 입은 나백상이 비틀거리며 뒤로 물러났다.

"후후! 영주, 이제야 알겠소? 멋진 싸움의 대가가 어떤 것인지."

저만치서 느긋하게 뒷짐을 진 담우개가 조소를 흘리고 있었다.

"크윽—"

다시 한곳에서 비명이 울렸고 나백상을 따르던 사내 하나가 아랫배에 깊숙이 검이 박히며 무너지고 있었다.
 무림맹과의 전투에서 사력을 다 쏟았고 또 밤새 쉬지 않고 경공을 펼쳤던 그들은 숫자마저 두 배인 담우개의 무리들을 당해낼 수가 없었다.
 "이, 이 죽일 놈들!"
 나백상이 포효하며 다시 칼을 휘두르고 앞으로 쳐 나갔다.
 그와 함께 나백상의 오른쪽 어깨에서는 피분수가 터졌다.
 "크윽!"
 나백상의 칼에 걸린 한 명이 심장이 쩍 갈라지며 바닥에 뒹굴었다. 그러나 뒤에 있던 사내가 나백상의 등을 길게 베었고 나백상의 등에서도 피가 흘러나왔다.
 "한 놈, 한 놈만 더 죽이고 죽겠다!"
 마지막 남은 자신의 부하가 피를 토하며 쓰러지는 것을 본 나백상이 아수라처럼 으르릉거렸다.
 "그만 지옥 구경이나… 크윽!"
 나백상에게 마지막 칼을 쑤셔 넣으려던 사내가 비명을 지르며 뒤로 튕겨져 나갔다.
 "무슨……?"
 "크악—"
 또다시 한마디 비명이 울리며 사내 하나가 뒤로 퉁겨졌다.
 피융!
 거의 동시에 날아온 강전 세 개가 정확하게 사내의 목을 꿰뚫었다.
 "흩어져라!"
 사태를 파악한 사내들이 급히 사방으로 흩어지며 엄폐물 뒤로 몸을 숨겼다.
　휘익—
　비틀거리고 있는 나백상의 곁으로 세 명의 청년들이 날아 내렸다.
　'저놈은?'
　흐릿한 의식 속에서 나백상이 눈을 크게 떴다.
　제왕성의 내분 후 자신들이 칩거한 동굴을 귀신같이 찾아내고 단리장영을 구해간 그놈이었다. 칼에 대한 자신의 시야를 한 단계 더 높이게 만든 그놈이 강궁을 어깨에 메고 두 놈의 젊은이와 함께 자신의 옆에 나타났다.

　"괜찮소?"
　정사청이 나백상의 몸 곳곳의 혈도를 봉하며 무심한 눈빛으로 나백상을 바라보았다.
　"네놈 눈엔 괜찮아 보이느냐?"
　나백상이 허탈하게 대답하며 바닥에 쓰러졌다.
　"이런 쳐 죽일 애송이 놈들이!"
　화살을 피해 곳곳에 숨었던 담우개의 무리들이 이빨을 갈며 나타났다.
　그들이 나타나든 말든 정사청은 눈곱만큼도 신경 쓰지 않고 나백상을 돌보고 있었고 다른 두 명의 젊은이들은 칼도 뽑지 않은 채 느긋이 몰려드는 자신들을 바라보았다.
　"찢어 죽이겠다!"
　사내들이 악을 쓰며 두 명의 젊은이들에게로 덮쳐들었다.
　"크악!"

"으흑!"

제일 선두에 선 두 명의 사내들이 두 젊은이가 휘두른 칼에 순식간에 심장이 갈라지며 나뒹굴었다.

'저놈들은?!'

담우개의 눈가가 치켜 올라갔다.

'지옥마도의 졸개들이다!'

담우개가 소리를 지를 뻔한 가슴을 진정시키며 조대경과 신도기문을 바라보았다.

순식간에 부하들 둘을 쓰러뜨리고 다른 부하들과 상대하고 있었지만 조만간에 끝이 날 것 같은 상황이었다.

'저놈들마저 잡아버릴까?'

담우개의 눈이 가늘어졌다.

'셋은 아무래도 무리다!'

칼 솜씨로 봐서 저들 셋을 동시에 상대하여 잡는 것은 도저히 자신이 없었다. 그들의 무시무시한 칼이 점점 더 무섭게 휘둘러지고 있었다.

'여기서 모든 걸 그르칠 순 없지.'

담우개가 공력을 돋우었다.

팟!

신도기문과 조대경이 마지막 남은 담우개의 부하를 베는 순간 담우개의 신형은 아침 안개 속으로 사라져 버렸다.

"더러운 놈."

신도기문이 부하들의 희생을 조금도 신경 쓰지 않고 혼자 도망간 담우개의 흔적을 찾으며 중얼거렸으나 그의 모습은 이미 시야에서 사라진 지 오래였다.

"견딜 수 있겠소?"

정사청이 나백상의 상처를 치료하고 난 후 물었다.

"그런대로."

나백상이 인상을 쓰며 답했다.

"두 시진 간격으로 이 환단을 복용하시오. 운이 나쁘지 않다면 살 수 있을 것이오."

정사청이 가슴속에서 메추리 알만한 환단을 몇 개 나백상에게 건네주고 성큼 등을 돌렸다. 그런 정사청을 보고 신도기문과 조대경이 멈칫거렸지만 이내 등을 돌려 정사청을 따랐다.

"죽이지 않나?"

몇 걸음 더 걸음을 옮긴 정사청의 등 뒤에서 나백상의 목소리가 들렸다.

"왜 죽여야 하오?"

"날 살려두면 네놈이 나중에 귀찮아질 텐데."

나백상이 예전에 정사청이 했던 말 그대로 반복했다.

"기다려 보지요. 당신에게 그럴 만한 세월이 남아 있을는지."

정사청이 다시 걸음을 옮겼다.

"크하하! 크하하하하……!"

나백상이 광소를 터뜨리다 북받쳐 올라오는 기침을 참지 못하고 토할 듯이 쿨럭거리기 시작했다.

"사형, 아는 노친네요?"

나백상의 모습이 보이지 않을 때쯤 신도기문이 정사청에게 물었다.

"약간."

정사청이 묵묵히 고개를 끄덕였다.

"그럼 아까 도망간 그 멧돼지 같은 놈은?"

이번에는 조개경이 정사청을 보고 물었다.

"처음 보는 자였어."

정사청의 고개가 가로저어졌다.

"재수없게 생긴 놈이야."

조대경이 침을 퉤 뱉으며 걸음을 재촉했다.

"깨어났소?"

이틀 동안 혼수상태에서 깨어난 임무열을 보고 천호가 걱정스레 물었다.

"두령, 언제… 오셨소?"

임무열이 천천히 상채를 일으키며 주위를 두리번거렸다.

남궁우현과 도진화가 기쁜 표정으로 자신을 바라보고 있었다.

"괜찮소, 부두령?"

남궁우현이 임무열에게 달려들어 맥을 짚었다.

"지독하군요. 어떻게 이렇게까지 몸을 혹사시킨 거요? 정말 무식하기 짝이 없소. 암흑류의 기운이 아니었으면 이미 열 번은 더 죽었을 것이오."

"그럴 수밖에 없는 상황이었소. 그때 그놈들을 물리치지 않았다면 다음은 없었을 것이오."

임무열이 기운없는 목소리로 답했다.

"그래서, 그렇게 모두 한꺼번에 기절해 버리면 다음이 무슨 소용이오. 다음이 아니라 당장 그날 오후에 무슨 일이 있었는지 아시오?"

남궁우현의 말에 임무열의 표정이 굳어졌다.

"무슨 일이 있었던 거요?"

"무슨 일 정도가 아니오. 부두령을 비롯해 여기 누워 있는 사람들 곁으로 저승사자가 왔다 갔었소. 여덟 명 모두의 심장을 꺼내가겠다면서."

"뭐, 뭐야? 그게 무슨 소리야?"

"어라? 이 자식은 언제부터 깨어 있었던 거야?"

하나둘씩 의식이 깨어나고 반가움의 소리를 지르고 하면서 남궁우현의 말이 멈추었다.

"하여간 저놈은 이런 상황에서도 코를 곤단 말이냐."

화천옥이 아직 유일하게 의식이 돌아오지 않은 철도정을 보며 고개를 저었다.

"그런데 아까 한 말 무슨 뜻이었소? 사신이 왔다 갔다니?"

임무열이 남궁우현을 바라보았다.

"부두령과 다른 사람들이 이곳 천막에서 의식을 잃고 있는 동안 나백상이 부하들을 이끌고 이 천막 앞까지 왔었소. 은갑기마대를 괴멸시킨 놈들의 심장이 어떻게 생겼는지 친히 확인해 보겠다면서 말이오."

"빌어먹을! 그럼 모두 죽은 거야?!"

이가송이 고함을 치며 너무나 조용한 천막 밖의 동정을 살폈다.

"어쭈! 이 자식, 아직 잠이 덜 깼나? 죽긴 누가 죽었다는 거냐?"

영호성이 퀭한 눈으로 이가송을 흘겨보았다.

"무림맹 사람들 모두 죽은 거 아니냔 말이다, 이놈아! 밖이 너무 조용하니 하는 말이다."

정신이 들고 몇 마디 말을 나누는 사이 천막 주위가 너무 조용했다.
"충분히 그러고도 남을 뻔했지."
남궁우현이 빙긋이 웃으며 뜸을 들였다.
"느물거리지 말고 속 시원히 좀 말해라, 이 자식아!"
이번에는 영호성이 고함을 질렀다.
"두령이 나백상을 막은 거요?"
묵묵히 눈을 감고 듣기만 하던 정휴가 불쑥 한마디 했다.
"하~ 저 중놈, 대웅전 안에서도 고기 국 얻어먹겠다."
남궁우현이 감탄사를 내질렀다.
"그, 그게 정말이냐? 두령과 그 영감쟁이가 대결을 했단 말이냐?"
"얼씨구! 이젠 불곰도 깨어났구나."
철도정도 정신이 들어 남궁우현에게 달려들 듯 질문을 던졌다.
"모두들 평생, 아니, 영원히 잊지 못할 광경을 놓친 거야."
도진화가 의기양양하게 나서며 말했다.
"폭풍우가 치고 수백 개의 벼락이 한꺼번에 떨어진다고 해도 그런 광경은 연출하지 못할 거야. 정말 장관이었어."
도진화가 그때 장면을 회상하듯 흥분한 목소리로 말했다.
"그래서?"
"두령이 내상을 입고 피를 한 사발이나 토했지."
"젠장! 뭐가 어떻게 돌아가는 거야? 그럼 어떻게 우리가 지금 이 순간 멀쩡하게 살아 있는 것이냐? 저 구미호도 지 신랑 닮아서 사람 애간장 태우기는……."
형일비가 도진화를 보고 고함을 질렀다.
"너, 죽고 싶어? 칼 들 힘도 안 남은 게."

도진화가 형일비를 보고 눈을 흘기자 형일비가 한숨을 쉬며 고개를 돌렸다.
"두령은 내상을 입었지만 나백상 그 영감은 칼 든 팔이 잘렸지."
마침내 도진화가 환한 미소를 지으며 종지부를 찍었다.
"역시!"
"그럼 그렇지."
모두들 환성이라도 지를 듯한 얼굴로 묵묵히 서 있는 천호를 바라보았다.
"두령, 괜찮은 거요? 내상이 심하지는?"
"견딜 만하오. 그러니 본인들 걱정이나 하시오."
천호가 천천히 고개를 끄덕였다.
"이번 대결을 보고 나서 느낀 것인데… 난 아무래도 저번에 우리가 한 약속을 취소해야겠어."
도진화가 의미심장한 표정을 지으며 말하자 모두들 도진화를 쳐다보았다.
"무슨 약속?"
"약속이라니?"
모두들 무슨 말이냐고 반문했다.
"왜 저번에 개 몰리듯 훈련받으며 약속한 거 있잖아? 훈련 끝내고 나면 열넷이서 합공하여 두령을 반쯤 죽여놓자고 한 약속 말이야."
"이크크―"
"이런, 구미호."
"그게 언제 적 얘긴데 지금 와서……."
모두들 기가 막힌다는 듯 한마디씩 했다.

"왜 그래? 그때는 하늘이 두 쪽 나도 지키겠다는 눈빛이더니?"

도진화가 여전히 암큼한 미소를 지으며 말을 멈추지 않았다.

"그런데 엊그제 두령 싸우는 모습을 보니 우리 열넷이 아니라 여기 낙혼애평원에 모인 사람 다 같이 덤벼들어도 한 시진 안에 반병신되어 나오겠어. 그러니 하려면 열셋이서 해. 난 빠질래."

도진화가 몸을 살래살래 흔들며 천막 밖으로 나갔다.

"어이구! 저 구미호, 그새 꼬리가 두 개는 더 늘었겠다. 어떤 놈인지 걱정된다, 걱정돼."

저마다 한마디씩 하며 이틀 동안 꼼짝 못했던 몸을 움직이며 굳은 근육들을 풀었다.

"모두들 침상에 앉아보시오."

깨어난 여덟 명의 후기지수들을 유심히 바라보던 천호가 나직이 말했다.

"왜 그러시오, 두령?"

주춤주춤 침상에 앉은 퀭한 시선들이 천호를 향했다.

"나 역시도 잘은 알지 못하지만, 여러분들 몸속에 내재된 암흑류의 기운은 이번처럼 극한 상황에 달할 정도로 운기하게 되면 어느 순간 공백의 상태가 되어 쓰러지게 되오."

천호의 말에 모두 직접 겪은 일이기에 묵묵히 고개만을 끄덕거렸다.

"여러분들이 더 잘 알겠지만 만물에는 음과 양이 있소. 무공 역시 마찬가지요. 내가 사막의 어느 곳에서 수련한 무공은 그 음과 양의 기운을 조화시키며 두 기운이 때때로는 서로를 견재하기도 하고 서로를 보완하기도 하오. 하지만 여러분들의 몸속에는 속성으로 칼을 익히기 위해 암흑류란 어둠의 기운만을 담았소. 그 기운은 폭염의 기운과 함께 운기해야 완벽해지지만 아쉽게도 여러분은 폭염의 기운은 익히지 못한 상태요. 그렇기 때문에 이번처럼 과도한 운기 후엔 공허한 상태가 되어 쓰러지게 되는 것이오."

천호의 말에 모두 침울한 표정으로 바닥만을 응시했다.

애초 천호에게서 칼을 배울 때 그 사실을 들었지만 폭염의 기운까지 운기하려면 오 년도 넘게 걸렸으므로 암흑의 기운만을 익힌 것이다. 그리고 그 기운만으로도 엄청난 칼을 익힐 수 있었으나 극한의 상황에서는 이번처럼 한계에 맞닥뜨릴 수밖에 없었다.

"그럼 언제나 이런 식으로 쓰러진단 말이오?"

"그렇지는 않소. 이번처럼 사생결단을 낼 듯이 운기하지만 않는다면 그런 일은 없을 것이오."

천호의 설명을 들은 철도정의 표정이 밝아졌다.

"그럼 크게 걱정할 것 없구먼. 엊그제 같은 괴물들을 또 만날 리도 없을 것이고, 두령 같은 사람만 만나지 않는다면 팔성의 공력으로도 충분히 자신있소."

"사람 일이란 모르는 것이야, 이 불곰이."

영호성이 철도정을 힐난했다.

"어쨌든 다시는 그런 식으로 싸우지 마시오."

천호가 잠시 호흡을 고르고 나서 다시 입을 열었다.

"이젠 다들 몸을 추슬러야 하오. 지금의 상태로는 여러분들은 길 가는 초동에게도 이길 수 없는 상황이오. 모두 바닥에 일렬로 앉아 앞 사람의 명문혈에 손바닥을 대시오. 남궁 공자는 호법을 부탁하오."

천호가 천천히 소매를 걷어 올렸다.

"어, 어쩌려고 그러시오, 두령."

임무열이 당황한 표정으로 천호를 바라보았다. 안색으로 봐서는 내상이 가볍지 않아 보였는데 그런 상태에서 여덟 명 전원에게 자신의 진기를 불어넣으려 하는 것이다.

"시간이 없소. 오늘 당장이라도 혈영이 다시 나타날지도 모르오!"

"안 되오, 두령. 두령도 내상을 입어 치료를 해야 할 상황이 아니오."

우자추가 흥분한 목소리로 고함을 질렀지만 천호의 표정은 단호하기만 했다.

"시키는 대로 하시오. 어서!"

기운을 운기한 천호의 손이 붉게 달아올랐다.

체념한 여덟 명의 후기지수들이 앞 사람의 등에 손바닥을 대고 일렬로 앉았다.

"지금 전해주는 폭염의 기운은 여러분들 몸속에 있는 암흑류의 기운을 일깨우는 데 필요한 것이오. 내가 이끌어주는 대로 반복해서 운기하면 며칠 후엔 이전의 상태로 돌아갈 것이오."

말이 끝남과 함께 천호의 쌍장에서 뻗어 나온 폭염의 기운이 여덟 명 모두의 몸에 대해처럼 흘러들었다.

'우욱!'

전신을 태울 듯한 열기에 움찔 놀란 후기지수들이 황급히 정신을 모으고 폭염의 기운이 이끄는 대로 운기하기 시작했다.

"됐소. 이젠 그 상태로 손을 떼고 각자 암흑류를 운기하시오."

여덟 명에게 폭염의 기운을 전한 천호가 손을 떼고 지시하자 모두들 앞 사람의 등에서 손을 내리고 삼매에 빠져들었다.

"커억!"

밖으로 나온 천호가 또다시 한 모금의 피를 토했다.

"두령!"

도진화가 눈물을 쏟으며 천호의 팔을 부축했다.

"괜찮소. 도 소저와 남궁 공자는 내일 아침까지 계속해서 호법을 서시오."

천호가 소맷자락으로 입술에 묻은 피를 닦으며 숲 쪽으로 걸음을 옮겼다.

"알겠어요, 두령."

깊숙이 고개를 숙인 남궁우현과 도진화의 고개는 천호의 모습이 보이지 않을 때까지 들어 올려질 줄을 몰랐다.

"악연이야, 악연"

아침까지 운기를 하고 자리에서 근육을 푸는 동안 정휴가 멍하니 천막 구석을 바라보며 중얼거렸다.

"전생에 무슨 빚을 그리 많이졌기에……."

정휴가 다시 한 빈 턱시코로 중얼거리자 회천옥이 고개를 돌렸다.

"야! 중놈, 너 비 맞았냐? 왜 아침부터 궁시렁거리는 거냐? 악연이라니? 그리고 전생의 빚은 또 무슨 소라냐?"

화천옥의 질문에 정휴가 휴~ 하고 한숨을 뱉었다.

"어쭈. 이 화상이 주화입마에 빠졌나. 뭐가 악연이라는 거야, 도대체?"

이번에는 철도정이 정휴를 보고 소리를 질렀다.

"두령하고 우리 인연이 악연이라는 거다, 이 중생아."

"이런 미친 중놈, 그게 무슨 말이냐? 이런 복받은 인연이 또 어디 있을 거라고 그런 헛소리냐?"

철도정이 더 크게 소리를 질렀다.

"그건 네놈이나 우리 입장에서 볼 때 그렇지, 두령의 입장에서 보면 우릴 만난 건 악연 중의 악연인 것이다, 이놈아!"

정휴가 멍한 표정의 철도정을 보고 다시 말했다.

"우리만 아니었으면 두령은 벌써 자기 원한을 갚고 칼을 버린 후 진소저와 산속으로 들어갔을 것인데… 우리 때문에 아직까지 이 피비린내 나는 사바 세계에서… 휴우~ 이젠 피보다 더한 진기마저 우리 몸에 불어넣어 주니 이러다 두령은 껍질만 남겠군. 전생에 무슨 빚을 그리 졌기에……"

정휴가 혼잣소리인 듯 궁시렁거렸지만 그 말은 모두의 가슴에 비수처럼 박혀들었다.

"다들 끝낸 거야?"

남궁우현과 도진화가 온몸이 이슬에 축축이 젖은 채 천막 안으로 들어왔다.

"두령은?"

임무열이 남궁우현을 보고 물었다.

"진기를 전해주고 피를 한 모금 토한 후 저쪽 숲으로 사라졌어."

남궁우현이 무거운 음성으로 답했다.

"흑―"

도진화가 다시 눈물을 흘렸다.

"그만 하시오, 진화. 밤새 울었으면 됐지 또 그러는 거요."

남궁우현이 도진화의 등을 두드리며 달랬다.

"그런데 밖은 왜 이리 조용한 거냐? 모두 떠나고 우리만 여기 남은 거냐?"

이가송이 다시 의문을 던졌다.

"떠나긴.. 오히려 대기하고 있던 무림맹 후진까지 가세해 인원은 몇 배 더 늘었지. 하지만 모두 두령이 무서워 접근을 못하고 있는 것이지."

남궁우현이 간단히 답했다.

"철없는 인간들, 두령이 지들을 잡아먹나? 두령 아니었으면 나백상 그 영감쟁이 칼에 전멸하고 말았을 텐데."

형일비가 투덜거렸다.

"그게 아니라 이곳 천막에 접근하는 자는 무림맹이든 혈영이든 모두 죽인다고 두령이 경고했었지. 나백상 그 인간만이 경고를 무시하고 계속 접근하다가 팔이 잘렸고."

도진화가 고소하다는 표정으로 답했다.

"두령답군."

유자추기 씨익 웃으며 중얼거렸다.

"이젠 웬만큼 회복됐으니 밖으로 나가봅시다. 햇빛 본 지도 오랜 것 같소."

임무열이 천막을 들치고 밖으로 나가자 다른 사람들도 밝은 햇빛이 그리운 듯 서둘러 천막 밖으로 나갔다.

"여기요, 두령!"

신도기문이 숲 속에서 작은 소리로 천호를 부르자 천호가 주위를 살핀 후 신도기문이 있는 곳으로 스며들었다.

"여기까지 오느라 고생 많았소."

천호가 정사청, 신도기문, 조대경에게 인사를 표했다.

"고생이야 두령이 다 했지요. 우리야 산천 구경하며 유람이었지요. 그보다 두령의 내상은 괜찮은가요?"

신도기문이 걱정스런 표정으로 천호를 바라보았다.

"이곳 상황을 다 알고 있는 모양이오."

"알고말고 할 것도 없지요. 온통 그 얘기뿐이니까."

정사청이 무심한 어조로 답했다.

"놈들의 움직임은 어떻소?"

천호가 화제를 바꾸었다.

"장강 곳곳에 유난히 큰 상선들이 많이 떠 있소. 아마도 놈들이 상인으로 가장하고 움직이는 것 같았소."

정사청이 생각에 잠긴 표정으로 답했다.

"녹림은?"

"계획대로 움직이고 있습니다."

"많은 인원을 소리없이 움직이려면 힘들었을 텐데 고생했소."

천호가 잠시 말을 멈추고 어두운 표정을 지었다.

"담우개의 행적과 모 공자의 행적은 아직 잡지 못했소?"

"오리무중입니다. 이곳으로 오고 있다는 것은 확실한데 어느 경로를 통해 움직이는지는 도저히……."

"천하의 정 공자도 따돌릴 수 있는 자라면 무척 영리한 자인 것 같소."

"철저한 자입니다. 몇 곳에서 작은 흔적들이 발견되었지만 결정적인 단서는 단 한 점도 흘리지 않더군요."

정사청이 약간 무거운 어조로 말했다.

"기다려 봅시다. 그놈 속셈이 모진성 공자를 이용해 나를 잡을 생각이니 내가 여기 있으면 결국 이리로 나타나겠지요."

천호가 입술을 질끈 깨물었다.

"교활한 놈, 결국 제 꾀에 제가 걸려드는군. 두령을 오히려 이곳에 끌어들여 제 무덤을 파고 있어."

신도기문이 조소 어린 웃음을 피워 물었다.

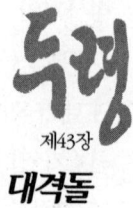

제43장
대격돌

한차례 대접전이 있은 후 며칠 간 폭풍 전야처럼 고요하던 낙혼애평원에 다시 아침이 밝았다.

"헉헉!"

평원으로 들어오는 여러 개의 길목에서 망을 보던 무림맹의 제자들이 새파랗게 질리며 무림맹 진영으로 급히 뛰어들었다.

"너희들은 보초를 서던 아이들이 아니냐?"

헐레벌떡 달려오는 자파의 제자들을 보고 장로들 중 한 사람이 물었다.

"큰일 났습니다! 엄청난 숫자의 인원들이 이곳으로 몰려오고 있습니다!"

숨이 넘어갈 듯 고함을 치는 청년들의 얼굴이 사색이 되어 있었다.

"무슨 말이냐? 자세히 말해 보거라."

"구당협(瞿塘峽) 방향에서 수천 명의 인원들이 몰려오고 있습니다! 한 시진이면 이곳에 도착할 듯합니다!"

"혈영의 무리들이 말이냐?"

"그런 듯합니다."

"올 것이 왔구나. 어서 전 맹에 알리고 전투 준비를 하거라."

아침부터 무림맹은 불이 난 듯 움직이기 시작했다.

"이놈들이 오늘은 끝장을 볼 모양입니다."

무림맹 수뇌부가 초조한 얼굴로 머리를 맞대고 있었다.

"후진에 연락은 하였소?"

주해 대사가 모용상아를 바라보았다.

"이미 연락은 해두었습니다. 하지만 여기까지 오려면 세 시진은 걸릴 텐데……."

"그들이 한 시진을 단축해서 도착한다고 해도 최소한 두 시진은 버텨야 된다는 계산이군요."

누군가 걱정스런 음성으로 말했다. 혈영의 사이한 칼을 직접 겪었던 그들에게 두 시진이면 전멸할 수도 있는 시간이었다.

"하늘에 맡기고 최선을 다할 수밖에요. 여러 장로님들은 일러준 대로 진영을 짜고 제자들을 독려하시오. 그리고 절대 경거망동해서는 안 되오."

주해 대사가 신신당부를 하자 명숙들이 고개를 끄덕이고는 천막 밖으로 나갔다.

"좀 이상하지 않소?"

"그러게 말입니다. 이런 대군을 맞아 싸우려면 당연히 사방팔방 물샐틈없이 진영을 갖추어야 하는데 최대한 산 아래로 집결하여 진영을 구축하면 뒤쪽 산 쪽이나 옆의 숲 쪽에서 놈들이 쳐들어오면 위험할 텐데…… 그리고 어제는 산 쪽에 있는 보초들을 모두 물리고 그곳으로는 일체 접근을 금하게 한 것도 이해가 가지 않는 일이오."

천막 밖으로 나온 장로들이 못내 미덥지 않은 듯 맹주 처소 쪽을 돌아보았다.

"뭔가 복안이 있으신 게지요. 이제껏 맹주님의 말씀이 어디 한 치라도 온당치 않은 적 있었소?"

"그건 그렇지요. 높은 불력과 포용력은 탄복을 금치 못하게 했지요."

걱정스런 표정을 지은 장로들이 이구동성으로 말했다.

"갑시다. 우리는 시키는 대로 한 치의 오차도 없이 행하면 될 일이지요."

무림맹 수뇌부가 서둘러 각 진영으로 걸음을 옮겼다.

"희생은 얼마나 줄일 수 있겠소?"

두 사람만이 남게 된 맹주 처소에서 주해 대사가 모용상아에게 물었다.

"계획대로 된다면 최소한으로 줄일 수 있겠습니다만, 장 공자님이 변수입니다. 그분만 도와주신다면……."

"그건 바라지 마시구려. 그 공자의 눈에는 우리나 혈영이 똑같은 무리로 보일 테니까."

주해 대사가 고개를 저었다.

"어찌 됐든 그는 자신에게 칼을 배운 제자들은 자신의 목숨을 아끼지 않고 보살피니 그것만으로도 우리에겐 천군만마의 힘을 보탠 것이나 마찬가지입니다."

모용상아가 적이 안도하는 표정으로 말했다.

"그렇지요. 그러지 않았으면 무림은 이미 혈영 천지가 되었을지도 모르지요."

주해 대사 역시 안도의 한숨을 내쉬었다.

둥둥둥…….

최초의 보고를 받은 지 한 시진 후 긴장한 채 전열을 갖추고 있는 무림맹의 진지 앞 쪽으로 족히 이만은 넘어 보이는 수의 혈영 무리들이 나타났다.

많은 수임에도 불구하고 아무 소리 없이 일사불란하게 움직이는 모습에서 많은 훈련을 소화해 낸 흔적이 배어 있었다.

펄럭—

무리들 앞쪽에서 깃발 하나가 솟아올랐다. 동시에 전진하던 인원들이 모두 걸음을 멈추고 자리에 섰다.

"무리맹은 들어라!"

제일 앞에 선 장한이 큰 소리를 질렀다.

"혈영의 새로운 영주 담우개님의 명을 전하겠다! 이곳 낙혼애평원은 우리 혈영이 보금자리로 공표한 땅이다! 너희들이 즉시 이곳을 떠나면 아무런 제재를 가하지 않고 고이 돌려보내 주겠다! 하지만 만약 그러지 않는다면 우리는 여기 모인 무림맹 인원들을 단 한 명도 살려보내지 않겠다! 그때는 항복조차도 소용없는 일이다! 그러니 이 두 개의 창 그림자가 겹쳐질 때까지 가부를 결정하라!"

장한이 고함을 멈추고 긴 창 두 개를 일정한 거리로 땅에 박은 후 물러나자 무림맹 곳곳에서는 술렁임이 일었다.

현재 평원 저쪽에서 나타난 숫자만으로도 기가 질릴 정도인데 그 밀려드는 인원들은 끝이 보이지 않았다.

또 숫자도 숫자이지만 선두에 나타난 사람들의 기색이 결코 범상치 않았다.

호흡마저 자신의 내부로 갈무리하여 한 자루 칼처럼 냉막하게 서 있는 모습에서 오싹한 소름이 절로 돋았다.

"맹주님!"

무당의 장문인 방제금이 주해 대사의 곁으로 다가왔.

그의 눈에는 비장함과 함께 고뇌의 빛이 역력했다.

자신이야 무림의 대의를 위하여 백 번을 거듭 죽는다 하여도 여한이 없겠지만 피어보지도 못한 저 어린것들은 어찌할 것인가. 지금 앞에 선 무림명숙들의 심정이 모두 그러했다.

"기다려 봅시다. 천운이 아직 우리를 떠나지 않았음이니……."

주해 대사가 침착하게 대답했다.

'뭔가 있다!'

눈곱만큼도 흔들리지 않는 맹주의 표정을 보고 방제금이 의혹의 눈빛을 떠올렸다.

핑핑핑―

두 개의 창 그림자가 일직선으로 합쳐질 때 바람을 가르는 섬뜩한 음향과 함께 무림맹이 진을 친 산꼭대기에서 하늘을 가득 메울 듯 무수한 숫자의 화살이 날아왔다.

그 무수한 화살들은 무림맹의 인원들이 배치한 진영을 뛰어넘어 혈영의 선두에서 사람들 발치쯤에 정확히 떨어져 마치 울타리를 치듯이 옆으로 길게 늘어서 박히기 시작했다.
"물러서라!"
혈영의 앞 열이 깜짝 놀라며 뒷걸음질쳤다.
"저놈들은?"
놀란 가슴을 쓸어 내리며 화살이 날아온 산정을 바라본 혈영의 전열 속에서 신음성이 흘러나왔다.
그리 높지 않은 산꼭대기에서 하나둘씩 나타난 사람들이 순식간에 온 산꼭대기를 병풍처럼 둘러싸며 인간의 숲을 이루고 있었다.
"우우—"
놀라기는 무림맹도 마찬가지였다.
맹주의 명으로 이제까지 배치하고 있던 진영과 목책들을 모두 철수하고 뒤쪽 야산 아래로 바짝 재배치한 자신들의 진영 뒤쪽에서 엄청난 수의 사람들이 갑자기 나타나 화살을 날렸다.
그 화살들이 자신들의 머리를 넘어 혈영의 전열 앞쪽에 떨어지지 않고 자신들에게로 떨어졌다면 적어도 화살 숫자의 반만큼은 희생당하고 말았을 것이다.
"맹주님, 대체, 대체 저들은……?"
"미안하오. 여러 명숙님들. 내 차마 녹림과 손을 잡았다고는 말씀드릴 수 없어 이제껏 입을 다물고 있었소."
"그럼 저들이 녹림도란 말입니까?"
"그렇다오. 장 공자와 함께 있던 아이들이 장악하고 있던 녹림십팔채의 사람들이오."
"그런데 저들이 여기 어떻게?"

명숙들 중 한 명이 놀란 표정으로 다시 물었다.
"그 아이들은 오래전에 이런 일을 예상하고 녹림을 손아귀에 넣고 강궁과 군진합공을 가르쳤다 하오. 그리고 우리가 회의만 하고 있던 긴 겨울 동안 암암리에 이곳 사천 땅에 은밀히 잠입하여 오늘에 대비하고 있었던 모양이오."
"어허, 이런 일이…… 장강의 앞 물이 뒷물에 밀린다더니 한 치도 틀림없는 말이구려."
"맹주님께서 넓은 평원을 모두 내어주고 이 야산 자락에 바짝 붙여 진을 치게 한 이유를 이제야 알겠습니다."
방제금이 고개를 끄덕였다.
"소승의 생각이 아니라 장문인 문파의 제자인 정사청이란 공자의 계책이었지요."
주해 대사의 얼굴에 언뜻 미소가 떠올랐다.
몇 년 전에 삼엄한 소림의 장경각에 소리없이 스며들어 광승의 소재를 묻던 그 기상천외한 청년이 어젯밤 다시 천막으로 스며들었던 것이다.
"그놈! 사청, 그놈이란 말이지요? 겨울 동안 뭐가 그리 바쁜지 한시도 가만있지 않고 헐떡거리며 다니더니……. 허허."
방제금이 혀를 찼다.
둥둥둥—
돌연 저 멀리 우측 숲 속에서 북소리가 울리며 숲이 움직이기 시작했다.
"저건 또 뭔가?"
움직이던 숲이 서서히 옆으로 흩어져 덮어쓰고 있던 풀숲을 벗어 던지며 긴 창을 든 녹색 복장의 인영들이 나타나기 시작했다.

"저들도 녹림도인가요?"

"그렇소. 저들은 사대세가 중 신도세가의 자제 신도기문 공자가 심혈을 기울여 군진합공술을 연마시킨 녹림도들이라 하오."

"허! 이젠 놀랍지도 않군요."

신도세가의 가주 신도일명(新刀一明)이 헛바람을 내쉬었다.

그러는 사이 신도기문이 이끄는 녹림도와 정사청이 이끄는 녹림도가 끝없이 넓은 평원 한쪽에서 서로 합쳐지며 전열을 짜기 시작했다.

"저것은?"

곤륜의 진명 선사가 깜짝 놀라며 소리를 질렀다.

"저것은 군인들이 짜는 군진이 아닌가? 저들이 어찌 변방의 군인들이 쓰는 군진을 짠단 말인가?"

"어허, 녹림도가 아니라 군대구려."

이곳저곳에서 놀란 목소리가 흘러나오는 사이 진을 완성한 녹림도가 그대로 이동하며 혈영의 좌측을 압박하였다.

장창과 활로 무장한 군진은 언뜻 보기에도 죽음의 진이었다.

기세등등하게 늘어서 있던 혈영의 좌측 전열이 급히 분산되며 멀찌감치 물러서자 다른 쪽 전열들도 덩달아 흔들리기 시작했다.

"이런 어처구니없는!"

혈영의 선봉에 선 장한이 대갈을 터뜨렸다.

"감히 산적 따위가 우리를 막아서다니! 네놈들부터 따끔한 맛을 보여주겠다!"

장한이 칼을 빼 들며 부하들에게 고함을 질렀다.

"제일군은 우측에서 우각진(牛角陣)을 짜고 제이군은 좌측에서 우각

진을 만들어 저놈들의 전열을 흩뜨려라!"

장한의 명령에 따라 혈영의 인원들 중 일부가 물소 뿔 모양의 진세를 지휘하며 재배치하고는 녹림의 한 진영을 향해 돌진했다.

혈영의 괴이한 진세에 녹림이 잠시 주춤했다.

그들의 진세는 녹림의 진을 쉽게 무너뜨릴 수 있는 모양새였다.

둥둥—

북소리가 들리며 진영 뒤쪽 교자 위에서 신도기문이 몇 개의 깃발을 차례로 흔들었다.

그것을 신호로 흔들리던 진영이 신속히 배치를 달리했고 십자형으로 재배치하여 물소 뿔의 양 옆과 가운데를 공격하였다.

물소 뿔이 양쪽으로 끊어지며 전열이 흐트러지는 순간, 화살과 장창이 쏟아져 나와 녹림을 공격하던 혈영의 무리들이 고목 쓰러지듯 쓰러졌다.

"저놈!"

장한이 고함을 질렀다.

"저놈을 쏘아 떨어뜨려라!"

장한이 옆에 있는 사내에게 명령했다.

사내가 강궁을 들어 올리며 신도기문을 겨냥했다.

피융—

사내의 화살이 어이없이 다른 방향으로 날아갔다.

저 멀리서 정사청이 쏜 강전이 한발 앞서 사내의 가슴을 꿰뚫었던 것이다.

"이크!"

다시 한 발의 강전이 장한의 이마를 노리고 날아왔고 장한이 얼른 고개를 숙여 강전을 피했다.

"멍청한 놈!"
쩍 갈라진 벼랑 저쪽에서 담우개가 녹림과 혈영의 접전을 보고 있다가 입맛을 다셨다.
"모두 뒤로 물려라."
북소리와 함께 깃발이 올라가고 접전을 벌이던 혈영이 신속히 뒤로 물러섰다.
"방패를 소지한 수검대(守劍隊)로 녹림을 상대하게 하고 다른 진영은 무림맹을 공격하여 총공세를 펼쳐라."
혈영의 무리들 중에 길고 두꺼운 방패를 든 자들이 앞으로 나와 길게 늘어서 방패를 일렬로 세우자 순식간에 성벽이 하나 축조된 것 같았다.
그렇게 방패로 막아선 혈영이 천천히 녹림의 진영을 향해 진군했고 무림맹 쪽에도 역시 고수들로 편성된 혈영의 무리들이 거리를 좁혀들기 시작했다.
"쳐라!"
담우개의 손짓과 함께 깃발이 올라가고 먼저 무림맹 쪽으로 다가가던 혈영의 무리들이 무서운 속도로 쇄도하며 칼을 휘두르기 시작했다.
쨍— 쨍—
"크윽!"
"으악!"
피아의 구별이 되지 않는 신음성이 터지며 싸움이 시작되었다.
녹림의 진영 역시 방패를 세운 혈영의 수검대가 쇄도해 왔고 녹림의 장창이 방패들을 향해 뻗어 나가 둔탁한 소리와 함께 목재 방패에 장창이 깊숙이 박혔다.

깊숙이 박힌 창이 쉽게 뽑혀지지 않고 주춤하는 사이 방패의 한쪽이 열리며 혈영의 무리들이 순식간에 녹림의 진영으로 뛰어들었다.

"저놈, 미친놈 아닌가?"

담우개의 옆에 선 사내가 부지불식중에 소리쳤다.

넓은 도를 든 사내가 진영이 무너진 적진에 갇힌 녹림도가 있는 곳으로 뛰어들었다.

정작 혈전이 벌어지고 있는 무림맹 쪽에는 무심히 쳐다보던 놈이 제일 끝단의 진영이 무너지자 득달같이 달려들어 혈영의 인원들을 베어 내고 있었다.

"저놈이 지옥마도란 놈이 맞습니까?"

어이가 없는 듯 사내가 담우개에게 질문했다.

"맞다."

담우개가 시선을 고정한 채 말했다.

"병법의 병 자도 모르는 놈이 아닙니까? 망가진 꼬리는 재빨리 잘라 버리고 다시 새 진영을 구축해야지, 떨어져 나간 꼬리를 주우려 적진으로 뛰어드는 놈이 어디 있단 말입니까?"

사내가 재차 혀를 찼다.

"어서 진영으로 합류하시오!"

천호가 포위망을 뚫으며 적진에 갇힌 녹림도 다섯에게 길을 내어주었다.

"누, 누구?"

"지금 그게 중요한 게 아니오! 어서 가시오, 어서!"
다시 두 명의 허리를 벤 천호가 고함을 치자 다섯 명의 녹림도가 미친 듯이 달려 진영 속으로 합류했다.
다섯의 합류를 확인한 천호가 훌쩍 몸을 날려 자신도 진영의 안쪽으로 내려섰다.
"누구시오, 공자는? 혹시… 혹시 대두령 아니시오?"
죽음의 적진 속에 갇혔다 살아 나온 사내들이 천호를 보고 물었다.
"암흑대제이신 장천호 총채주이시오!"
흑수채 소속의 녹림도가 들뜬 목소리로 크게 소리쳤다.
"대두령… 대두령이셨구려."
다섯 명의 사내가 홀린 듯이 중얼거렸다.
"와아— 대두령이시다!"
"와아—"
뜨거운 함성이 서서히 녹림의 진영 내로 퍼져 나갔다.

"저놈들!"
담우개 옆에 섰던 사내가 신음성을 흘렸다.
전열이 흐트러지며 꼬리가 잘렸다가 지옥마도란 놈이 다시 회수해 가자 꼬리들이 급속하게 살아나며 무섭게 꿈틀거리기 시작했다.
"저놈은 무림맹의 안위는 전혀 신경 쓰지 않아."
담우개가 중얼거렸다.
무림맹 쪽의 싸움이 훨씬 더 치열하고 사상자도 많이 나왔지만 지옥마도란 놈은 그쪽은 전혀 신경 쓰지 않고 언제나 녹림의 제일 전방에서 잘려진 꼬리는 기필코 회수해 갔다.

그럴 때마다 되살아난 꼬리들은 무섭게 꿈틀거리며 용트림을 했다.
"저놈은 백도무림의 사람이 아니야!"
담우개가 주먹을 부르르 떨었다.
"진작에 알았으면 어부지리를 얻을 수 있었는데……."
담우개의 주먹에서 피가 새어 나왔다.

"이젠 더 이상 지휘는 필요없겠군."
교자 위에서 녹림을 지휘하던 신도기문과 녹림의 또 다른 축을 맡고 있던 정사청, 조대경이 방패를 맞대고 쇄도하는 혈영의 무리들 앞에서 아수라처럼 칼을 휘두르는 천호를 보고 깃발을 내던지고는 무림맹 쪽으로 몸을 날렸다.
"와! 와!"
"대두령을 따르라!"
"대두령을 모셔라!"
녹림도의 눈시울에서 뜨거운 물기가 번지며 죽음을 도외시한 채 혈영의 무리들을 향해 창을 찌르며 밀고 나갔다.
천호의 도에 두꺼운 방패들이 산산이 부서져 나가 녹림의 장창에 속수무책이 된 혈영의 전열이 급속히 무너져 내렸다.
무림맹 또한 신도기문, 조대경, 정사청의 가세로 차츰 우열이 드러나며 혈영의 인원들이 속속 쓰러지기 시작했다.
처음 한동안은 사이한 검법을 구사하는 혈영의 고수들에게 많은 피해를 입었지만 여덟 명의 후기지수들에게 그들이 하나둘 베어지고, 신도기문 등이 가세해 혈영의 고수들이 모두 쓰러지자 나머지는 급속히 무너지기 시작했다.

"후퇴시키시오! 저러다간 다 죽이겠소!"
담우개의 옆에 선 사내가 다급히 소리를 질렀다.
"졸개들이야 또 모으면 되는 것. 뒤쪽이 절벽이니 나중엔 악에 받쳐 치고 나갈 것이다. 그러면 소기의 성과는 거두는 것이고."
담우개가 잔인한 미소를 떠올렸다.
"이, 이런 악마 같은……."
사내의 손이 칼집으로 향했다.
퍼엉!
담우개의 쌍장이 사내의 가슴을 쳤다.
"지옥에서 네놈을 기다릴 것이다……."
사내가 피를 토하며 쓰러졌다.

"멈추시오!"
천호가 흥분한 녹림도들 앞에서 손을 들었다. 동시에 주해 대사도 손을 들어 무림맹의 젊은이들을 제지했다.
급격히 밀리던 혈영이 절벽 끝에 다다라 있었다.
"뒤로들 물러서시오, 어서!"
천호가 녹림도들에게 고함을 질렀다.
하지만 피를 뒤집어쓰고 흥분한 녹림도들이 모두 끝장을 보겠다는 듯 계속해서 달려들고 있었다.
퍼엉!
천호의 도가 땅바닥을 갈랐다.
물보라가 튀어 오르듯 흙먼지가 튀어 올랐다.

놀란 녹림도들이 주춤 뒤로 물러서기 시작했다.
"안 되오! 이 기회에 저놈들을 모두 절벽 아래로 떨어뜨려 뿌리를 뽑아야 하오!"
무림맹에서 한 중년인이 광기 어린 눈빛을 번뜩이며 고함을 질렀다.
쉬익—
천호의 도가 바람을 가르며 날아가 중년인의 목을 자르고는 다시 손에 쥐어졌다.
"아미타불!"
불호를 읊조린 주해 대사가 고함을 질렀다.
"어서들 물러서시오!"
"아니 되오, 맹주! 저 마도들을 뿌리 뽑을 수 있는 절호의 기회요! 이 기회를 놓치면 저놈들은 다시 나타날 것이오! 그러니 지금 뿌리를 뽑아야 하오!"
"어찌, 어찌 정파무림의 명숙들이란 사람들이 이럴 수 있소?"
주해 대사가 떨리는 음성으로 한탄했다.
"비키시오, 맹주! 저놈들이 다시 기운을 차리기 전에 모조리 처단해야 하오!"
무림맹이 들끓기 시작했다.
"앞으로 나오는 자는 모조리 베겠다."
천호가 야수 같은 눈을 번뜩이며 무림맹의 앞을 막아섰다.
"네놈 혼자서 우리 모두를 막을 수 있다고 생각하느냐?"
무림맹의 한 사내가 으르릉거렸다.
암흑의 기운이 전신을 뒤덮은 천호의 눈빛이 어둠을 발했다.
"이젠 둘이오!"

임무열이 천천히 걸어나와 등을 돌리고 천호의 곁에 서서 무림맹과 대치했다.

"나도 두령을 따르오."

유자추와 신도기문이 걸어나오고 어느새 천호를 따르던 후기지수들 모두가 천호 곁에 섰다.

"사청! 네 녀석까지? 넌 저놈의 칼을 배우지도 않았는데 왜 저놈을 따르는 것이냐?"

무당의 장로 한 사람이 어이없는 표정으로 정사청을 쳐다보았다.

"옛날에……."

무심한 눈빛을 한 정사청이 말문을 열었다.

"어떤 나그네가 숲 속을 여행하다 큰 나무 밑에서 잠시 쉬고 있었소. 그때 마침 한 무리의 원숭이 떼가 나그네가 등을 기댄 나무 위로 건너와 놀기 시작했소. 한참을 무심히 원숭이 떼를 구경하던 나그네는 아주 이상한 점을 발견했소. 대개의 경우 무리의 우두머리는 가장 힘세고 큰 젊은 원숭이가 맡는 것인데 유독 그 무리의 우두머리는 늙고 체구도 작은 원숭이였소. 그렇지만 그 어떤 크고 힘센 원숭이라도 그 늙고 왜소한 우두머리에게 복종과 공경을 아끼지 않았소. 그 점이 너무 궁금한 나그네는 그곳에서 여장을 풀고 며칠 동안 그들 무리의 원숭이 떼를 관찰하기 시작했소. 그 무리의 원숭이들이 먹이를 구할 때면 가장 높고 가장 위험한 곳에 있는 과일은 언제나 그 왜소한 우두머리 원숭이가 따서 다른 원숭이들에게 골고루 나누어 주었고, 다른 무리들의 원숭이 떼들과 싸움이 일어날 때면 그 우두머리 원숭이는 항상 제일 앞에 서서 자신을 돌보지 않고 싸웠소. 그리고 어느 날 한 어미 원숭이가 다른 무리의 원숭이 떼에게 새끼를 빼앗겨 울부짖을 때 그 우두머리 원숭이는 홀홀단신으로 뛰어들어 피투성이가 된 채 새끼를 구해와 어미에게 돌려주었소. 그렇게 상처를 입은 후 더 이상 무리를 이끌 수 없게 되자 그 우두머리 원숭이는 날이 밝기 전 아무도 몰래 무리 곁에서 사라졌소. 사람이든 짐승이든 우두머리의 길이란 마찬가지라 생각하오. 누가 옳고 누가 그른지 이젠 정말 모르겠소. 난 단지 진정한 우두머리의 자격이 있는 사람을 따를 뿐이오."

말을 마친 정사청이 칼을 다잡았다.

"우리도 대두령을 따르오!"

접전 중에 군진에서 떨어져 나가 속절없이 적진에 포위되었다가 천호에 의해 목숨을 부지한 녹림도들이 득달같이 달려나왔다.

"우리도 대두령을 따르겠소!"

흥분을 가라앉힌 녹림도들이 하나둘 칼을 쳐들며 환호했다.

"물러서라고 했지 않소?"

천호가 다가오려는 녹림도를 제지하고는 혈영의 무리들이 몰려 있는 벼랑 쪽으로 걸음을 옮겼다.

혈영의 무리들이 황급히 반으로 갈라지며 길을 터주었다.

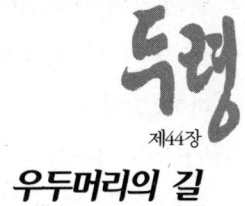

제44장
우두머리의 길

"이젠 그만 모습을 드러낼 때가 되지 않았소?"
벼랑 끝에 선 천호가 반대쪽 벼랑을 보고 소리를 질렀다.
모든 사람들이 천호의 모습을 주시하며 숨을 죽이고 있었다.
"후후후! 정말 장관이구나."
잠시 후 반대 편 나무 뒤에서 멧돼지처럼 뚱뚱한 사내 하나가 모습을 드러냈다.
'저놈은?'
조대경의 눈이 뒤집혔다.
정사청이 팔이 잘린 노인네를 구할 때 자기 부하들이 죽어 나자빠지는데도 눈썹 하나 까딱 않고 음흉스런 표정으로 쳐다보기만 하다 사라져 버린 놈이었다.
"정말 대단하구나, 지옥마도. 결코 소문이 허풍이 아니었어."

"날 칭찬해 주기 위해 이제껏 기다린 것이오?"
천호가 차가운 눈빛으로 담우개를 쏘아보았다.
"하하, 혓바닥도 칼만큼 날카롭구나."
담우개가 여유있게 웃었다.
"모진성 공자를 돌려보내 주시오. 그럼 당신 부하들도 모두 보내드리겠소."
천호의 말이 끝나자 무림맹과 혈영의 무리들 속에서 웅성거림이 번져 나왔다.
"내 부하들과 네놈 부하 한 놈을 교환하자 그 말인가?"
담우개가 느긋이 반문했다.
"그렇소."
"그거 좋은 제안이긴 한데… 난 이제 그놈들이 필요없으니 어떻게 한다? 졸개들이야 시간이 지나면 얼마든지 다시 모을 수 있는 일이다. 그러니 그놈들을 구워 먹든 삶아 먹든 네놈 마음대로 해라. 으하하하!"
담우개가 배를 잡고 웃었다.
"더러운 놈!"
담우개의 말을 듣고 어이가 없는지 한동안 쥐 죽은 듯이 서 있던 혈영의 무리들 속에서 분노한 음성이 터져 나왔다.
"개자식! 죽여 버릴 테다!"
누군가 담우개가 있는 절벽 끝으로 창을 집어 던졌다.
그와 동시에 다른 사람들도 창과 칼을 던지며 아우성을 쳤다.
나무 뒤에 몸을 숨겼던 담우개가 상황이 잠잠해지자 다시 몸을 드러냈다.
"지옥마도! 이놈이 누군지 잘 보거라."

다시 모습을 드러낸 담우개가 수풀 속에서 온몸이 결박당한 한 사람을 끌고 나왔다.

"진성!"

"모진성!"

후기지수들의 눈에서 불꽃이 튀었다.

"후후! 그래, 바로 네놈 졸개 중 한 놈인 모진성이란 놈이지. 오랜만에 만났을 테니 인사들이나 하지 그러나."

담우개가 야비한 웃음을 흘리며 느물거렸다.

"괜찮소, 모 공자?"

천호가 눈빛을 번뜩이며 고함을 질렀다.

"난 괜찮소, 두령."

모진성이 갈라진 목소리로 대답했다.

"두령, 부탁이 있소!"

뒤이어 모진성이 고함을 질렀다.

"말해 보시오."

"나를… 전부를 위해서 나를 포기하시오, 두령. 그러지 않으면 저승에서도 두령을 괴롭힐 거……. 으흑!"

담우개가 모진성의 옆구리를 걷어차자 모진성이 바닥으로 쓰러졌다.

"가상한 부하를 두었구나, 지옥마도! 난 졸개 따윈 언제든지 이용하고 언제든지 버릴 수 있는 소모품으로 생각하는데 네놈은 그렇지 않은 걸로 알고 있다. 그러니 어서 이놈을 구해가 보아라. 으하하하!"

담우개가 웃음을 터뜨렸다.

"왜 그러고 있나? 아하! 여기까지 오기엔 거리가 너무 먼 곳이지. 쯧

우두머리의 길 271

쯧, 내가 그걸 생각 못했군. 어떡한다……. 옳지, 이렇게 하면 되겠구나. 내가 이놈을 그쪽 벼랑으로 던질 테니 받아가거라."

휘익—

벼랑 반대 편에서 지켜보던 사람들이 어찌할 새도 없이 담우개가 모진성을 들어 천 길 만 길 쩍 갈라진 낙혼애 중간으로 던졌다.

"어헉!"

"지, 진성!"

파앗—

벼랑 끝을 박찬 천호가 모진성이 날아오는 방향으로 쏘아져 날아갔다.

"아악!"

"두령—!"

담우개가 던진 힘에 의해 날아오던 모진성이 낙혼애 허공 중간쯤에서 힘을 잃고 아래로 떨어지려는 찰나 반대 편에서 경공을 펼쳐 날아온 천호가 모진성을 향해 팔을 뻗었다.

"하앗—"

한줄기 기합성과 함께 천호가 모진성을 자신이 날아온 벼랑 끝으로 힘껏 쳐 올렸다.

휘익—

절벽과 절벽 사이 중간쯤에서 아래로 떨어지려던 모진성의 신형이 천호의 힘에 의해 재차 솟구치며 임무열 등이 경악한 표정으로 서 있는 절벽 쪽으로 날아갔다.

반면 모진성을 허공에서 위쪽으로 쳐 올린 천호의 신형은 벼랑 아래쪽으로 무섭게 떨어져 내렸다.

"두령—"
"두령!"
 밧줄로 꽁꽁 묶인 채 날아온 모진성을 신도기문이 혼이 나간 표정으로 받아 들었을 때, 천호의 모습은 이미 그들의 시야에서 사라졌다.
"으아아— 두령!"
 모진성이 결박당한 상태 그대로 비명을 지르며 천호가 떨어진 낙혼애 쪽으로 뛰어들려 몸부림쳤다.
"정신 차려, 이 자식아!"
 신도기문이 발악을 하는 모진성을 끌어당기며 고함을 질렀다.
"놔! 놔, 이 새끼야! 나 두령을 따라갈 거야!"
"아아악!"
 모진성이 미친 듯이 날뛰며 신도기문의 팔뚝을 물어뜯자 신도기문이 비명을 질렀다.
"뭐 하는 거야, 이 자식들아! 어서 이 미친놈부터 잡아!"
 팔뚝을 물어뜯기고 하마터면 모진성을 절벽 아래로 떨어뜨릴 뻔한 신도기문이 다른 사람들을 보고 고함을 질렀다.
 아직 제정신을 차리지 못한 사람들이 신도기문의 고함 소리를 듣고 주춤주춤 모진성을 절벽 끝에서 끌어당겼다.
"놔라! 놔, 이 자식들아! 날 말리는 놈은 모조리 죽여 버리겠다!"
 모진성이 묶인 채로 자신을 붙잡는 사람들에게 마구잡이로 발길질을 해댔다.
"부두령! 두령… 우리 두령 어떻게 하오? 말 좀 해보시오!"
 마침내 바닥에 눕혀져 꼼짝 못하게 붙들린 모진성이 임무열을 보고 소리를 질렀다.

"크흑! 크아아아……!"

임무열이 짐승처럼 하늘을 보고 울부짖었다.

가까이 있던 녹림의 인원들 몇몇이 그 기파에 휩쓸려 칠공에서 피를 토하며 쓰러졌고 다른 사람들도 비명을 지르며 분분히 흩어졌다.

"크으으, 두령……."

"모조리, 모조리 죽인다, 이놈들……!"

철도정이 광분하며 놀란 표정으로 서 있는 혈영의 무리들을 향해 칼을 휘둘렀다.

"으흑!"

"크흑―"

순식간에 열 명도 넘는 혈영의 인원들이 베어져 나뒹굴거나 피보라를 뿌리며 벼랑 아래로 떨어졌다.

"그만 해, 이 자식아! 이건 두령의 뜻이 아니야!"

신도기문이 철도정의 앞을 막아서며 고함을 질렀다.

"비켜! 비키지 않으면 네놈부터 벤다!"

챙― 깡깡―!

철도정이 신도기문을 향해 미친 듯이 칼을 휘둘렀고 신도기문이 철도정이 칼을 막으며 이빨을 악물었다.

"사형, 뭐 하는 거요? 지금 이 사태를 진정시킬 사람은 사형뿐이오!"

신도기문이 철도정의 칼을 막으며 정사청을 보고 소리쳤다.

"궁수, 전원 앞으로!"

핏발 선 눈으로 앞을 쳐다보던 정사청이 짤막하게 고함을 질렀다.

반사적으로 강궁을 든 녹림의 궁수들이 앞으로 뛰어나왔고 정사청이 손짓을 하자 궁수들이 담우개가 있는 쪽으로 화살을 날리기 시작했다.

 핑— 핑—

 수많은 화살들이 절벽 건너편에 있는 담우개를 향해 날아가기 시작했다.

 "이크!"

 담우개가 목을 움츠리며 얼른 나무 뒤로 몸을 숨겼다.

 "저놈이 옴짝달싹하지 못하게 사흘이고 나흘이고 계속 쏴라!"

 정사청이 절벽 쪽을 노려보며 지옥유부에서 흘러나오는 듯한 목소리로 명령했다.

 미친 듯이 날뛰거나 반쯤 넋이 나가 어찌할 바를 모르고 있던 후기지수들이 분노를 표출할 대상이 정해지자 모두 그곳을 향해 정신없이 활을 쏘거나 창, 칼 등을 집어 던지기 시작했다.

 쐐애액—

 얼굴에 마주치는 바람이 마치 바늘처럼 따갑게 느껴진다.

 눈 몇 번 깜박일 정도의 짧은 순간이지만 억겁의 시간이 흐른 것처럼 상상도 못할 정도로 많은 생각들이 순식간에 머리 속을 지나갔다.

 연우촌의 외진 초가집.

 흑제의 장풍에 피떡이 되어 날아가던 부모님의 모습.

 그 주검 앞에서 넋을 잃고 앉아 있는 어린 소년.

 황 노인, 현 노인.

 모든 것이 현실처럼 머리 속에서 나타났다 사라졌다.

 진소혜, 능소빈.

 생명보다 더 소중했던 아름다운 여인들······.

이젠 그녀들도 애초에 그랬던 것처럼 도저히 닿을 수 없는 꿈속의 여인들이 되어 멀어져 갔다.

왠지 이 절벽 아래쪽에는 연우촌 마을이 있을 것 같다.

그래, 그랬던 것이야!

한여름 밤, 모기에 시달리다 겨우 잠이 들어 지금껏 악몽에 시달리고 있는 것이다.

잠시 후면 꿈에서 깨어 낯익은 천장과 빗물에 얼룩진 벽지가 보일 것이다.

여름 새벽잠은 너무도 아쉽다.

이대로, 이대로 조금만 더 자자.

너무…… 너무 편안하다.

그대,

강함을 원하는가?

진정한 강자가 되고 싶거든 가슴속의 모든 것을 비워라.

분노도, 원한도, 복수심도…….

모든 것을 대기 속으로 흘려 버리고 부드러움 속으로 녹아들어라.

일체의 집착을 놓아버린 부드러움만이 그대를 통천문에 이르게 할지니…….

"백회(百會), 대추(大椎), 명문(命門), 장강(長强)……."

"염천(廉泉), 천돌(天突), 옥당(玉堂)……."

"중정(中庭), 거궐(巨闕), 중완(中脘), 신궐(神闕)……."

"천부(天府), 협백(俠白), 척택(尺澤), 공최(孔最)……."

'또 그 꿈인가?'

잠시 꿈틀거리던 천호의 눈꺼풀이 다시 스르르 감겨졌다.

그와 함께 천호의 의식은 머리 속의 목소리가 이끄는 대로 백회에서 대추, 명문… 등 몸속의 모든 혈도들을 돌고 돌아 단전으로 흘러가고 있었다.

우우웅―

콰아앙!

태초의 폭발이 일어난 듯 단전에서 대폭발이 일어나며 일체의 상념에서 해방된 천호의 의식이 깨어나기 시작했다.

'꿈이 아니었나?'

어디까지가 현실이고 어디까지가 꿈인가.

통천문.

혼미한 의식 한가운데를 가로지르는 얼음장같이 차가운 상념 하나!

'이곳은?'

통천문이었다!

거의 매일 밤 무의식 속에서까지 찾아 헤매게 만들었고 존재 여부조차 알 수 없었던 통천문!

그곳이 바로 자신의 내부에 있었다.

백회를 지나 대추, 명문, 장강… 등의 혈도들을 떠돌다 단전으로 흘러든 의식은 단전에 이르러 통천문으로 들어선 것이다.

하늘로 향하는 문.

그것은 바로 단전이었다.

'그랬던가?'

세상 어느 곳엔가 있을 줄 알았던 통천문이 바로 자신의 내부에 있는 단전이었던가.

천호의 얼굴에 어렴풋이 미소가 번졌다.

사막의 한곳에서 수련을 하며 갑골 문자로 된 무공구결들의 진의를 파악하지 못하여 검로가 막힐 때마다 석벽을 두드리며 통곡했던 그 난해한 의미가 단 한 점도 막히지 않고 날 때부터 알고 있었듯이 자연스레 뇌리 속으로 녹아들었다.

서로 상충되며 따로 놀던 암흑류의 기운과 폭염의 기운도 강물과 바닷물이 섞이듯 자연스레 섞이며 사지백해로 시원스럽게 흘러들었다.

나백상과의 대결에서 입은 내상도, 탈진한 여덟 명의 후기지수들에게 불어넣어 손상된 진기도 말끔히 회복되어 전신이 깃털처럼 가벼워졌다.

"후우—"

마지막 탁기를 불어내고 온몸에 대기를 가득 채우자 떨어져 내리던 천호의 몸이 서서히 속도를 줄이기 시작했다.

'저곳!'

쩍 벌어진 낭떠러지가 급격히 좁아지며 작은 나뭇가지 하나가 비스듬히 허공으로 솟아나 있었다.

탁.

천호의 신형이 작은 나뭇가지에 조용히 내려섰다.

가늘디가는 나뭇가지였지만 깃털처럼 가벼워져 대기의 일부처럼 되어버린 천호의 몸은 그 나뭇가지 위에 미세한 떨림만을 남긴 채 사뿐히 내려선 것이다.
"인간사 새옹지마로군."
죽음의 나락으로 떨어지는 상황이 오히려 통천문에 이르게 하는 상황이 될 줄이야.
"후읍!"
천호가 천천히 진기를 운용했다.
마르지 않는 샘물처럼 무한한 기운이 끊임없이 단전으로부터 흘러나왔다.
암흑과 폭염이 완벽하게 조화된 지순한 기운이 세혈 구석구석까지 단번에 전해졌다.
"차앗!"
나뭇가지를 박찬 천호의 신형이 가볍게 허공으로 솟구쳐 올랐다.

"계속해서 쏴라!"
정사청과 녹림도들이 쉴 새 없이 절벽 저쪽으로 활을 쏴대고 뿌드득 이빨을 간 혈영도 가세하여 담우개를 향하여 창을 던지고 활을 쏘아대기 시작했다.
"빌어먹을!"
엄청나게 날아오는 화살에 담우개가 나무 뒤에 바짝 몸을 밀착시키곤 숨을 죽였다.
한두 대면 칼로 쳐내고 어찌해 볼 수 있었지만 숨 쉴 틈도 주지 않고 날아오는 화살은 대책없이 몸을 숨기게 만들었다.
"후후후! 네놈들이 화살을 산더미처럼 쌓아놓지 않은 이상 이 짓도 조만간 끝이지. 안 그런가? 하하하!"

담우개가 나무 둥치 뒤에서 느긋이 등을 기댄 채 조롱 어린 고함을 질렀다.
"으악!"
활을 쏘아대던 녹림의 궁수 몇 명이 갑자기 비명을 지르며 뒤로 나자빠졌다.
"무슨 일이냐?"
뒤쪽의 동료들이 급히 앞으로 뛰어오다 그 자리에서 얼어붙었다.
"대, 대두령!"
"왜들 그러느냐?"
갑자기 한쪽에서 날아가던 화살들이 줄어들고 웅성거림이 일자 수장급 녹림도와 거품을 물고 더 쏘라고 고함을 지르던 철도정 등이 달려왔다.
"어헉! 두, 두령!"
철도정과 모진성의 눈이 화등잔만하게 확대되었다.
"설마… 설마 귀신은 아니겠지요, 두령?"
"괜찮소?"
천호가 모진성을 보고 물었다.
"누가 누구보고 괜찮느냐고 묻는 것이오, 지금? 그 멋대가리없는 말투를 보니 정말 두령이 맞구랴."
철도정과 모진성이 와락 천호에게 달려들었다.
"그럼 그렇지, 두령이 어떤 사람인데 저놈 따위에게 당한단 말이오! 어형, 두령… 흐아앙……!"
철도정이 환호성인지 통곡성인지 모를 고함을 질렀다.
"세상에!"

철도정의 덩치에 가려 제대로 보이지 않던 천호의 모습이 보이자 설마 하는 표정으로 다가오고 있던 사람들의 입이 벌어졌다.

"두령……! 으아앙!"

도진화가 천호의 품으로 뛰어들며 울음을 터뜨리자 다른 사람들의 눈에서도 뜨거운 눈물이 흘렀다.

"그럼 그렇지, 감히 누가 두령을……."

모두들 한마디씩 하며 눈물을 찍었다.

"와아!"

"와아―"

사태를 완전히 파악한 녹림도들도 함성을 질렀다.

"정 공자, 저쪽 벼랑으로 장창을 하나 던져 주시오."

비 오듯 쏟아지던 화살들이 완전히 멈추었을 때 천호가 정사청을 보고 말했다.

"알겠소, 두령."

정사청이 아무런 의문 없이 장창을 들었다.

뭘 하겠다는 건지 알 수는 없었지만 이 사내는 언제나 자신의 사고 범위를 넘어선 행동을 하는 사람이었다.

총표파자의 위치에 있음에도 불구하고 제일 꼬리의 인원들을 철저히 챙겼고, 모진성을 구하기 위해 절벽 한가운데로 추호의 망설임 없이 뛰어들었다.

자신이라면… 자신이라면 어땠을까?

사람인 이상 그 누구라도 그런 순간에는 본능의 지배를 받아 움츠리게 된다.

처절한 수련으로 본능마저 통제할 수 있는 인간만이 그럴 수 있을 것이다.
휘잉—
공력을 돋운 정사청이 절벽 건너편으로 장창을 던졌다.
파앗—
천호의 신형이 장창을 향해 날아갔고, 찰나의 순간 후 장창 위에 올라서 절벽을 건너고 있었다.
"우우!"
"인간이 아니다!"
놀란 목소리들이 조용조용 새어 나왔다.

"이놈들이 이젠 정말 화살이 떨어진 모양이군."
담우개가 나무 둥치 뒤에서 중얼거렸다.
좀 전부터 화살이 날아오지 않았지만 서서히 줄어든 것도 아니고 갑자기 뚝 그쳤기에 무슨 꿍꿍이가 있나 하고 꼼짝도 않은 채 나무 둥치 밖으로 몸을 내밀지 않았다.
하지만 한참 동안 더 날아오지 않고 저쪽에서 무슨 함성이 들리고 하자 담우개의 머리가 아주 조심스럽게 나무 둥치 옆으로 내밀어졌다.
"어헉!"
담우개가 고함을 지르며 얼결에 다시 나무 뒤로 몸을 숨겼다.
절벽 끝 쪽에 우뚝 선 사람의 모습이 보였기 때문이다.
"뭔가, 이건……? 이크!"
생각을 이어갈 겨를도 없이 섬뜩하게 밀려드는 극강의 기운에 담우개의 신형이 반사적으로 뒤로 물러났다.
우두두— 쿵!

이제껏 자신이 방패막이로 이용했던 아름드리 나무가 무단처럼 베어 넘어졌다.

"너, 넌?!"

담우개의 입이 더 이상 벌어질 수 없을 만큼 벌어졌다.

"네놈이 어떻게 이곳에?"

담우개가 귀신에 홀린 듯 주춤주춤 뒤로 물러났다.

"귀신은 아니니 그렇게 혼비백산할 것 없소."

"네놈이 어떻게 이렇게 멀쩡히 살아온 것이냐?"

담우개가 뒷걸음질을 멈추고 도저히 믿을 수 없다는 표정으로 천호를 바라보았다.

"당신 같은 인간에게 그런 것을 세세히 설명해 줄 만큼 속이 좋은 인간이 아니오, 난."

천호가 천천히 칼을 들어 올렸다.

"좋아, 이렇게 된 이상 번거로움을 감수하는 수밖에. 가만히 앉아서 네놈들이 쓰러지는 꼴을 보는 것이 더없는 즐거움이었지만 때로는 굳은 몸을 푸는 것도 괜찮은 일이지."

한참 더 멍하니 천호를 바라보던 담우개가 소매를 걷어올리며 쌍장을 내밀었다.

우웅—

담우개의 쌍장에서 강기가 일어 주변의 공기를 진동시켰다.

"후후, 율자춘이 누구에게도 주지 않고 오직 나에게만 넘겨준 무공이지. 그 괴물은 최후까지 살아남는 사람이 나백상이 아니라 나라는 걸 간파했던 것이지."

담우개가 음흉하게 웃으며 천호를 노려보았다.

"다시 벼랑으로 떨어지거라!"

담우개의 쌍장에서 붉은 기운이 무서운 기세로 쏟아져 나왔다.

스슥.

천호가 태연하게 칼을 흔들었다.

사파의 무공이든 정파의 무공이든 그것을 운용하는 자에 의해 파생된 것일 뿐, 그 뿌리는 결국 하나이다.

그 뿌리만 잘라 버린다면 가지들은 저절로 무너져 내린다.

휘리릭—

천호의 도가 담우개가 펼친 무공의 뿌리를 잘라갔다.

"이럴 수가?"

어떤 식으로도 파훼할 수 없다고 생각한 악마의 절기가 연기처럼 흩어져 버렸다.

"이, 이놈! 어떤 술수를 부린 것이냐?"

파앗—

천호의 도가 다시 파공음을 울렸다.

"으아악!"

담우개의 한쪽 손목이 허공으로 잘려 벼랑 아래로 떨어졌다.

"으아악! 내 손! 안 돼! 안 돼! 내 손······!"

담우개가 미친 듯이 절벽 끝으로 뛰어갔다. 하지만 절벽 아래로 떨어진 손은 이미 까만 점이 되어 있었다.

"이놈, 감히 내 손··· 내 손목을 자르다니······!"

담우개가 이성을 잃고 허둥댔다.

"부하들의 생명은 헌신짝처럼 버리더니 자기 육신은 천금덩어리처럼 아끼는군."

천호의 눈빛이 더욱 차가워졌다.

"크윽!"

한 방울의 피라도 아끼려는 듯 서둘러 지혈을 하고 품속에서 금창약을 바른 담우개가 서서히 눈을 빛내며 여러 가지를 생각하기 시작했다.

"날 어떻게 할 셈이냐?"

"어떻게 했으면 좋겠소? 부하들 곁으로 보내주면 되겠소?"

"아, 안 된다. 그놈들은 이제 적이나 마찬가지이다."

담우개가 황급히 남은 한 팔을 저었다.

"불쌍한 인간."

천호가 무심히 중얼거렸다.

"자결할 기회를 주겠느냐?"

담우개의 눈이 영활하게 움직였다.

"어떻게 말이오?"

"이미 갈 데도 없는 몸. 손까지 잃었으니 내 한 몸도 지키지 못할 것이다. 그러니 저 절벽으로 뛰어내려 죽겠다."

담우개가 천호의 눈치를 살폈다.

"그러고 싶소?"

"그렇게 하겠다."

"좋소."

담우개가 절벽 쪽으로 걸음을 옮겼다.

"악마적인 머리 회전을 하는 사람들과 사 년여를 부대끼다 보니 나도 조금은 영악스러워진 것 같소."

천호가 작은 돌멩이 하나를 주워 올리며 영문 모를 말을 하자 담우개가 천호의 표정을 유심히 살폈다.

"무슨 소리냐?"

"나중에 천천히 생각해 보시오."

절벽 끝에 다다른 담우개가 아래를 바라보았다.

아래로 내려다보는 담우개의 표정에 짧은 순간 회심의 미소가 어렸다 순식간에 사라졌다.

"지옥에서 만나자!"

담우개가 스스럼없이 절벽 아래로 몸을 날렸다.

피웅—

담우개의 발이 땅에서 떨어지는 순간 천호가 손바닥에 들고 있던 작은 돌멩이를 날렸다.

탁—

천호의 손끝에서 퉁겨져 나간 작은 돌멩이가 담우개의 하단전을 때렸다.

"이, 이런!"

담우개가 당혹성을 질렀다.

"공력이 모이지 않는다!"

이런 일에 대비해서 절벽 아래쪽에 교묘히 설치해 놓은 밧줄을 손에 잡았지만 단전이 파괴되어 공력을 돋우지 못한 담우개가 주르륵 밧줄을 놓치고 말았다.

"으아아악—"

벼랑 아래로 담우개의 비명이 처절하게 울려 퍼졌다.

"두령, 이제 그만 건너오시오."

담우개의 최후를 지켜보며 한참 동안 조용하게 있던 건너편에서 한쪽 끝에 갈고리가 달린 긴 밧줄이 던져져 왔다.
 갈고리 끝을 나뭇가지에 걸치고 팽팽하게 줄을 당긴 천호가 밧줄 위를 미끄러지듯이 달려갔다.
 "새가 따로 없구먼."
 반대 편에서 줄을 당기고 있던 화천옥이 어이없는 표정으로 중얼거렸다.
 절벽을 다 건너올 때까지 줄을 당기고 있던 손에 밧줄 무게 외 한 푼의 무게도 더 느껴지지 않고 작은 떨림만이 전해져 왔기 때문이다.
 "두령, 그놈은 확실히 죽었겠지요?"
 모진성이 천호를 보고 말했다.
 "그럴 것이오."
 "이리 끌고 올 걸 그랬소. 내 그동안 당한 보복을 하고 말 텐데."
 모진성이 분이 풀리지 않는 듯 씩씩거렸다.
 "그런데 두령, 부하들이 더 생겼소."
 신도기문이 빙글거리며 다가왔다.
 "무슨 소리요?"
 "저놈들이 두령 휘하로 들어오겠다고 고집을 부리고 있소."
 신도기문이 남은 혈영의 무리들을 가리켰다.
 "무슨 당치 않는 소리요. 모두 고향으로 돌려보내시오."
 천호가 언성을 높였다.
 "돌아갈 고향이나 가족이 있다면 왜 우리가 도적질을 하겠습니까. 제발 거두어주시오."
 혈영의 무리들 중 한 명이 다가와 애원했다.
 "그럼 어디 가서 화전이라도 일구시오."

천호가 단호히 뿌리쳤다.

"장 공자, 그 사람들 말대로 하시게. 그 사람들이 장 공자 휘하로 들게 된다면 무림맹도 더 이상 어쩌지 못할 걸세. 그러지 않으면 당장 또 무슨 싸움이 일어날지도 모르네."

주해 대사의 전음이 천호의 귓가에 전해졌다.

"거두어주시오, 제발!"

사색이 된 사내가 다시 한 번 애원했다.

아마도 사내는 주해 대사와 같은 염려를 하고 있는 것이다.

'그 생각을 못했군.'

천호가 천천히 혈영의 무리들을 돌아보았다.

"당신들의 뜻도 그러하오?"

"그렇습니다, 대두령."

혈영의 무리들이 얼른 답했다.

"좋소. 오늘부터 당신들은 전원 녹림의 일원이오. 차후로 내 명령에 따라 행동하시오. 명령을 어길 시에는 누구도 용서하지 않을 것이며 내 명령을 따르는 이상 당신들을 건드리는 사람은 지옥 끝까지라도 따라가 도륙할 것이오."

천호의 말이 끝나자 낙혼애평원이 떠나갈 듯 함성이 울렸다.

무림맹의 사람들은 눈을 번뜩이며 혈영의 무리들을 노려보았지만 자신을 따르는 사람을 구하기 위해 천 길 절벽이라도 서슴없이 뛰어드는 악마적인 무공을 지닌 사내와 맞서기는 싫었다.

"그만 흑수채로 돌아갑시다!"

천호가 짤막하게 말하자 모두의 눈에 와락 반가움이 밀려들었다.

"흑수채? 오! 그리운 내 보금자리. 청석골의 화주는 잘 익었겠지?"

철도정이 반색을 하며 껑충거리기 시작했다.
"이 날건달 같은 놈! 어서 짐을 꾸리고 집으로 갈 준비를 하지 못할까!"
철사홍이 아들 철도정의 뒷덜미를 낚아채며 고함을 질렀다.
"아이고, 아버님. 내 일단 그곳에 들렀다 짐을 정리하고 다시 올 테니 이 손은……."
"시끄럽다, 이놈! 당장 집으로 갈 준비를 해라!"
철사홍이 질질 끌다시피 철도정의 덜미를 당기며 걸음을 옮겼다.
"자네도 함께 가지. 자네 사문에는 이미 말해 놓았네."
고개를 돌린 철사홍이 유자추를 보고 말했다.
"저도 함께 말씀이십니까?"
유자추가 깜짝 놀라며 철사홍을 바라보았다.
"안 그랬다간 말년까지 산적질 하겠다고 집을 뛰쳐나갈 텐데 그럼 우리 가문은 문을 닫아야 하네. 어서 가세."
철사홍이 다시 한 번 재촉하자 유자추가 주춤주춤 철사홍의 뒤를 따랐다.
"쿡쿡! 야, 불곰! 네놈 몫까지 내가 다 마실 테니 아무 걱정 말고 가문으로 돌아가서 한 십 년 할머니 사랑 많이 받고 사람되어 나오너라!"
형일비가 철도정의 뒤통수에다 고함을 지르며 키득거렸다.

*   *   *

많은 피해를 낸 혈풍이 가라앉았다.
전멸의 위기에서 대승리로 반전한 무림맹도 해체되었다.

이번 대전을 계기로 무림맹은 지옥마도 장천호와 그를 따르던 백도 후기지수들에게 큰 고마움을 느끼면서도 한편으로는 큰 두려움을 느끼고 있었다.
 그들이 휘두르는 무시무시한 칼도 무서웠지만 결정적인 순간에 자신들을 키웠던 사문보다는 오히려 장천호를 따라 자신들과 대치했던 그들의 행동이 가슴속에 가시처럼 걸려 있었기 때문이다.
 무림인이 아닌 얘기꾼들의 눈에 비친 그들의 모습은 너무나 강인하고 의리 깊은 사내들이었지만 정파무림인들에게 있어서 그들의 마지막 행동은 이유야 어찌 됐든 사문에 대한 항명으로 여겨졌다.
 어떻게 해서 그런 일이 벌어지게 되었는지, 또 그렇게 함으로써 더 큰 피해를 줄이고 대전을 마무리할 수 있게 되었다는 생각들은 잊어버리고 그들이 입은 자존심의 상처만을 길이길이 기억하는 곳이 무림이었다.
 그 알량하고 치졸한 정파의 자존심이 천호의 가슴을 무겁게 했다.

 "꼭 이렇게 해야 하나요?"
 무복 차림으로 칼을 등에 메는 천호를 소혜와 능소빈이 눈물을 글썽이며 바라보았다.
 "마지막 남은 짐이요. 이 짐만 벗어버리면 떠납시다."
 천호가 두 여인을 달래며 준비를 마쳤다.
 "이해할 수가 없어요, 장 공자."
 옥동자를 품에 안은 조화영과 한영도 걱정스런 얼굴로 천호를 바라보았다.
 "싸움이 아니고 그냥 단순한 비무요. 그러니 너무 걱정 마시오."

천호가 아무 걱정 말라는 듯 표정을 밝게 했다.

"아무리 비무라지만 그 상대가 제왕성의 새로운 성주 단리웅천 공자예요. 화천옥 공자와 형일비 공자 얘기로는 그 사람의 무공이 결코 오라버니의 아래가 아니라고 했어요."

소혜가 원망스런 목소리로 말했다.

"그러니 생사를 결할 대결이 아니라 비무를 하겠다는 것이 아니오."

"가가나 단리웅천 공자의 칼이면 단순한 비무라도 목숨이 위태로울 수 있어요. 옛 원한 같은 건 잊은 지 오래이고, 또 가가는 내가 무림제일의 칼을 지니고 있다는 식의 허명은 눈곱만큼도 바라지 않는 사람인데 왜 굳이 그 사람과 비무를 하려 하는가요?"

능소빈도 조화영처럼 천호의 행동이 이해가 가지 않았다.

"언젠가는 알게 될 날이 있을 것이오."

천호가 무심히 말하며 떠날 차비를 하자 두 여인도 어쩔 수 없다는 듯 천호를 따라 일어섰다.

피로 물던 낙혼애평원도 봄이 끝나고 찾아온 여름 장마로 그 피의 흔적이 깨끗하게 씻겼다.

혼란스러웠던 무림이 여름 동안 모든 것을 정리하고 가을바람과 함께 숨을 돌릴 즈음 지옥마도 장천호로부터 제왕성으로 날아든 한 장의 서찰로 인해 중원은 다시 웅성거리기 시작했다.

다가오는 중양절 정오에 천마평(千馬平)에서 비무를 하고 싶다는 내용은 삽시간에 무림으로 퍼져 나갔고 온 강호인들은 신경을 곤두세우며 천마평으로 모여들고 있었다.

"결국 부모님 원수를 갚자는 것인가?"

"아닐세. 그보다는 더 깊은 속셈이 있는 것이 아닐까?"
"깊은 속셈이라니?"
"누구도 당하지 못할 칼과 녹림, 혈영 양 세력을 합친 힘을 가졌으니 이젠 제왕성주만 꺾으면 명실상부한 제일인자가 아닌가? 그럼 무림일통의 대역사를 이룰 수도 있는 일이고."
"그, 그런 엄청난 생각을……?"
"사람이란 다 마찬가지지. 나라도 그 정도면 그렇게 하겠네."
"예끼, 이 단순한 사람들! 그럴 생각이었으면 낙혼애평원에서 결판을 냈겠지 뭐 하러 목숨을 내던지며 무림을 구했겠나?"
"그, 그런가?"
"그렇지?"
무수한 추측들이 난무하며 수십 만은 족히 넘을 무림인들이 천마평으로 모여들었다.

중양절 정오!
수많은 인파가 숨죽이고 지켜보는 가운데 천호와 단리웅천이 평원 한가운데에서 마주했다.
"오랜만일세."
"그렇군요. 동정호변의 한 주루에서 헤어진 후 언젠가는 다시 만날 것 같다는 생각이 들었는데 예상대로 됐군요."
천호와 단리웅천이 묵묵히 서로를 바라보았다.
"하지만 좀 의외군요."
단리웅천이 눈을 들어 천호의 표정을 살폈다.
"뭐가 말인가?"

"그동안 모든 행적으로 보아 장 공자님은 사소한 은원에 얽매일 사람이 아닌데 봉문을 한 제왕성에 굳이 이런 비무를 신청하다니 말입니다."

단리웅천의 표정에 쓸쓸함이 어렸다.

봉문을 하고 지금껏 모든 무림사에서 몸을 빼냈지만 들려오는 소문과 함성으로 이 세상에서 유일하게 존경심을 품었던 사내였는데 그 사내의 마지막 행동이 석연치 않았다.

"자네 가문은 봉문을 했다고 해서 모든 것에서 자유로워질 곳이 아니네. 지금은 경황이 없겠지만 얼마 있지 않아 많은 제자들을 잃은 무림의 원한이 자네 가문으로 향할 것이고, 그럼 어쩔 수 없이 자네는 칼을 휘둘러야 하네. 그 칼을 지금 나에게 휘둘러 그들의 생각을 미리 꺾어놓게."

"그게 날 끌어낸 이유인 것이오?"

단리웅천의 표정에 여전히 쓸쓸함이 담겨 있었다.

"그건 자네에게 돌아갈 부수적인 소득이지 내 이유는 아닐세."

"그럼 장 공자님의 이유는 무엇이오?"

"그건 비무가 끝나면 가르쳐 주지. 미리 얘기하겠는데 최선을 다하게. 나 역시 그럴 셈이니까."

쨍―

천호가 칼을 빼 들었다.

"할 수 없군요."

단리웅천도 가슴속에서 옥피리를 꺼내 들었다.

두 사람의 격돌이 임박해지자 천마평은 숨소리조차 들리지 않고 조용해졌다.

쌔액―

휘잉―

마침내 두 사람의 대결이 시작되었다.

비무라는 형식으로 이루어진 대결이었지만 두 사람에게서 쏟아지는 절기는 바위를 가르고 산을 무너뜨릴 만큼 엄청났다.

구경을 하겠다고 길게는 근 한 달 동안에 걸쳐 이곳으로 온 사람들 대부분은 두 사람의 움직임을 눈으로 쫓을 수도 없었다.

"저들이 무슨 인간이냐?"

"저놈! 저 엄청난 무공을 소유한 놈이 봉문을 하고 있었단 말인가?"

"두령의 진면목이 저거였나? 그럼 우린 사기당한 것이다."

"이놈아, 네 능력이 모자라 그것밖에 못 익힌 것이지 어디 두령이 덜 가르친 것이더냐?"

용쟁호투의 대결이 근 한 시진 동안 계속되었다.

펑!

콰콰쾅!

뇌성벽력이 쏟아지고 강기가 부딪치며 천마평 한가운데에는 커다란 연못이 몇 개나 생겨나고 있었다.

다음번에는 대체 어떤 절기들이 쏟아지고 얼마만한 폭발이 일어날 것인지 인간의 사고로는 도저히 상상을 불허하는 장면들이 두 젊은이의 대결에서 펼쳐졌다.

'이럴 수가!'

단리웅천이 신음성을 삼켰다.

우숭가 마을에서 익힌 잠마혈경의 모든 절기를 다 쏟아내어도 마주한 천호의 칼은 그것들을 쉽게 끊어버리고 더 강한 절초들을 요구하고 있었다.

　마치 자신의 모든 것을 다 뽑아내겠다는 듯 천호의 칼이 엄청난 위력으로 쉴 새 없이 쇄도해 들었다.

　"하앗!"

　천호의 칼에 그물 속에 갇힌 것처럼 갇힌 단리웅천이 무의식적으로 잠마혈경의 최후 초식을 극한의 공력과 함께 뿌렸다.

　"어헉!"

　한순간 단리웅천의 입에서 비명이 울렸다.

　자신의 혼신을 다해 펼쳐진 잠마혈경의 마지막 초식을 가르고 천호의 도가 그보다 더한 강기를 일으키며 가슴으로 쇄도해 들었다.

　상대의 극강한 공세를 막으려면 다른 상대도 그에 상응하는 공격을 해야 하고 그런 충돌에서는 한쪽이 산산이 부서져야만 다른 한쪽이 살 수 있는 것이다.

　자신의 공격을 산산이 부숴오는 천호의 칼에 단리웅천이 두려움보다는 황홀함을 느끼며 마지막을 의식하는 순간 믿을 수 없게도 천호의 칼이 그 자리에서 멈추었다.

　'이건 자살 행위다!'

　마지막 뿌리가 잘리지 않은 이상 자신의 남은 여력이 공격을 멈춘 천호에게 덮쳐들기 때문이다.

　퍼버벅!

　천호의 왼팔이 단리웅천의 남은 여력을 막아내며 너덜해졌다.

　"왜? 왜 이런 것이오?"

　단리웅천이 대경한 눈빛으로 천호의 왼팔을 쳐다보며 물었다.

　"그럼 자네의 공격을 고스란히 심장에 맞고 죽어야 하나?"

"그런 뜻이 아니지 않소? 도를 멈추지 않았다면 그런 일은 없었을 것 아니오?"

"그랬다면 자네가 죽을 수도 있었네."

천호가 왼팔을 들어 올려 주먹을 쥐어보며 말했다.

"한 팔을 잘릴 뻔하면서도 날 살린 이유가 무엇이오?"

단리웅천이 재촉하듯 물었다.

"같은 산에 호랑이가 두 마리만 있다면 싸움이 일어나지만 세 마리라면 대치하여 쉽게 싸울 수가 없지."

천호가 옷자락을 베어 왼팔의 상처를 감싸며 말했다.

"자넨 너무 자신을 감추고 있어서 호랑이가 아닌 줄 착각하는 사람들이 많더군."

천호의 말에 단리웅천의 눈빛이 여러 번 변하기 시작했다.

"결국… 당신 부하들을 위해 이런 일을 벌인 것이오?"

한 가지 결론을 얻은 단리웅천이 궁금증을 확인했다.

"한 번도 그들을 부하로 생각해 본 적 없네. 좋은 친구들이었지. 어쨌든 이젠 자네가 더없이 무서운 호랑이라는 것을 세상이 모두 인식한 이상 허울만 좋은 자존심에 목을 매는 정파무림도 자네를 견제하기 위해서는 저들을 어찌할 수 없을 것이네. 이젠 홀가분하게 산으로 떠날 수 있겠어."

천호가 칼을 바닥에 던지며 처음으로 미소다운 미소를 지었다.

"그럼 나보고 언제까지나 저 감옥 속에 버티고 앉아서 악역을 맡으란 말이오?"

단리웅천이 제왕성 있는 방향으로 눈을 돌리며 말했다.

"나도 산으로 가고 싶소."

천호가 아무 말이 없자 단리웅천이 다시 말했다.

"자넨 나하고는 태생이 달라. 제왕성이 훨씬 더 잘 어울려."

"이제껏 단 한 번도 내 뜻대로 살아본 적이 없소. 또다시 그러긴 싫소."

단리웅천이 허탈한 표정으로 천호를 쳐다보았다.

"그건 제왕성의 장남으로 태어난 자네의 업보일 수도 있겠지. 그리고… 고의는 아니었겠지만 자네 부친의 손에 부모를 잃고 어린 시절 고아가 되어버린 한 사내의 부탁이기도 하다네."

"……."

"저들을… 부탁하네!"

자신을 두령이라 부르던 후기지수들이 앉아 있는 곳을 한번 쳐다본 천호가 등을 돌려 천천히 걸음을 옮겼다.

휘이잉—

등을 돌려 걸어가는 천호와 얼이 빠진 채 천호의 등을 쳐다보는 단리웅천 사이의 공간에 한줄기 회오리바람이 불어와 흙먼지가 날아 올랐다.

"젠장, 빌어먹을! 이놈의 팔자는 왜 끝까지 이 모양인가? 아아악—"

멍하니 서 있던 단리웅천이 천마평이 떠나가도록 고함을 질렀다.

"저 인간들 대체 뭐 하는 짓들인가? 승부는 또 어떻게 된 것이고?"

뭐가 어떻게 끝났는지 알아볼 실력을 가지지 못한 대다수의 사람들이 웅성거렸다.

"잘 가시오, 두령!"

단리웅천이 천호의 등 뒤에서 깊숙이 허리를 숙였다. 그리고 언제까지 펴질 줄을 몰랐다.

* * *

"날씨 한번 좋군!"

악양의 외곽 한적한 길목에서 조촐한 이별이 이루어지고 있었다.

천호를 따르던 후기지수들과 한영, 조화영이 길목에 서서 여장을 꾸린 천호와 능소빈, 진소혜를 배웅하고 있었다.

"언니, 이젠 언니가 딸이야. 한영 아저씨와 함께 우리 아빠 잘 부탁해."

소혜가 조화영에게 자신의 아버지 진충을 부탁했다.

"걱정 마, 소혜. 평생 친아버지로 모실 거야."

조화영이 눈물을 글썽거렸다.

"젠장! 이놈의 날씨는 왜 이리 좋은 거야?"

형일비가 괜히 하늘을 쳐다보며 투덜거렸다.

"왜 두령이 차일피일 떠날 날짜를 늦추며 단리 공자와 비무를 했는지 이젠 알겠어요."

도진화가 주르륵 눈물을 흘리며 천호를 쳐다보았다.

"세상에서 제일 멋진 우리 두령!"

와락 천호의 품으로 뛰어들어 얼굴을 파묻은 도진화가 닭똥 같은 눈물을 쏟았다.

"아들딸 많이 낳고 행복하게 사시오, 도 소저."

흠칫 놀라던 천호가 빙긋 웃으며 막내 동생을 달래듯 도진화의 어깨를 토닥거렸다.

"정말 보고 싶을 거야 언니, 그리고 소혜."

도진화가 다시 능소빈과 소혜를 얼싸안으며 소리 내어 울었다.

"빌어먹을! 산속에 꿀단지를 묻어두었나? 기필코 떠나는군."
황망한 시선들을 뒤로하고 천호 일행이 천천히 멀어져 갔다.
"어느 산으로 가시오, 두령?"
신도기문이 점점 더 멀어져 가는 천호를 보고 소리쳤다.
"당신들이 영원히 찾을 수 없는 산으로…… 사대세가의 후예는 더더욱……."
두 여인을 대동하고 가물가물 멀어져 가는 천호의 발걸음이 한없이 가벼워 보였다.

·終·

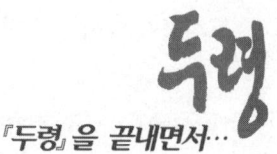

『두령』을 끝내면서…

　아주 오래전에 어느 책자에서 우두머리 원숭이에 대한 글을 읽은 적이 있었다.
　덩치도 왜소하고 나이도 많은 못난이 원숭이였지만 누구보다도 더 훌륭한 우두머리의 길을 걸어간 두목 원숭이의 글은 언제나 내 가슴 한구석을 떠나지 않았다.
　세월이 지나면서 그 우두머리 원숭이는 내 가슴 한구석에서 점점 가슴 복판으로 자리를 옮겨왔고, 그 형상도 구체화되어 갔다.
　어느 날 문득 무협이라는 무한한 공간을 통해 그 우두머리 원숭이를 살려내고 싶었다.
　이제껏 제일 길게 써본 글이라고 해봐야 원고지 열 장 내외의 독후감 정도밖에 되지 않았고, 무협에 대한 지식 역시 팔방풍우나 태산압정이 태극혜검보다 훨씬 고강한 무공으로 알고 있던 나에게 그런 결심은 아무리 생각해도 정말 불가사의한 일인 것 같다.
　그 우두머리 원숭이를 쫓아 숨을 헐떡이며 자판을 두들긴 지난 몇 개월은 지독한 부담과 또 지독한 열망의 시간이었다.
　처음부터 틀을 정하지 않고 그냥 상황이 흘러가는 대로 기행문처럼 써가면 편할지도 모르겠다는 생각도 많이 들었다.

두령은 서장부터 우두머리 원숭이라는 틀을 정하고 그 틀을 벗어나지 않게끔 모든 상황들을 이끌어가려고 하니 그동안 수백 번도 더 옆길로 빠지려는 구절들을 가차없이 난도질했고 억지로 틀 속에 끌어 담기도 했었다. 그러다 보니 많은 무리가 있었던 것도 사실이다.
　이젠 미흡하나마 내 가슴속에 있던 그 우두머리 원숭이를 세상 밖으로 끌어내었다.
　아쉬움은 많지만 행복하다.
　그 행복감을 독자 여러분들과 조금이라도 같이 할 수 있다면 두 배로 더 행복할 수 있을 것 같다.

월인(月刃) 배상.

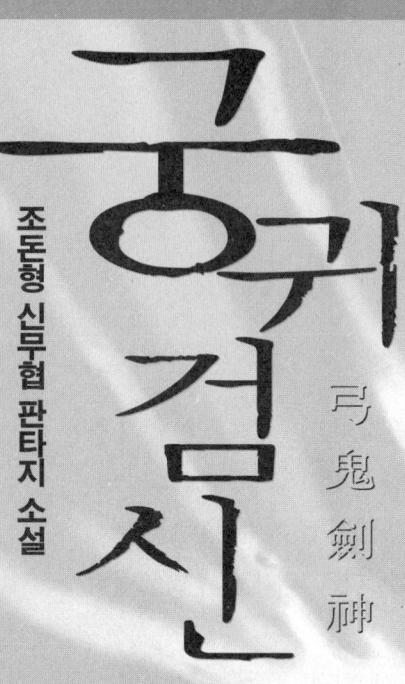

궁귀검신 弓鬼劍神

조돈형 신무협 판타지 소설

막강(莫强) 강호초출(江湖初出)!

모험과 재미의 보고(寶庫) 궁/귀/검/신!

이기어검(以氣馭劍)과 이기어도(以氣馭刀)를 능가하는 이기어시(以氣馭矢)의 신선한 등장!

참신함과 재미로 잔뜩 무장한 신예 조돈형의 신나는 신무협 세계로의 출사표!

악덕 조부와의 고난에 찬 수련행.
정혼녀를 찾아 떠난 즐거운 중원행.
어지러운 무림을 바로잡는 영웅행.

모두가 고대하던 모험이 바로 여기에!

● 궁귀검신 / 조돈형 著 / ①-⑥권 발매 / 7,500원

무한투 無限鬪

류진 新무협 판타지 소설

신무협의 무한 자유(無限自由) 선언!

기괴한 사건, 끝모를 긴장감,
예측불가능한 진행과 파격적인 시도,
연이은 결전! 결전! 결전!
본격 스릴러 무협에의 과감한 도전이 빛난다!

신무협의 새 장을 열어줄 기대주! 무/한/투!
이제 어둠의 안개를 걷고 여러분을 기다립니다.

● 무한투 / 류진 著 / ①-⑦권 발매 / 7,500원

도서출판 청어람 www.chungeoram.net 우 420-011 부천시 원미구 심곡1동 350-1 남성빌딩 3F TEL : 032-656-4452/54 FAX : 032-656-4453 E-Mail : eoram99@chol.com

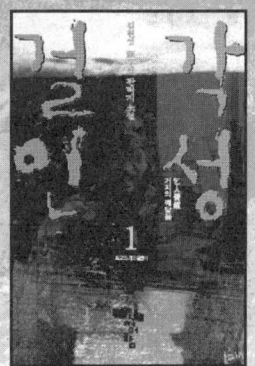

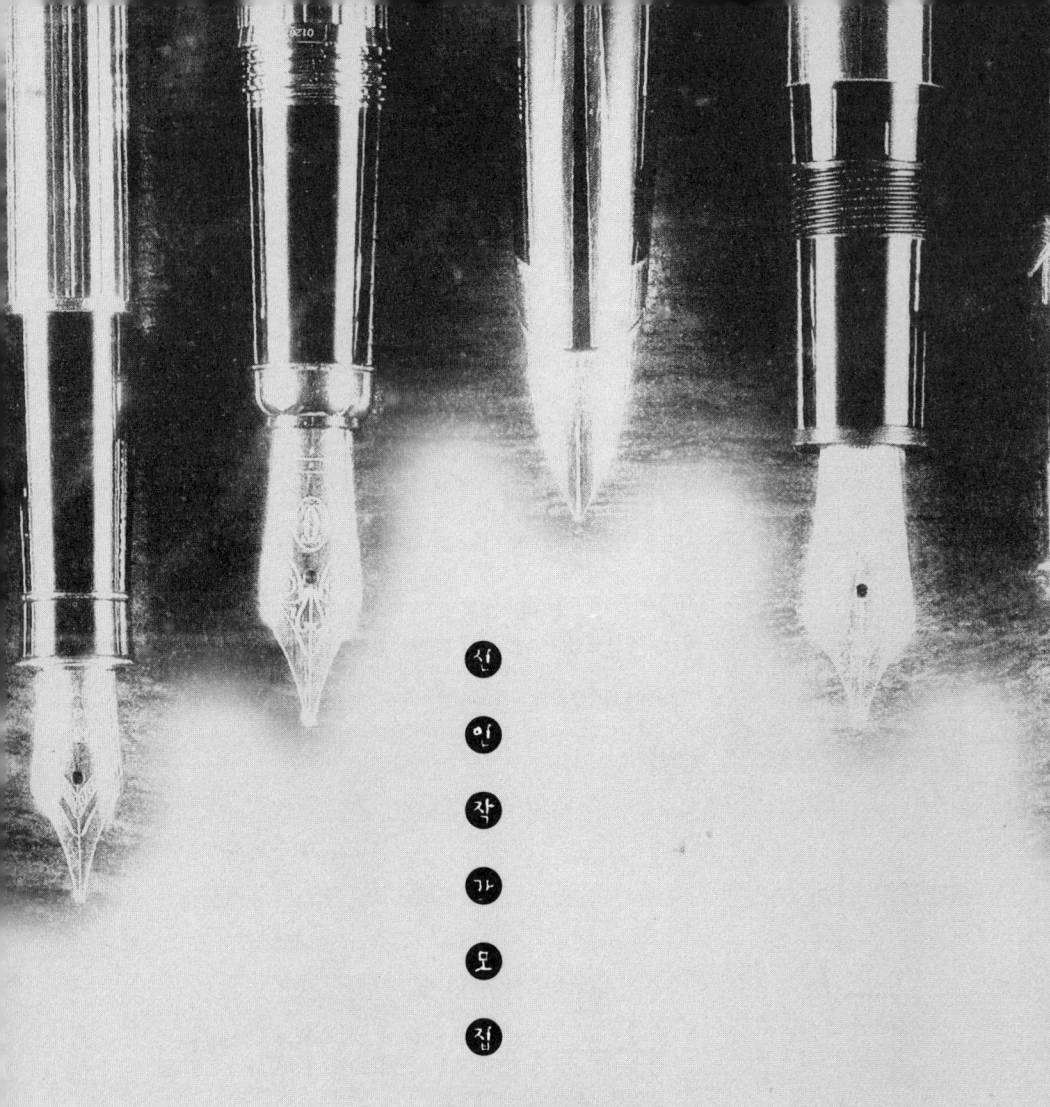